つけ　力強い動作を表現する効果音。また、足音・破壊・争闘などの擬音。上方では「かげ」。

道具幕《どうぐまく》　舞台転換の効果をあげるため、本舞台を見せる前に、舞台の前方に吊る幕。山幕・浪幕・網代《あじろ》幕など。

遠見《とおみ》　背景に用いられる書割りのうち、とくに遠景を描いたもの。山遠見・野遠見・海遠見など。また、遠景の人物の代わりに子役を使う演出をもいう。

ト書き　脚本でせりふ以外の動作、演出を書いた部分。片仮名の「ト」で始める習慣からの称。

とど　とどのつまりの略。一連の演技が終って、の意味。

鳥屋《とや》　花道のつき当たりの揚幕の中の小部屋。花道を使う役者が出を待つ部屋。

鳴物《なりもの》　三味線以外の下座音楽の総称。

西・東《にしひがし》　江戸の芝居で舞台に向って左側(下手)を西、右側(上手)を東という。

二重《にじゅう》　大道具の一種。舞台の上を高くするため、家屋の床・堤・河岸などを飾るとき土台として据える木製の台。また、この台を使って作った場所も「二重」という。

暖簾口《のれんぐち》　民家の場面で、屋体の正面に設ける出入り口。わらび手などを染めぬいた木綿地の暖簾をかける。

橋懸(掛)り《はしがかり》　舞台左の奥寄りの舞台と出入り口。

花道《はなみち》　下手寄りの観客席を貫く通路。特殊演出の舞台ともなる。仮花道は上手寄りに仮設される。

引抜き《ひきぬき》　舞台上で瞬時に衣装を変える方法。

引っぱり　舞台にいる俳優たちが、緊張感をたもち形をつけてきまること。幕切れなどに「引っぱりの見得」が行われる。

拍子幕《ひょうしまく》　拍子木を一つ大きく打ち、つづいて早間《ま》から大間《ま》に打って幕を引くこと。また、その打ち方。

平舞台《ひらぶたい》　二重舞台をつくらず、舞台平面を
用いた舞台をいう。

本舞台三間《ほんぶたいさんげん》　舞台中心の三間四方の所。より拡大されたが、台本の冒頭の指定にこ
習的に用いられた。

見得《みえ》　一瞬動きを止め、身体で絵画美を表現

山台《やまだい》　舞踊劇で、出囃子、出語りの音楽奏

よろしく　作者が現場に演技や演出をまかせ

六方《ろっぽう》　手足を大きく動かす歩く芸の一種。

「新版歌祭文」〈大坂船場座摩社前の場〉 左より，
五世中村富十郎（小助），二世沢村藤十郎（久松）

同〈河内野崎村百姓久作住家の場〉 左より，
二世沢村藤十郎（久松），五世坂東玉三郎（お染），
十七世中村勘三郎（久作），五世中村勘九郎（お光）

「摂州合邦辻」〈合邦庵室の場〉
六世中村歌右衛門（玉手御前）

同〈合邦庵室の場〉　左より，三世実川延若（入平），
十三世片岡仁左衛門（合邦同心），六世中村歌右衛門（玉手御前），
七世中村芝翫（俊徳丸），五世中村松江（浅香姫）

「ひらかな盛衰記」〈大津宿竹藪の場〉
七世尾上梅幸（お筆）

同〈福嶋船頭松右衛門内の場〉　左より，二世沢村藤十郎（およし），三世河原崎権十郎（権四郎），十七世中村勘三郎（船頭松右衛門実は樋口次郎兼光），七世尾上梅幸（お筆），山本雅晴（駒若丸）

「ひらかな盛衰記」〈福嶋逆艪の松の場〉　左より，十七世中村勘三郎（樋口次郎兼光），山本雅晴（駒若丸），三世河原崎権十郎（権四郎），二世沢村藤十郎（およし），初世尾上辰之助（畠山庄司重忠）

写真提供日本芸術文化振興会（国立劇場）

kabuki on-stage 15

新版歌祭文
摂州合邦辻
ひらかな盛衰記

織田紘二 編著

監修
郡司正勝
廣末保
服部幸雄
小池章太郎
諏訪春雄

白水社

凡例

一、本巻所収の作品の底本は、巻末の解説中の〔底本〕の項に記載される。

一、作品の表記は現代仮名遣いに改めてあるが、「〱・々・ゝ」などの踊り字はそのまま採り入れた。難読字には適宜ルビを付す。

一、台本用語集＝各巻共通に用いられる用語の注釈を前後の見返しに掲げる。脚注に「⇩用語集」とあるのは、「この注釈を参照せよ」の指示である。

一、梗概＝各作品の荒筋を一括して巻頭に掲げる。

一、脚注＝注番号は、見開きページを単元として数え、語の肩に付ける。

一、芸談＝古今の名優による芸談を作品に即して引用・抜粋して掲げる。

一、解説＝〔通称・別題〕〔初演年月日・初演座〕〔作者〕〔初演の主な配役〕〔題材・実説〕〔鑑賞〕〔底本〕などを内容とする解説を一括して巻末に掲げる。

目次

梗概

読者の鑑賞の便のために、本書に収録した歌舞伎台本の原作である人形浄瑠璃全段の荒筋を紹介しておく。〔　〕内は収録した台本での場名、（「　」）内は名場面の通称。

新版歌祭文《しんぱんうたざいもん》

上《じょう》の巻《まき》

座摩社《ざましゃ》の場〔大坂船場座摩社前《おおざかせんばざましゃぜん》の場〕

質屋の若旦那山家屋《やまがや》佐四郎《さしろう》は、恋心を抱く同じく質屋の油屋の一人娘お染《そめ》への恋が叶《かな》うように、座摩社で一心にお百度を踏んで願っている。これをうかがう油屋の手代小助《こすけ》は、悪山伏とはかって佐四郎から金を巻きあげる。又、小助は悪人仲間の弥忠太《やちゅうた》・勘六《かんろく》としめし合わせ油屋の丁稚《でっち》久松《ひさまつ》が蔵屋敷から受け取る掛け金をせしめようと計りごとをめぐらす。そうとは知らぬ久松は相思相愛のお染と待ち合わせ、忍び逢うところを、小助らの仕組んだ喧嘩《けんか》に巻きこまれて、金をかたり取られる。

野崎村《のざきむら》の場〔河内野崎村百姓久作住家《かわちのざきむらひゃくしょうきゅうさくすみか》の場〕

野崎村の百姓久作《きゅうさく》の家に、急に小助と共に久松が帰ってくる。久作も急を聞いて帰宅し小助に言いがかりをつけられた引き負いの一貫五百目の金を渡して久松を引きとり、久松と娘お光《みつ》を夫婦にしようとする。

久松は和泉《いずみ》の国石津《いしづ》の没落した家臣、相良丈太夫《さがらじょうだゆう》の遺児で、乳母の兄に当たる久作が我が子同様に育て、教育のための油屋へ丁稚奉公に出していたのである。

にわかの祝言《しゅうげん》に喜ぶお光。いそいそと祝い膳《ぜん》をこしらえにかかる。お染は野崎参りにかこつけて久松の後を追い訪ねてくるが、それと知ったお光は嫉妬《しっと》する。

何も知らぬ久作は、上機嫌で久松に肩をもませ、お光は三里に灸《きゅう》をすえる。久作を間にはさんで久松とお光はお染のことでいさかいを始める。久作はお光を連れて奥に入る。

木戸の外で様子を伺っていたお染は、駆け入って、久松に恨みごとを述べる。久松は山家屋への嫁入りをすすめるが、お染は頑《がん》として聞き入れない。ついに二人は心中を決意する。事を知った久作は言葉を尽くして二人に意見し、二人は思いきる約束をするのだが、お光は、この間のやりとりを奥で聞いていて、二人は実は死ぬ決心であることをさとり、久松との祝い事をあきらめ、髪を下ろし尼になってしまう。義理にせまったお染と久松は死のうとするが、久作親子にいさめられ、お染の後を追って来あわせた油屋の後家《ごけ》のあつかいで、駕籠《かご》と船に別れて大坂に帰って行く。後には久作、病の重い女房。尼姿のお光は見送って激しく泣くのであった。

下《げ》の巻《まき》

長町《ながまち》の場

大晦日《おおみそか》の夜、長町の往来で乳母のお庄《しょう》に会った久松は、お庄の口から、正月三日までに紛失した御家《おいえ》の重宝吉光《よしみつ》の刀を差し出せば、相良の家は再興できるとの吉報を得る。刀の在りかも山家屋と判明する。久松は懐中の金をお庄に渡そうとするはずみにお染の起請文《きしょうもん》を落としてしまい、お庄に取りあげられる。そして起請文はスリの手から弥忠太に渡り、よい金づるが入った、と弥忠太はほくそえむ。

油屋《あぶらや》の場

年越しの夜の油屋は忙しい。そこへ山家屋佐四郎が訪れ、お染の嫁入りが遅くなっていることをせめる。油屋の後家お勝《かつ》は、すでに入っている結納の十両を突き返そうとするが、その金は小助が盗み出してしまっていた。小助はその罪を久松になすりつけ折檻《せっかん》するが、乳母のお庄が割って入り久松を救う。弥忠太が来て、例の起請文を種に金を巻きあげようとするが、失敗して逃げ帰る。一方、話のうちにお庄を実の母とさとった勘六は、悔い改めて悪人たちをこらしめ、お勝の情けで結納として山家屋から受け取った吉光の刀は久松の手に戻り、一同は国もとへ帰参を急ぐが、結局吉光の刀は偽物だった。お勝の情けがあだとなり、久松とお染は心中してしまう。

摂州合邦辻《せっしゅうがっぽうがつじ》

上の巻

住吉神社境内《すみよしじんじゃけいだい》の場

河内《かわち》の国主高安左衛門《たかやすさえもん》の妻玉手御前《たまてごぜん》とその義理の息俊徳丸《しゅんとくまる》は、国主左衛門の病気平癒祈願のため住吉神社へ詣《もう》でる。かねてから亡くなった先妻の子俊徳丸に心を寄せていた玉手は、俊徳に神酒《みき》と偽り、無理矢理鮑《あわび》の盃に注いだ毒酒を呑《の》ませる。

一方、俊徳丸には次郎丸《じろうまる》という腹違いの兄があったが、弟に家督を奪われたのをうらみ悪臣の壺井平馬《つぼいへいま》、桟図書《かけはしずしょ》と謀《はか》ってお家横領を企んでいた。

高安館《たかやすやかた》の場

俊徳丸は毒酒のために癩《らい》病となり、家督を次郎丸にゆずる旨の書き置きを残して家を出る。次郎丸一味は偽勅使を立てて高安家の家督の綸旨《りんし》をだましとる。玉手御前は俊徳丸の後を追って家を出る。

高安家の家老誉田《こんだ》主税之助《ちからのすけ》は次郎丸一味を追い綸旨を奪い返す。

下の巻

天王寺《てんのうじ》西門《さいもん》の場・同《おなじく》万代池《ばんだいいけ》の場

病のため盲目となった俊徳丸は天王寺万代池のほとりで弱法師《よろぼうし》とはやされ乞食の生活をしていた。許嫁の浅香《あさか》姫《ひめ》は奴《やっこ》の入平《いりへい》とともに、俊徳の行方を探していたが、再会する。そこに次郎丸が現れる。かねてから浅香姫に横恋慕していたのだった。

浅香姫が悪人一味にさらわれそうになった時、勧進《かんじん》坊主が救出する。閻魔《えんま》堂建立のため報謝を願い、念仏踊りをしている坊主、実は玉手の父親合邦《がっぽう》であった。俊徳丸と浅香姫は救われ、合邦の家にのがれることになった。

合邦庵室《がっぽうあんじつ》の場

合邦の父親は武士の鑑《かがみ》といわれたほどの高潔の士。合邦も大名の数に入るほどの武士であったが、今は世を捨て庵《いおり》住まい。親譲りで廉直な合邦は、我が娘《こ》の道ならぬ恋を知って、身を打ち砕かれる思いでいる。女房おとくは娘が哀れでならないが、子を思う情は合邦とて同じである。

合邦の家にかくまわれている俊徳丸を追って玉手御前がたずねてくる。母は玉手の不義をたしなめ、尼になれとすすめるが、聞き入れないばかりか、なおも狂おしく俊徳丸に言い寄るので、合邦は怒りの余り娘を刺す。ところが玉手は手負いの苦しい息の下から本心を初めて明かす。

継子《けいし》である俊徳丸を敵の手から守るための偽りの恋を仕掛けたと。さらに、寅《とら》の年月日寅の刻《こく》に生まれた自分の肝《かん》の臓《ぞう》の生血《いきち》を、毒酒を飲んだ同じ盃で俊徳丸に飲ませると病は直ると教えられた、と告げる。そして、自らの鳩尾《きゅうび》を切り裂き、その通りにすると、俊徳の業病《ごうびょう》はたちまちに平癒し、玉手は満足の笑みをうかべ、父の念仏に送られて息を引き取るのだった。

誉田主税之助は次郎丸と平馬をとらえて来て二人の悪事をあばき、俊徳丸はめでたく高安の家を継ぐことになる。

ひらかな盛衰記《ひらがなせいすいき》

一段目

射手明神《いてみようじん》の場

元暦《がんれき》元年（一一八四）一月二十日、源義経《みなもとのよしつね》は木曾義仲《きそよしなか》討伐のため、佐々木高綱《ささきたかつな》・畠山重忠《はたけやましげただ》・和田義盛《わだよしもり》・梶原景時《かじわらかげとき》らと伊勢路を進攻し、伊賀国阿山郡《いがのくにあやまごおり》の射手明神社に詣でた。その折景時はあやまって、源氏の白旗を射通してしまった。腹を切り自害して果てようとする景時を、高綱が義経をとりなして助命させる。

木曾義仲館《きそよしなかやかた》の場

京地にあった義仲は、宇治川での自軍の敗戦を知り死のうとするが、妻の女勇者巴《ともえ》御前《ごぜん》にいさめられて出陣する。

腰元お筆《ふで》は、義仲の室山吹《やまぶき》御前と嫡子駒若丸《ちゃくしこまわかまる》を伴い、親のもと桂《かつら》の里をめざしてのがれる。

粟津《あわづ》の場

義仲は義経軍に敗れる。義経は討ち取った義仲の首をはずかしめたが、巴は一人果敢に義仲の本心を明かす。平家がもし三種の神器《じんぎ》を持って唐高麗《からこうらい》（中国・韓国）に逃げたら、日本は常闇《とこやみ》となる。義仲が謀反人となれば、平家も心をゆるすであろうから、そのすきを見て神器を奪いとる策であった、と義経に弁明する。義仲の兜《かぶと》の内からも、同じ趣旨の遺書が現れるにおよんで、かえって義経はあやまり、巴の命を助けて和田義盛に預ける。梶原景時ひとりは納得しない。

二段目
桂《かつら》の里《さと》楊枝屋《ようじや》の場
お筆と山吹・駒若は桂の里にたどりついたが、ここも安全ではなかった。お筆の親鎌田《かまた》隼人《はやと》は山吹御前と駒若丸を長持《ながもち》の中にかくまうが、梶原の家来番場忠太《ばんばのちゅうた》に襲われ、猿を身代わりにして、ようようのがれる。

梶原館《かじわらやかた》の場
鎌倉の梶原平三《へいぞう》景時の留守館では、嫡子源太《げんた》景季《かげすえ》の誕生祝いを執り行おうとしている。この館に奉公している千鳥《ちどり》はお筆の妹である。景季と千鳥は深い仲にある。しかし、千鳥に横恋慕している弟の平次《へいじ》景高《かげたか》は、景季が宇治川の先陣争いで佐々木高綱にひけをとり、京都から帰されたことをなじる。(「先陣問答」)
父から母延寿《えんじゅ》には、切腹させよとの手紙が届き、景季は、父の受けた旧恩に報いるため高綱に先陣を譲った事情を明かして自害しようとするが、母延寿は、千鳥と共に、頼朝から賜った鎧《よろい》兜をそえて、源太を勘当して、西国に落としてやる。(「源太勘当」)

三段目
道行《みちゆき》君《きみ》後紐《がうしろひも》
山吹御前・お筆・駒若丸・鎌田隼人主従《しゅうじゅう》四人が、追手をのがれて木曾路をさしての道行。

大津《おおつ》旅籠屋《はたごや》の場〔**大津宿《おおつのやどし》清水屋《みずや》の場・同《おなじ》奥座敷《おくざしき》の場・同竹藪《たけやぶ》の場**〕

一行は大津の清水屋という旅宿に泊まり、巡礼の老爺《ろうや》と娘と孫の一行と隣り合わせる。その夜番場忠太に襲われ、真っ暗闇の混乱の中で相宿の孫と駒若丸をとり違えて逃げるが、隼人は切り倒され、若君と思った子供は首をはねられ、山吹も絶命する。葬う所を求めて、お筆は山吹の死体を笹《ささ》に乗せて引く。（「笹引《ささび》き」）

福島船頭権四郎住家《ふくしませんどうごんしろうすみか》の場〔福嶋船頭松右衛門内《ふくしませんどうまつえもんうち》の場〕

老爺は権四郎という船頭。娘のおよしと亡き婿の三回忌の祥月《しょうつき》命日を営み、講中《こうじゅう》の面々に、大津の宿で侍たちの夜襲に遭い、孫の槌松《つちまつ》と相宿の子供を取り違えて逃げてきたことを嘆いている。新たに婿に入った松右衛門《まつえもん》は梶原の館から戻ってきて、この家に代々伝わる「逆櫓《さかろ》」（底本「逆艪」）の立て方の技術を買われて義経の乗る船の船頭に取り立てられたことを喜び勇んで報告するが、実は義仲の忠臣で、大将義経の首を取ろうとしているのである。

そこにお筆が、槌松の着ていた笈摺《おいずる》の所書きをたよりにようやく探し当ててやってくる。槌松が死んだことを明かし、取り違えた子は大事な主君の若君だから返してほしいと頼むが、その身勝手な言い分に権四郎は首をタテにふらない。その子供が駒若丸と知った松右衛門は、自らの名を樋口次郎兼光《ひぐちのじろうかねみつ》と名のって、木曾義仲公の若君の命を助けてくれた礼を述べる。権四郎の怒りも解け、改めておよしと槌松の供養をする。お筆は樋口に若君を託し、妹千鳥をたずねて別れを告げる。

浜辺《はまべ》の場〔福嶋船頭松右衛門内裏手船中《うらてせんちゅう》の場・同逆艪《さかろ》の松《まつ》の場〕

梶原方の船頭たちは、逆櫓の稽古《けいこ》にことよせて樋口を捕らえようとしたが、逆に散々に打ち負かされる。

権四郎は駒若を槌松として助けようと畠山重忠に訴人《そにん》し、案内してきたので、訴人を怒った樋口もいさぎよく縄にかかる。（「逆櫓の松」）

四段目

辻法印内《つじほういんうち》の場

梶原源太景季は大坂西加島《にしかしま》の法印のもとに身を寄せていたが、一の谷の合戦に参軍するには、支度金が必要だった。そこで辻法印を偽弁慶《にせべんけい》に仕立てて米穀《べいこく》を調達することとなった。

神崎千年屋《かんざきとせや》の場

千鳥は浪人の景季に苦労させまいと神崎遊廓《ゆうかく》に身を沈め、梅ヶ枝《うめがえ》と名のって全盛を極めていた。ここに源太景季がやってきて軍《いくさ》に出るので預けておいた頼朝公より拝領の鎧が入用だというが、すでにそれは源太のためにつもりつもった揚げ代、三百両で質に入っている。百計つきた梅ヶ枝は手水鉢《ちょうずばち》を伝説の無間《むけん》の鐘になぞらえて無間地獄に落ちる覚悟で、柄杓《ひしゃく》で打つと、二階から三百両の金がふってくる。（「無間の鐘」）

千鳥に巡り会えたお筆は、千鳥に父の敵《かたき》は景時であるから、景季と切れて敵討ちをしようと迫る。二階の客は大尽に化けて千鳥を身請けしようとしていた延寿で、三百両で急場を助けたことを明かす。お筆も妹千鳥の源太への心尽くし、そして主人の家への報恩の心情、延寿の情けあるはからいに得心し、景季は紅梅の枝を鎧の箙《えびら》にさして、勇ましくも出陣する。

五段目

生田森《いくたのもり》の場・一《いち》の谷《たに》の場

源太景季は生田森で父景時に再会し、平家の軍勢をふせいだ功により勘当を許される。搦手《からめて》の御《おん》大将九郎《くろう》判官《ほうがん》義経のもとに、樋口次郎兼光が、畠山重忠によって引き据えられる。義経は樋口を許し、同行した権四郎にも義仲の遺児の養育を命じる。

鎌倉殿（頼朝）に通じている平次景高を討ち果たし、千鳥・お筆に親の敵《かたき》番場の忠太を討たせた樋口は、義経への後難を恐れて、自らの首をかき落とし、いさぎよい最期をとげる。

平家の諸将をことごとく八嶋《やしま》の外に切って捨てた義経は、勇士の心を感じつつ、味方の軍勢をしたがえて、凱陣《がいじん》するのだった。

新版歌祭文《しんぱんうたざいもん》

[一]大坂《おおざか》[二]船場《せんば》[三]座摩《ざま》社前《しゃぜん》の場

[四]山家屋《やまがや》佐四郎《さしろう》
[五]天満《てんま》のならず者勘六《かんろく》
浪人者鈴木《すずき》弥忠太《やちゅうた》
[六]山伏の法印《ほういん》妙斎《みょうさい》
山家屋の丁稚《でっち》[七]（子役）
油屋の女中おせん
幕開きの通行人　男女大勢
喧嘩《けんか》の仕出し[八]　男女大勢
油屋の丁稚久松《ひさまつ》
油屋の娘お染《そめ》
油屋の手代[九]小助《こすけ》

（正面[一〇]上手《かみて》寄りに石の鳥居。[一一]篇額《へんがく》に座摩社とある。その左右は石畳の

一　江戸時代、大阪は「大坂」と表記した。発音は「おおざか」。
二　大坂の代表的な問屋街で、現在の大阪市東区と南区にまたがる地域。近世大坂を代表する富豪商人が集まっていた。
三　現大阪市東区渡辺町の座摩神社の通称で、正しくは「いかすり」と読む。創建は神功皇后が懐妊の身で、三韓征伐から帰国し、ここの石上に座摩大明神を祀った時と伝えられる。本地は薬師如来で、七月二十二日に祭礼が行われている。
四　船場の大商人山家屋の息子。油屋のお染に横恋慕しているのを幸い油屋の手代小助らに利用され金銭をかすめとられる。上方歌舞伎にありがちな間抜けのボン。
五　現在は大阪市北区の地名。菅原道真を祭神とする天満宮の所在による地名。盛夏の天満祭は大阪を代表する祭り。
六　密教系山岳信仰は日本古代の自然神信仰と結びついて今日にも命脈を保っているが、修験道といわれるこの派の修行者を修験者とも山伏とも称す。法印とは僧侶をさす称号だが、山伏、祈禱師をさす場合もある。
七　職人とか商人の家に年季奉行

土塀《どべい》つづく。上部に雑草生えている。右手に小料理屋「福屋」の入口。暖簾《のれん》は茶地。白抜きで、上部に横書きで、福や。その下に大きく七福神の[一二]寿老人《じゅろうじん》の絵。鳥居の[一三]下手《しもて》に屋根付きの手洗所《みたらし》。奉納の[一四]小手拭《こてぬぐ》い数枚吊る。手洗所《みたらし》の下手に[一五]簀張《すのこば》りの[一六]八卦《はっけ》の小屋。表に[一七]紙子《かみこ》の暖簾。白地に墨で[一八]算木《さんぎ》が書いてある。その前に[一九]小台置く。算木、帳面、天眼鏡その他八卦の手道具ならべる。この背後に芝居の幟《のぼり》数本見える。上手福屋の背後に、大《おお》[二〇]樟《くす》の幹見えている。その枝が舞台上手の上部を一面に被《おお》っている。

毛氈《もうせん》かけの[二一]床几《しょうぎ》二つ。適当なところに石灯籠《いしどうろう》二つないし三つ配すこと。

舞台正面の[二二]書割りは町家《まちや》の屋根。瓦葺《かわらぶ》き。

にぎやかな[二三]上方唄《かみがたうた》にて幕あく。この上方唄は出来るだけ長く聞かせる。

幕あくと、上方唄止め、すぐ[二四]チョボ。舞台空虚)

〽[二五]浪花《なにわ》の里の大社《おおやしろ》 座摩神社の鳥居先《さき》、参詣群集、[二六]神楽所《かぐらどころ》の鈴の音《おと》さえ賑わえり。

(このチョボ切れると、もとの上方唄にぎやかに、仕出しの群集、上

をする年少者をさす。

八　⇩用語集

九　商人の家では番頭と丁稚の間の身分。頭だった者の代理をする人の役名。

一〇　⇩用語集

一一　鳥居や門戸、あるいは室内などにかける細長い額。

一二　七福神の一。長寿を授けるという。長頭の老人で杖をたずさえ杖の頭に巻物をくくりつけ団扇を持ち鹿をつれている。

一三　⇩用語集（上手・下手）

一四　神社に参拝する前に手洗所で手や口を清めるが、その時に用いる手拭いをいう。納め手拭いともいって、水場の上に竹棒にかけるなどして吊るす。

一五　竹やカヤで編んだもので、この場合は小屋の壁を簀を張ったり単に立てまわしたりして囲った粗末な仮小屋のこと。

一六　人事界自然界の全ての現象を象徴する形象のことだが、転じて占い、易のことをさす。

一七　本来なら木綿や麻などで作る暖簾が反古紙で作られている。上方和事のやつし方の紙子が有名。

一八　古代中国で、陰陽の爻（こう）を組み合わせて八卦の形を表すが、それには算木という木の具

手より四、五人、下手より三、四人出る。入れ違いに通り抜ける。上手は船場の御寮人《ごりようにん》[一]と町娘、あま酒屋の老人。荷ないの手代。下手は荷ないの手代、女中、隠居、はったい[二]粉《こ》売りの男。通り抜けると、上方唄にて花道[三]より小助と久松出る）

小助　（揚幕内にて[四]）サア〳〵久松、なにをぐず〳〵しているのじゃ。はよ来い、はよ来い。

（七三にて[五]）

小助　サアサア久松、貴様はまだ年若じゃによって、船場のしきたりは知るまいけれど、この西横堀《にしよこぼり》[六]の座摩神社と平野町《ひらのちょう》[七]の御霊《みたま》神社と、それから道修《どうしょう》[八]町《まち》の神農《しんのう》さんとの三社は、大坂船場の商人《あきんど》のいっち大事な産生神《うぶすながみ》[九]。じゃによってこの三社には朝晩祈念し、どうぞ一日も早うひとかどの商人《あきんど》になって一軒お店が持てますようおたのみするのじゃ。わかったか。

久松　ハイハイ、よう心得ておりまする。

小助　朝、晩じゃぞえ。

久松　そう致しますでござります。

小助　そんなら、いこか。

久松　お供申します。

〔前頁注続き〕を用いる。その形象が暖簾に描かれて卜占の小屋を表す。

一九　占いをする法印が机に向かい、向かい側に客が座す。この形は今に変わらず伝えられている。

二〇　楠（くすのき）とも。クスノキ科の常緑の高木で、南国渡来。関東以南の暖かい海岸にことに多く、高さは二〇メートル以上にも及ぶ。佳香が強く、樟脳（しょうのう）や樟脳油を作る。

二一　茶屋の店先や、庭、露地などに置いて夕涼みや客の接待に用いる細長い腰掛けで、緋毛氈をかぶせた床几は芝居でよく見るキマリ物で、大道具が作る。同様の物だが竹縁は小道具があつらえる。

二二　⇩用語集

二三　合方（⇩用語集）の一種で、関西で流行したり作られた三味線唄、昭和五十四年正月公演の折は〽御所のお庭」が用いられた。

二四　歌舞伎の竹本（義太夫）をいう。本行（ほんぎょう）の人形浄瑠璃では「大夫」と表記するが、歌舞伎では「太夫」で、「大」と「太」、この「丶」がチョボである、とする説と、床本に打つゴマ譜からきた、との説がある。

二五　難波・浪速とも。大阪市およ

小助　ウン、おいで、おいで。

（捨[一〇]てぜりふ、合方[一一]にて、二人舞台中央に来る）

小助　サア、ここまで来ると本殿[一二]はおいど向けなれど、もう一ぺん拝んでゆきましょう。久松、そなたも拝みや。

久松　ハイハイ、左様なら、もう一度拝みまする。

（二人柏手《かしわで》打って拝む。小助、上手末社[一三]のあたりに山家屋の佐四郎がお[一四]百度を踏んでいるのをチラと見つけ、思[一五]い入れあり、拝みながら）

小助　ア痛、ア痛、痛い〳〵〳〵。

久松　なんとした、小助どの、怪我《けが》でもさっしゃれたか。

小助　ゆうべからの冷え腹で、ア痛い、ウ、ウ、ウ。（うめく）

（久松いろ〳〵介抱する）

小助　奉公の身のつらさ、たいがいのことは辛棒していれど、こう仙気《せんき》[一六]が差し込んでは、ウ、ウ、ウ、もう片足も歩けぬ。小倉《おぐら》さま蔵[一七]屋敷のあきない銀[一八]一貫五百匁《め》、九[一九]つまでに受けとりにこいとのお使い。こらどうしたら、ウ、ウ、ウ、よかろうか。ア痛い、ア痛い。

久松　ほんに、困ったことじゃが、いっそ、わしひとり受け取って来ようか。

小助　そんなら久松、大[二〇]儀ながらそうして下され、たのんます、ウ、ウ。そ

びその周辺の古称。

二六　神社の境内で神楽を奏する殿舎のこと。神楽殿、神楽堂。

一　御料、御料人とも。貴人または貴人の令息、息女の敬称。のちに町人社会においても娘をさし、結婚後の女をさす例もあった。

二　大麦を炒（い）って粉にひいたもので、麦こがしとも。京坂では「はったい」、江戸では「こがし」といった。これを湯にといて食した。

三　⇨用語集

四　⇨用語集

五　花道の舞台から三分、揚幕から七分の所。

六　現大阪市東区と西区の境にあった運河で道頓堀川に通じる。東側に船場や島之内、西側に西船場、堀江の問屋街が発展した。

七　現大阪市東区の地名で、薬種問屋や両替商が多かった。御霊神社は、この地にあり、祭神は、平安後期の武将で、源義家に属して後三年の役で武勲をあげた鎌倉権五郎景政など。

八　船場にある町名。現在にいたるまで薬種問屋街として知られ、製薬会社が多い。神農さんとは、

んならこの[一]掛け取り袋、わたす、なかに[二]印形《いんぎょう》も帳面もはいっている、ウ、ウ。

（金袋を久松に渡す）

久松　マちっとの辛棒じゃ。そんなら行って参ります。帰りには[三]間に合い薬《ぐすり》なれど、[四]反魂丹《はんごんたんこ》買うて参じますぞや。

小助　たのむ〳〵、ウ痛い〳〵。

〽[五]傍輩《ほうばい》の気をかね財布、うら表なき[六]小倉縞《こくらじま》、屋敷をさして急ぎゆく。

（合方かむせ、久松は上手揚幕に入る）

小助　何も知らずにいきよった阿呆《あほう》め。これで[七]仕掛けのお神楽は済んだと。ところで山家屋の佐四郎奴《め》は、（上手をのぞいて）いよる、いよる。まだ殊勝らしい顔つきで、お百度踏んでいよる。あの間抜けた顔、プ、プ、プ、プ、所詮《しょせん》色事の出来る顔じゃないわい。と、そんならここで[八]法印大僧正の[九]御開帳という段取りか、よし、よし。

（下手の八卦小屋を覗《のぞ》いて）

小助　（小声で）法印どの、妙斎どの。

〔前頁注続き〕この町にある少名彦（すくなびこ）神社で、神農は古代中国伝説上の帝王で人身牛頭。医薬の祖とされ信仰があつい。

九　生まれた土地の守り神。氏神・鎮守の神と同じ意味。

一〇　⇩用語集

一一　⇩用語集

一二　おいどは尻をさす女性語。本殿の裏から拝むことになる、という意。

一三　本殿に祭られた神々以外にも境内には沢山の神々が祭られていることが多い。そんな神々の祠（ほこら）の一つ。

一四　願いごとのため同じ寺社に何度もお参りをすること。百度参り。

一五　⇩用語集

一六　大小腸など下腹部が痛む病気。

一七　諸大名が現金を入手する必要から、領内の物産を貯蔵・販売するために設けた屋敷で、ことに商都大坂には多かった。

一八　銀貨。貫や匁（「もんめ」。「め（目）」とも）は貨幣の秤量単位。一貫は千匁。ちなみに、江戸は金本位制、大坂は銀本位制であった。

一九　正午十二時頃。

二〇　「大儀」はめんどうで骨の折

法印　（中から）どなたじゃな。

（法印小屋から出て来る）

小助　オ、、油屋の小助か。なんぞ用ば[一〇]しござるか。

法印　オ、、貴様にうまい金儲《もう》けさすことがある。アレアレ、あのうちでお百度を踏んでいよる若いチョボ一[一一]がおろうがな。

小助　どれどれ、ウムなるほど、なるほど。

法印　あれが山家屋の佐四郎という船場切っての大金持ちの若旦那、こちの油屋の一人娘お染さまにキツイ惚《ほ》れよう。それゆえのあのお百度参り。いまおれがき[一二]ゃつを呼び出し貴様に祈禱《きとう》を頼ますゆえ、口出まかせにおだて上げ、そのあとは金儲けじゃ、合点《がってん》か。あんばいよう引っかかりよったら、儲けは二[一三]つ山じゃぞえ。

小助　ウム、あの馬鹿が噂《うわさ》に聞いた[一四]大身代《おおしんだい》の山家屋じゃの。

法印　待て待て、いま、おれが呼ぶ。あんばいよう、合点《がってん》か。もうし〳〵そこにござりますのは山家屋の佐四郎さまじゃござりませんか。ちょと、ちょと、ちょと、ここまで。

〽ちょ、ちょ、ちょ、ちょとここまでと、呼び出せば、

れること。御苦労だが。

一　掛け売りの代金を取り立てるための帳面や印形が入った袋。

二　掛け売りの代金や品物などを記した帳面と、代金受け取りの際に捺印する印判。

三　一時しのぎのための薬。家庭の常備薬といったごく一般的な薬。

四　食傷・腹痛等に特効のあるとされた丸薬。近世、富山の薬売りが全国に広めた。

五　手代と丁稚は使用人仲間である。気遣いをする、という意味の「気をかね」と掛け取りの「金戝布」をかけている。

六　九州小倉藩特産の木綿縞。帯地、袴地など（ここでは財布）に用いる。裏表の差がないところから、心に裏表がない意に用いている。

七　神楽に合わせて巫女舞（みこまい）が始まる。まずは久松をだまし、これから仕掛けた細工をごろうじろ、といったところ。

八　ここでの法印は、山伏姿の易者で、これもクワセ者だが、小助は大僧正と尊称して侮蔑している。

九　秘仏を期間・日を決めて拝観させることから、隠しているもの

（小助手招きする、佐四郎、[一]竹串《たけぐし》を手にして上手より出る）

佐四郎　なんじゃ、誰が呼ぶかと思えば、そなた油屋の小助じゃないか。

小助　ハイ、さようでござります。

佐四郎　[二]わが身、いつここへおじゃった。

小助　たった今参りまして、お百度参りのお姿を、

佐四郎　見やったか、エ、面目ない。山家屋の佐四郎ともあろうものが、この寒いのにお百度参り。それも誰ゆえ、油屋のお染ゆえ。ほんに恋なればこそじゃなあ。

（小助、吹き出す）

佐四郎　油屋には百貫目あまりも貸してあれど、それを催促せぬのも、あのお染ゆえ。後家御《ごけご》のお勝《かつ》には結納も入れてあるが、縁のことは親じゃとて無理押しならぬといいくさる。そこで、コレ、小助、そなたの力をかりるため、今までに[三]加賀染めの褌《ふんどし》を買うの、やれ羽織の裏がほしいのと、みなこの山家屋が[四]呑みこみ払い。

小助　イヤ、皆までおっしゃるまい。[五]慮外ながら、そのお礼にはこの小助、万事働いておりますぞえ。ホンニ何より証拠は、[六]この中《じゅう》お前さまがお出しな

〔前頁注続き〕
を人目にさらすなどの意味に用いられる。

一〇　上の語（語句）をとりあげて強調する意を表す副助詞。「用」を誇張している。

一一　おろか者、とんまの意。

一二　第三者を卑しめたりふざけたりして呼ぶ語。彼奴（かやつ）の転化したもの。

一三　半分ずつに分けること。山分け。

一四　「身代」は家の財産、資産。大資産家、大商人ということ。

一　竹串を百本束ねて、お百度参りの数をかぞえるのに用いた。

二　目下の相手をさす。おまえ、そち。

三　加賀絹の染物。加賀友禅。

四　万事心得て、何にもいわず支払った、ということ。

五　だしぬけ。ぶしつけ。無礼。心外だ、といった意。

六　さきごろ。このごろ。

されたお染さまへの恋文。その可愛らしいお返事を今ここに持参いたしておりますが、あなたさまのお心がそんなお心なら、いっそお見せ申すまい。
佐四郎　なに、お染からの返事、そこに持っていやる。
小助　ハイ、持っておりますぞ。
（小助、ふところから手紙を取り出す。佐四郎取ろうとする）
小助　おッと、どっこいしょ。
佐四郎　すねずとチャット見せてたもれ、礼は出すわいやい。
小助　当世、掛けあきないは危ない。まあ、後での礼は礼として、先へ力づけが欲しゅうござります。そうじゃ、わしが読んでお聞かせ申しましょう。よい返事の文句なら、七冥加銭《みょうがせん》を下さりませ。サア〳〵聞かっしゃりませ。
（小助、佐四郎をいざない、床几に腰をかけさせ、自分もその端にかける）
小助　サア〳〵聞かっしゃりませ、よろしゅうござりますか、さらばお染が恋文、エ、エーと娘ごころのあとや咲き染め。
佐四郎　そりゃ何《なん》じゃ。
小助　こりゃ狂言の名題《なだい》でござりまする。
佐四郎　ハテ、無駄口いわずに、

七　神仏の加護に対して寺社に納める金銭。また幕府や藩から保護を受ける業者が、その見返りとして納める上納金。

小助　[一]序開《じょびら》きとござアい、チョン〳〵。サア、とっくりとお聞きなされませ。エヘン、なに〳〵「お文《ふみ》くだされ、うれしく拝しまいらせ候」、それうれしいというてござりまっせ。「まことに数ならぬわが身に浅からぬお情け、身に余り忝《かたじけ》のう存じまいらせ候」。それ、冥加銭、冥加銭。

佐四郎　よし、それ冥加銭。

（佐四郎財布から金一つつまみ出し小助に渡す）

佐四郎　サア〳〵そのあとは、そのあとは。

小助　そう、気ぜわしゅう[二]コヅかず、[三]天王寺《てんのうじ》の[四]引導鐘《いんどうがね》のようにぼーんと気を静めてお聞きなされませ。なに〳〵「身に余り忝のう存じ候えども、母上様のある身にて、まかせぬわけもござ候えば、まずまずこの縁談お断り申し上げたく」。

佐四郎　ヒヤア、こりゃどうじゃ。

小助　サ、サ、サ、サ、ここが[五]味じゃ〳〵。これはなア、母親の許しさえ出たら、わたしゃお前に添いたいわいな、ということじゃわいな。お染さまの心では、やっぱりあなたさまと一緒になりたいが胸一杯と見えますなア。それ冥加銭、冥加銭。

佐四郎　そうか、そうか、そんなら今度ははずんで[六]一朱。

一　芝居や浄瑠璃の最初の幕。
二　小突く。「出す」の卑語から転じて「言う」の罵語。
三　現大阪天王寺区に位置する古刹で、天台宗荒陵山四天王寺。
四　「引導」は仏道に入らせること。また死者を済度するために葬儀の時、導師が法話を説いて迷いを開くことをいう。「引導鐘」は死者が現世への迷いを払って、安心して西国仏のもとへおもむくために撞かれる。そんな落ち着いた気持ちで聞きなさい、と言う。
五　味のあるところ、大事なところで、裏にかくされた意味をよくよく味わえ、という意。
六　江戸時代の金（銀）貨のうち最小額。十六個で小判一両。

〽おっと締めたと、また着服。

佐四郎　そうして、あとはあとは。

小助　[七]さいな〱、こうっと、このあとは、ヤ、ここじゃ〱、とっくりと耳へお入れなされや。ええ[八]「誓文《せいもん》〱、わたしのことは」、ようお聞き遊ばせや、「ふっつりと思い切り下され候、なんの因果でお前のようなすかぬ男と添われるものぞ、あほうらしい」。

佐四郎　コレ小助、ようもそんな文《ふみ》で[九]大枚《たいまい》の冥加銭を巻き上げたな。こりゃどうしょう、どうしょうぞいなア。

小助　イヤ、イヤ、イヤ、[一〇]文反古《ふみほご》ばかりが恋ではござらぬ、まだまだ祈禱で恋の取り持ちという手ダテがござります。さいわいあそこに山伏の八卦屋が店を出しております。もう[一一]一分《いちぶ》金《きん》一つ井戸へ落としたと思《おぼ》し召し、お頼みなされませ。サ、サ、サ、私におまかせを、おまかせを、コレコレ、法印の八卦どの、

（下手の小屋に声かけ）

小助　ちょっと、客人でござります。

七「されば いな」の転。相手の言葉を受けて答える語。そうですね。
八 神にかけて誓う文言。間違いのないこと。ここは副詞的に、きっと。必ず。
九 金高の多いこと。
一〇「文」は手紙。「反古」は不用の紙、書き損じ。無駄な手紙。
一一 江戸時代の金貨で、一両の四分の一。一歩金、一分判、一分小判、こつぶ。

（小屋の内で「どーれ」と声をかけて法印出る）
法印　今呼びやったは、そなたか。
小助　イエ〳〵わたしじゃございませぬ。この若旦那さまでございますが、
　ソレ、今のお悩みごとを、法印さまの御利益《ごりやく》にて、
法印　ア、ア、承知いたしました。まずまずお顔の相から見てさんじょ。
　（天眼鏡を出し、算木をならべ、佐四郎の顔を見る）
法印　あなたは年は三十一、[一]己未《つちのとひつじ》でござりましょがな。
佐四郎　ウン、ウン、左様でござります。
法印　[二]守り本尊は[三]不動明王《みょうおう》アンケラ菩薩《ぼさつ》でござるな。こりゃ色事でござるな。
小助　若旦那、なんと[四]きついものか。ヘイヘイ、このお客人は大の色事師でございます。
　（佐四郎、[五]浮かめた顔つきをする）
法印　ちゃんと八卦の表《おもて》にはそう見える。ところでこの度、東に当たって金銀の星あらわれ、その星の[六]精力《せいりき》にて、この女は必ず手に入《い》るはずじゃ。
小助　ソレ、佐四郎さま、お喜びなされませ、八卦の表に手に入る女と出ました。冥加銭、冥加銭。
佐四郎　なるほど八卦の表は見通しじゃ、それ[七]小粒一つ。

一　「十干」（甲・乙・丙・丁・戊・己・庚・辛・壬・癸）と「十二支」（子・丑・寅・卯・辰・巳・午・未・申・酉・戌・亥）を組み合わせて用いられる、干支（えと）による六十通りの年の呼称の一つ。
二　身の守りとして信仰する仏。生まれ月によって守ってくれる仏。
三　不動明王にはコンガラ、セイタカの二童子が従うが、アンケラという菩薩は存在しない。法印のいいかげんな文句。
四　素晴らしい。大したものだ。
五　うかない。つんとすました。
六　勢力とも。尽力。力を尽くして骨を折ること。力。
七　一分金（二七頁注二参照）に同じ。

小助　ヘイヘイ、ありがたい。

（法印算木をひねくり、天眼鏡で佐四郎の顔を見ながら）

法印　ヤ、大きな邪魔がある。これを乾坤中断《けんこんちゅうだん》[八]と申して、金星《きんぼし》の男と銀星の女、いわば佐四郎星とお染星とが寄りそおうとすると、この前髪《まえがみ》[九]の眞鍮《しんちゅう》星が、毎晩お染の寝所《しんじょ》に夜這いに出かけて邪魔をする。

佐四郎　それがけたい[一〇]でなりませぬ。その前髪の眞鍮星を法印さまの法力で、

法印　アヽ、よきかな、よきかな、必ず愚僧が祈り殺して進ぜよう。

小助　そんなら、若旦那、とりあえず祈禱はじめに宮の内[一一]の福屋でちょっと一杯、御酒《おみき》を上げまさいでは、な。

佐四郎　ウン、そんなら法印さま、お神楽の鼓より、まず舌づつみ。御祈禱は福屋の内で呑み食いしながらあげて下さりませ。

法印　よきかな〱、まず男女縁結びの星祭り。

小助　サア、サア、お二人とも、早うござりませ。私もあとよりおがみに参上いたします。

佐四郎　左様なら、法印さま、こうおいで下さりませ。

小助　ソレ、御祈禱の始まりじゃ、始まりじゃ。

（合方になり、佐四郎と法印、福屋の暖簾へ入る。小助、そのあとを

八　「乾坤」は易の卦の乾と坤。天地。陰と陽。二つで一組をなすものの真ん中から断たれたという悪い卦。

九　「前髪」は、成人前の童男の称。「真鍮星」は、銅と亜鉛の合金で黄金色に光る真鍮だが本物の金ではない、ところから一人前ではない、本物ではない、というたとえ。

一〇　卦体。易の卦に現れた算木の様子。占いの結果。転じて、いまいましい、いやな感じ。

一一　座摩社の宮の内、境内。

見送って）

小助　ぐっすり[一]いった、ぐっすりいった。これで佐四郎からは小使い銭をしこたま巻き上げ、

〽そのあとは、油屋の、後家を丸めて[二]、身代丸どり。

（チョボの三味線に乗って踊る）

小助　ヤア、こいつはええわ、こいつはええわ。やがてこの小助さまが油屋の御主人、船場切っての大旦那とけつかる[三]わい。うまいぞ、うまいぞ。し[四]たが、別口の久松めを追い出す一貫五百目のスリ替え芝居、しめし合わせた勘六と弥忠太、もうそろそろ来そうなものじゃが……。

（小助、鳥居の前で、左右を覗《のぞ》き見て）

小助　いよる、いよる、二人ともいよる。ちょっと、ちょちょちょっと。

（左右に手招きする）

（弥忠太は上手より、勘六は下手より忍び出る）

勘六　コレ小助どん。

小助　シーッ。

一　十分なさま。すっぽり。すっかり。
二　だまして、言いくるめて。だまくらかして。
三　いる、ある、おる、などの罵語。
四　しかし、けれども、それから、といった意味の俗語。

　（小助あたり見まわし）
小助　弥忠太さん、久松につかませる銅脈[五]は、
弥忠太　先刻、あの手洗所《みたらし》へ仕掛けておいた。小助どの勘六、これ御覧《ごろう》じろ、
　（弥忠太、二人を手洗所《みたらし》へ連れて行き、[六]手洗所の裏側から皮袋入りの
　銅脈を見せる。二人うなずく）
弥忠太　これが仕込みの贋金《にせがね》、銅脈じゃ。
小助　そんならこれが。
勘六　うまいわ、うまいわ。
小助　よし、よし、勘六と弥忠太さまは[七]順慶町《じゅんけいまち》のいつもの呑み屋で待ってい
　て下され。わしはここで久松の帰りを待ち、この銅脈とスリ替えに小倉さ
　まからの一貫五百目せしめて見せよう。
　〽耳から耳へ相談さらり、[八]しめて二人は別れ行く。
　（二人、下手へ入る。小助は床几に腰をおろし、浮かめた顔で煙草を
　のむ）

五　偽造貨幣。にせがね。
六　神前の手洗所はほとんど石造りである。昭和五十四年正月の国立劇場公演の舞台にも大きな石造りの大道具が出た。内側には水が満々とたたえられている。中に入れると水びたし、ゆえに石の手洗所の裏に隠すことになった。
七　戦国大名筒井順慶が居住する屋敷があった、とされるところから出た町名で、現在の大阪市東区にあった。
八　しめし合わせて。呑みこんで。

〽小倉屋敷の小判受け取り、小助の病気きづかいと、[一]とつかわ帰る丁稚の久松、

（これにて上手より久松走り出て、床几の小助を見つけ）

久松　ヤア、小助どの、そこにか。

小助　ヤア、久松か、御苦労〳〵。小倉さまの金一貫五百目もろうて来てくれたか。

久松　もろうて参じましたわいな。

小助　そうか、そうか、大儀じゃったなア。

（久松、皮袋のまま小助に渡す。小助皮袋を開き、金を出して見て）

小助　お店の金じゃによって大事にしいや。

久松　それはそうと、お前腹痛《はらいた》はどうでござんしたかいなア。

小助　腹痛、ア、あの時の腹痛か。あれはお前が走ってくれたあと、社務所へ願《ねご》うて、熱い白湯《さゆ》を一杯もろうて腹を温《ぬく》めたら、それこの通りケロリと直った。

久松　それはそれはようござりました。[二]たいがい案じたことじゃござりませなんだ。

一　急ぐさま、あわてるさま。

二　心配したのは大概な事ではない。ひととおりでない。ひどく心配した。

小助　おおきに、おおきに。心配かけて済まなんだ。
久松　そんなら、わたしゃ、これから本殿裏の末社をひとわたりおがんでまいりましてもよろしゅうございますか。
小助　ええとも、ええとも、ゆっくりおがんできなされ。わしも昼どきじゃ、福屋でカサカサと昼飯《ひるまま》をかきこんで去《い》るといたしましょ。
久松　そんなら小助さま。
小助　よう気をつけて帰りなされや。
久松　ありがとうございます。
（唄合方になり、捨てぜりふにて久松は鳥居の上手へ入る）
小助　久松の受け取ってきたあの金じゃ、あの手洗所《みたらし》の銅脈とここでスリ替えじゃ。ヤ、おいでた、おいでた。
（と踊りながら福屋の暖簾へ入る）
（三鳥屋《とや》ぶれで、「東西、東西、とざいとうざい」）
〽ひとり娘と寵愛《ちょうあい》の、娘ごころを四一筋に座摩の五宮居《みやい》へ歩み来る。
（唄合方にてお染と下女おせん出る）

三　鳥屋⇩用語集。揚幕の中で知らせの声が入り、客への触れ口上となること。ここで芝居の色が替わる。
四　娘お染の恋心が久松に向かって一筋なのと、花道になぞらえた座摩社までの一筋道をかけている。
五　神の宮のある所。神社。

おせん　申しお染さま、ここの茶屋でチトお休みなされませ。私はここで張り番して、彼《か》の人が見えたなら、コレ。

（とお染に耳打ちする。お染、消え入るように恥ずかしいさま）

（お染床几に座る）

お染　そなたは、そういやるなれど、神[一]のお庭でもったいない。もそっと差[二]しあいのない時に、

〽顔を見るのが楽しみと、待つ人よりも待たるる身。

おせん　お嬢さまとしたことが、なんぼう船場の箱入り娘じゃとて、そんな[三]初心《うぶ》では色事にはなりませぬ。まあ〳〵、ここでお待ちなされませ。久松さんと示し合わせの時刻は九つ、もうとん[四]と過ぎている。そこらに見えぬかいなア。

（おせん、左右を見渡し、鳥居の前で久松の姿を見つける）

おせん　コレ、コレいなア久松つぁん。ここじゃ、ここじゃ、早う来なさんせいなあ。お嬢さま、見えました〳〵。

（[五]鳴物になり、久松、鳥居の影より出る）

一　座摩社境内。神様のおわします境内での逢い引きは不敬に当たるというわけである。
二　さしつかえのない。さしさわりのない。
三　ういういしいこと。世間ずれしていないこと。
四　すっかり。まるで。まったく。
五　⇩用語集

お染　ヤア久松か。

久松　お染さま。

（と床几より立って）

〽と、たがいに寄りそう胸の内、呑《の》み込むおせんが、[六]さそくの気転、

おせん　申し御寮人さま、わたしゃ、あの宮の内の[七]綱八《つなはち》の芝居が一幕見てまいりとう存じます。

お染　ほんにそなたは芝居好き、今日《きょう》は幸い行っておじゃ。随分ゆるりと、[八]だんないぞや。

おせん　ハイハイそんなら見てまいります。お染さまも久松つぁんも、どこぞそこらで、しっぽりと[九]藪入《やぶい》りなされませ。

〽はずすは[一〇]猫に鰹節《かつおぶし》、これも忠義と走り行く。契りしなかは言葉かず、言わず取る手を振り離し、

久松　イヤ、もうしお染さま、思いまわせばまわすほど、だいそれたこの久

六　早速。さっそく。「気転（機転とも）」は、状況に応じて機敏に心が働くこと。

七　竹中綱八座の芝居。大坂の中芝居の立役で、安永八年一月、同九年一月、天明二年一月と、座摩社の境内で上演されている記録が評判記（役者男紫花・役者紫郎鼠・役者白虎通）に見える。

八　大事ない。差しつかえがない。

九　奉行人が正月と盆の十六日前後に暇をもらって親元に帰ること。一般には休日の意味もある。

一〇　猫のそばに大好物の鰹節を置くこと。安心できないことのたとえ。ここは好きな者同士を一緒の場に置く危険。

松、

〽御恩も深き[一]おえさまの、[二]お目をかすめて忍び逢い。[三]お主《しゅう》のお前と[四]女《め》夫《おと》ごと、こちは隠せど人は知る。大事のお身に悪名《あくみょう》の立つも誰ゆえ、

久松　みな、わしゆえ。

〽もうこの上はこの久松、死んでお詫びを、

お染　いやじゃ〳〵、わしゃいやじゃ。折角今日《きょう》のこの首尾に、後々《あとあと》のことも話したい。どこぞ人の聞かぬとこへ、エ、こちへおじゃいのう。

久松　そう、おっしゃれば、

〽と、覗《のぞ》く八卦のかこいの内、

久松　ヤアここならしばし人目につかぬ、お染さま。

一　商家の主婦や女主人の敬称。「御家様」の変化。

二　女主人の目を盗んでいる二人の関係。

三　お染は主家の娘であり、主人でもある。厳密な身分の違いがある。

四　夫婦のようなこと。結婚した男と女のような関係が、すでに二人の間にあることがわかる。

〽と、手を引く[五]主従三世相《しゅうじゅうさんぜそう》、忍び入るこそ、[六]わりなけれ。

(お染と久松、八卦の小屋に連れ立って入る)

〽神楽の鈴も時移る。

(神楽の鳴物になり、福屋の暖簾から、ほろ酔いで法印出る)

法印　エ、、きつう酔うた酔うた。あの馬鹿者の佐四郎を手玉にとって、[七]ありがた茄子《なすび》とけつかるわい。エーイ、イヤ待てよ、酒呑みたさに店を明け、山伏が物盗まれては、[八]見てもらうところがない。

(八卦の小屋に近づき)

法印　なにやら小屋の中で、ブッブッスウスウ、[九]ささらで鍋《なべ》の底をこするような音がする。はて[一〇]面妖な。

(暖簾の内を覗いて)

法印　いよう、若い男と若い[一一]女郎《めろ》とが、この昼日なか、[一二]お祭りの最中じゃ、うまいことしよるぞ。

(なおも覗き込んでいる。山家屋の丁稚、下手から出る)

五　主従の関係は前世・現世・来世の三世にわたるという仏教の教えがこの芝居にも色濃いが、「三世相」には、仏教の因縁説に基づく定まらない人間の世のはかなさ、という意味もある。

六　理屈で割り切ることができないほどの深い関係。

七　元禄十五年正月市村座『曾我の対面』で初代中村伝九郎が朝比奈を演じての台詞にあり、流行した。

八　失せ物を探しだすのも易者の大事な仕事である。その易者が物を盗まれては。

九　竹を細かく割って束ねたもので、鍋など飯器を洗うのに用いた。さらさらと音がするところからいう。

一〇　不思議なこと。奇妙なこと。

一一　女性をさす罵語。

一二　ここでは男女の交わりのことをいっている。

丁稚　コレ〳〵法印さま、見てもらいたいことがある。

（丁稚、法印の袖を引く、なおも法印覗いている）

丁稚　法印さま。

法印　エ、、やかましい。どこの丁稚か知らぬが、あちへ行け。

丁稚　イヤ、こちの山家屋の若旦那佐四郎さまが今朝の明け[一]六《む》つからお帰りなされぬ。

法印　なんじゃ佐四郎じゃ。おっと佐四郎さまなら、今ここへわが通力《つうりき》[二]で天[三]下りさせて見せる。[四]南無《なむ》稲荷《いなり》、南無八幡《はちまん》、南無大師遍照金剛《だいしへんじょうこんごう》、佐四郎さま、佐四郎さま。

（福屋の暖簾から佐四郎出る）

佐四郎　わしを呼ぶのは誰じゃや。

（これもしたたかに酔うている）

丁稚　ヤア、若旦那さまじゃ。若旦那さま、店にお客が立て込んでおりまする。お帰りなされませと、[五]番頭さんのお使いでござります。

佐四郎　そんならおれは丁稚の供で家へ帰るが、法印どの必ず必ずお染とわしの縁結びの御祈禱、今宵家《こよいうち》の大広間で頼む。なんならわしと一緒に今から来て護摩《ごま》焚《た》きを始めて下され。

一　午前六時頃。
二　超人間的な不思議な力。神通力。
三　天から降ろす。あの世から現世に呼び戻す。
四　口から出まかせに系統の異なる神仏を並べて子丁稚を煙に巻こうというこんたん。「南無」は仏・経などを信じ敬い、それに帰依すること。
五　商家の雇人の頭で、手代の上位。

法印　ハイ、さようなら御一緒いたしますが、それじゃというて小屋の中が。
佐四郎　エ、？
法印　イヤ、お前さまにお染がでれでれいたします中立ちは、この法印の数《ず》珠《さき》先。六
佐四郎　そんならいこか。
法印　お供申す。
佐四郎　丁稚もこいこい。
（佐四郎、澄まし顔で、唄合方、二人を連れ下手へ入る）

〽人立ち去れば、そっと後ろの襖《ふすま》から、鳥居のそばへ出る二人、

お染　コレ久松、必ず短気の出ぬように。
久松　ハイ、お前さまにも御用心、私は福屋の内の小助どのと後よりすぐに帰りまする。
お染　合《が》点《てん》じゃわいなあ。そんならここで別れるぞや。
久松　お染さま。
お染　久松、万事は後で。

六　祈禱と念力によってお染の気持ちを佐四郎になびかせる、という。

〽あとで、あとでと西東、人目を避けて別れ行く。

（お染は花道へ、久松は福屋の内へ、鳴物かむせて入る。「喧嘩《けんか》じゃ喧嘩じゃ」とカゲ[一]で大勢の声を聞かせて、大勢の男女の町人、上手下手から出る。それに混じって福屋から小助、久松も出て、それにまじる。同時に下手から逃げる勘六の胸ぐら取って弥忠太出る。手を離すと、勘六舞台の中央に倒れる）

勘六　コリャ、なんとさっしゃる。

弥忠太　なんととは、素町人奴《すちようにんめ》[二]、武士の足を泥ずねで踏みながら御免ともぬかさぬ慮外者[三]。

勘六　慮外なら謝まるぶん、まあそのだんびら[四]へ掛けた手を離しゃんせ。まこと、踏んだはおれがすね、踏まれたはこなさん[五]のすね。武士じゃとて素町人じゃとて、すねに違いはあるかいやい。

（群衆「よおー」と声を出す）

勘六　そんなこづき食う[六]ような天満の勘六じゃない。太刀《たち》[七]ひねくってどうなさる。どうなとさらせ。

一　舞台の上手下手の、客席から見えない所。
二　身分の賤（いや）しい町人。または町人を賤しめていう呼称。
三　ぶしつけ者。無礼者。
四　刀身の幅の広いこと。また刀そのものを一般的にいう。
五　あなた。お前さん。
六　こづきまわされる。しつこくいじめられる。
七　大刀とも書く。

(このあたりより、群衆に混じった小助が弥忠太と目かど[八]で示し合いながら、金財布《かねざいふ》を上げたり下げたりしている)

弥忠太　いわせておけば、付け上がる素町人、ウヌ面倒な、こうしてくれる。

(小助の金財布を引ったくり、勘六の眉間《みけん》へ打ちつける)

勘六　ア痛〱。

(勘六、のたうつ)

町人　ヤ、眉間を割られよった。

同　血が出た〱〱。

久松　コレ申しお侍さま、滅相[九]なことをさっしゃるな。あの包みは私の金財布、断りもおっしゃらず、お侍に似合わぬ仕方じゃ。

弥忠太　ヤ、これは粗相、心せくままそなたの持ちものに手をかけた。[一〇]真《まっ》平《ぴら》々々。

(勘六の眉間を打った金財布を拾い上げ)

弥忠太　ヤ、さてさて、少々ばかり血がつき申した。幸い社殿の手洗鉢にて洗い清めてお返しいたさん。

(弥忠太、財布を手にして手洗鉢へ行き、洗うふりして、手洗鉢の下に置いた銅脈とスリ替え)

八　目の端。目じり。目と目で合図をかわしながら。
九　とんでもないこと。でたらめ。滅法。
一〇　ひとえに。ひらに。ひたすら。「真平御免」の略。

弥忠太　コリャ町人、血あとは洗い落とした。これにて許しゃれ。

(財布を小助に渡す。小助、手荒く受け取る。弥忠太鳥居から出て行く)

小助　ほんに、ケタ糞の悪い二本ざし[一]ではあるわい。サア、喧嘩は済んだ。みんな、どいた〱。

(これにて群集、上手下手花道へ捨てぜりふにて引き揚げる)

小助　えらい災難に会ったが金が戻ってよかった。そんなら邪魔の入らぬうち、早うお家《いえ》[二]はんに渡してや。

久松　そんならお先に参りまする。

〽あと見送って、小助は、仕[三]すまし顔、

小助　勘六、もうよい、もうよい。

(勘六、起き上がって)

勘六　小助どん、首尾は。

小助　シーッ。

(これにて小助、勘六、左右に気を配る)

一　武士のこと。武士は大小二本の刀を差している。

二　商家の主婦や女主人の敬称、「お家様」をやや粗略にいった称(三六頁注一参照)。

三　まんまとやりとげた。うまくやってのけた。

小助　上首尾、上首尾、上首尾山の初霞《はつがすみ》とけつかるわい。向こうの手洗鉢に鎮座ましますが、正真正銘のお小判さま。

（手洗鉢の下から、小判包み取って来て）

小助　コレ勘の字、見とれや、この小判はわしがぽっぽ[四]へないない。この阿呆の久松が持っていた金が銅脈、使えぬ金じゃ。あの青二才の久松奴《め》を油屋から追い出せば、あとはわれらが思いのまま。

勘六　そうなる時は、おれも油屋の大番頭に早替わり、小意気[五]なレコを浮世小路[六]《しょうじ》に住まわせて、朝から鯛茶[七]《たいちゃ》の据膳[八]《すえぜん》で、チンチンかも[九]。そんなら、今日《きょう》の取り前を。

（勘六、手を出す）

小助　込んでる[一〇]、込んでる。

勘六　ありがたい、弥忠太さん、ちょと、ちょと、ちょと。

（勘六、鳥居の向こうへ手招きする）

（弥忠太、刀を肩にして出る）

弥忠太　なんと小助、身ども[一一]が手の内、合点《がてん》がいたか。

小助　ほんに思ったよりも見事なものじゃ。そんなら今日の酒代《さかだい》がわり、片身うらみ[一二]のないように、それ二人とも二両ずつじゃ。

四　ふところをいう幼児語。下の「ないない」も入れる、しまうということで、同じく幼児語。

五　ちょっと粋な。ちょっとしゃれている。

六　大阪の高麗橋筋と今橋筋との間にあった小路。隠し宿（私娼窟）や新町の遊里に通う駕籠屋などがあった。

七　鯛の身を熱い飯の上に乗せて茶をかけたもの。

八　すぐに食べられるように食膳を人の前に据えることから、人を働かせて、自分は何もしないでいることも意味する。

九　男女の仲のきわめて睦まじいこと。

一〇　「のみ込んでる」の略。承知している。

一一　われ。われら。

一二　片方からの恨み。不公平から生ずる恨み。

（袖から四両出し、大地へまく。二人「かたじけない、かたじけない」と拾う）

勘六　眉間に疵《きず》までつけられて、たった二両かい。

弥忠太　わしも、この太刀の損料があるぞよ。

小助　双方とも、あとの幕を楽しみに、今日《きょう》のところは勘忍せい、勘忍せい。
そんなら人の見ぬ間《ま》に、散れ、散れ。

二人　合点《がってん》だ。

（弥忠太上手へ、勘六下手へ走り去る。鐘の音）

小助　ありゃ、もう南御堂《みなみみどう》[一]の暮れ[二]六《む》つ、芝居がはねる。

〽人の見ぬ間に早《は》よ行こ、ちょんちょんちょんちょん幕ぎわ綱八の、切[三]狂言の果て太鼓《だいこ》。

（芝居の太鼓聞こえる）

小助　こいつはええわ、よっぽどええええわ。

（小助、真贋《しんがん》の二つの金包みを振りながら踊る）

（幕開きの上方唄をかむせて）

一　真宗大谷派の難波別院のこと。
二　午後六時頃。その時に鳴る鐘。
三　一日の芝居の最後の狂言。または最後の幕。「果て太鼓」は芝居の終わりを知らせる太鼓で、打ち出しとも、ハネ太鼓ともいう。

幕

一河内野崎村百姓久作住家《かわちのざきむらひやくしょうきゅうさくすみか》の場

油屋手代小助《こすけ》
油屋丁稚《でっち》久松《ひさまつ》
油屋娘お染《そめ》
二祭文語《さいもんかた》りの男
油屋下女およし
船頭　一人
駕《かご》かき　二人
油屋後家《ごけ》お勝《かつ》
後家の供の男
百姓久作《きゅうさく》　女房
百姓久作娘お光《みつ》
百姓久作

一　大阪府の中央部東端に位置した河内国の、寝屋川中流左岸、飯盛山系西麓にある村。讃良（ささら）郡の内。元は南条村と称し、寺川村と一村であったが、江戸初期に分村した。曹洞宗地蔵院末慈眼寺は野崎観音として著名で、春秋の法会では野崎参りとして近郷近在の参詣人でにぎわった。昭和三十一年大東市となったが大字名として残っている。

二　「祭文」は元来祭祀の際に神前に奉ずる祝詞、告祭文をいうが、後世これにフシをつけて読むのが語り芸の一つとなった。「歌祭文」「祭文読み」とも称され、近世に至り遊芸人の一種となり、「デロレン祭文」の一流はごく近年まで命脈を保っていた。

三　⇩用語集

四　板のそるのを防ぐために何本かの横木を打ちつけた戸を立てた押入れ。

五　上手、舞台に向かって右側に障子を立てまわした小部屋がある。

六　木戸は大道具（⇩用語集）用語で、出入口や内と外を仕切る役目をする舞台装置。山木戸は、特に山中、野中の一軒家などに用いられ、自然木や竹などで作られる。

七　淀川の支流。枚方より大東市

（正面屋台、[三]暖簾口《のれんぐち》中央〈暖簾は必ず模様なし無地〉、その上手《かみて》に仏壇、つづいて[四]重桟《しげさん》の押入れ、[五]上手障子屋台、牛小屋につづく体《てい》、下手《しもて》[六]山木戸、垣根裏は[七]寝屋川《ねやがわ》に接する体の[八]徳庵堤《とくあんづつみ》、枯草あしらう。土手の上に紅白の梅〈満開〉。遠山は低く、なだらか、遥《はる》か彼方《かなた》にあり、[九]野《の》遠見《どおみ》。屋台は萱葺《かやぶ》き、[一〇]鼠壁《ねずみかべ》のよごれ。屋台の下手、土間、[一一]へっつい。屋台上の下手隅に小さい囲炉裏）

（にぎやかな上方《かみがた》の[一二]在郷唄《ざいごううた》で幕あく。すぐチョボにかかる。舞台空虚。鶯《うぐいす》の声、適当にあしらうこと）

〽年の内に春を迎えて初梅の花もとき知る野崎村、久作という小百姓せわしきなかに女房は[一三]万事かぎりの老い病《やまい》、娘お光が介抱も心いっぱい両親に。

（合方になる。上手障子屋台よりお光出る。頭に白地手拭《てぬぐ》い、襷《たすき》がけ。手に盆とその上に小さい[一四]薬土瓶《くすりどびん》のせている。屋台正面に出て、空を見上げ）

お光　ほんに今日《きょう》は朝から年の瀬には珍しい[一五]小春日じゃによって[一六]糊《のり》かい物を

に入り、平野川を合わせて、淀川に合流する。野崎参りの参詣人はこの川を上り下りした。

八　得庵堤とも。野崎村から西へ大阪へ行く途中の寝屋川の北側にある堤。

九　⇩用語集（遠見）。田舎風景を描いた背景道具。遠山と近い田畑を描く。

一〇　世話の屋台の内外の壁は鼠色に塗られることが多かった。久作の家は百姓家で、鼠色も汚れていて、所々にシミも目立つ。

一一　かまどのことで、「へっつい」の促音化。

一二　田舎のことに農村の場面を音楽（下座音楽⇩用語集）で表現する曲を「在郷唄」と総称する。この場の幕開きに使われるのは〽麦ついてー」である。

一三　すべてに限りがある。百姓久作の女房は、余命いくばくもない病で上手障子屋台の小部屋に伏せている。現行の上演でこの女房を出さないことが多いのは間違いで、人間関係の複雑なもつれ、義理のしがらみ、そしてお光の決意と不幸などとかかわって、久作女房の存在はこの場では重要であり、死に近い老いの病と、春の陽気の対比にこの場のせつなさがすでにし

片づけようと思うていたに、かかさんのきついせき込み、ついそれに手を取られ、とんとハカがゆかぬわいなあ。

〽[一]孝行臼《うす》の石よりも堅い行儀のつま[二]はずれ、

(お光、土瓶を囲炉裏のそばへおき、釜から湯をさし、襷、手拭いを取り)

お光　この間《ま》に、かかさんの腰でももんで進じょ、か。

(上手屋台へ入る。鶯の声)

〽[三]冬編笠《ふゆあみがさ》も[四]ふすぼり三味線[五]ツボも[六]素《す》またの弾き語り、

(下手、奥カゲにて)

祭文の男　当節、大坂で大はやりの[七]繁太《しげた》夫節《ゆうぶし》、本は上下《じょうげ》で六匁《もんめ》、[八]お夏《なつ》清《せい》十《じゅう》郎《ろう》の[九]道行《みちゆき》、道行。

(下手、土手より祭文語り出る。破《や》れ編笠で顔かくし、尻からげ、弾き語り)

〔前頁注続き〕て表出しているところに作者の意図が明白である。

一四　薬を煎じるための陶器。茶飲み道具の一つで、ツルがついている。

一五　本来は陰暦十月の、春のようにうららかな日。またはその日ざし。

一六　糊をつけてこわばらせた布。この場面は糊をつけた洗濯物。

一　固いものを粉にして老いた親に食べさせる意。「孝行」を「香々」にかける。香の物の漬け石に使えなくなった石臼を用いる。

二　裾のさばき方。転じて、身のこなし。

三　菅(すげ)や藁(わら)などで編んだ笠。日よけや顔をかくすための笠だが、夏のもの。それをこの季節にかぶっている胡散(うさん)臭さを表現している。

四　さえない、くすんだ色の古ぼけた三味線。

五　急所。かんどころ。要点。音楽でいう調子のかんどころ。

六　拍子のはずれること。要所をはずれること。すかまた。

七　上方における浄瑠璃の一流派。

〽[一〇]あずまからげの甲斐性《かいしょ》なき、こんななりでも五里十里、清十郎涙ぐみお夏が手をとり顔打ちながめ、同じ恋とはいいながら、お主《しゅう》の娘を連れてのく、これより上の罪もなし。

（土手から山木戸の前を弾きながら右往左往する。お光、障子屋台から出て）

お光　エ、、通って下され、通らっしゃれ。今ははさんウトウトお休み。目をさまさんすりゃ、悪い。サアわたしが一冊買うほどに、早う通って下さんせ。

（戸口へ出て、帯のあいだに入れた小銭を祭文の男に渡す。祭文語り下手土手へ消える）

お光　すかん歌祭文ではあるわいなア。（手にした小形の道行本[一一]を見て）なんじゃ、お夏清十郎、道行恋の濡《ぬ》れ草鞋《わらじ》、なんのこっちゃぞいのう。（道行本をふところに入れて）ホンニまた遅れた。煎《せん》じ薬、あたためておこうか。

（合方になり、屋台下手の囲炉裏で薬湯《やくとう》をあたためる）

祖は宮古路繁太夫。大坂島之内を中心に花柳界に流行した。繁太夫一代にして絶えたが、お座敷芸として盲人に伝承された。後に鶴山勾当が吉原にも流行させたが、哀調を帯びた曲が悪い影響を与えるとされ禁止された。以後、地唄に繁太夫物として残るのみとなった。

八　姫路城下但馬屋の娘お夏が、手代の清十郎と通じ、駆け落ちしたが捕らえられ、清十郎は主家の金子を盗んだ疑いをかけられ刑死、お夏は発狂したという巷説があり、浄瑠璃や歌舞伎、小説の題材にしばしば取り上げられた。

九　果たされぬ恋に迷った男女が死におもむく道中を、道行として日本の文芸に確立したのは近松門左衛門の心中物浄瑠璃による。それ以前、能楽においても、旅を描く手法として古くから道行があり、「道を行く」芸能はもっと古くから行われていた。

一〇　旅行の折の着物の着方で、裾を広げて、足さばきのし易いようにした。道行の男女の着付けとして定着している。

一一　道行の文句を書いて一冊の本として祭文語りが売ったもの。

〽大坂を早立ちに辰巳《たつみ》[一]へ三里足早に、久松連れて久三《きゅうざ》[二]の小助。

（合方にて、小助と久松、花道より出る。七三にて）

小助　ド、ド、ド早う歩きさら[三]さんかい。そんならあのきたなアい、煮しめたような藁葺《わらぶ》きが、貴様の親の久作の寝ぐらか。

久松　ハイ左様にござります。

小助　マ、なんと貧乏くさいうちやなア。

（舞台へかかり、山木戸の前で）

小助　百姓の久作、うちに居やるか、来たぞよ来たぞよ。

お光　ハイハイ、どなたさんでござんす。いま開けますぞや。

（お光、戸口へ来る。木戸開ける）

お光　ヤ、久松つぁんか、マアマアよう戻って下さんした。サアサア上がらんせ。さだめて[四]こちらさまは送りのお方か、お茶一服、それお煙草。

〽と、うれしさに立[五]ったり居たり気もそぞろ、

一　大阪から東南の方角。

二　久三郎の略。一季もしくは半季の下男の通称。江戸の「わたりもの」と同義で、江戸方言の権介（助）に同じ。現在の派遣社員や契約社員のようなものだが、程度の低い者が多かった。小助が、油屋根生（ねお）いの従業員ではない、ということがここで明らかになることによって、この芝居の状況がいま一つ鮮明になる。

三　「さらす」は（動詞の連用形について）相手をののしる意を表す。歩きやがれ。

四　明らかに。間違いなく。かならず。きっと。

五　あまりの嬉しさに、落ち着いて立っていたり座っていたりできない様子。お光の久松に対する気持ちは、まさに手の舞い、足の踏む所を知らず、というところであった。

六　「ウス（薄）」の転で、少しばかり。何となく。きたないを強調している。

七　本来人の住んでいる所、の意だが、ここでは村里、田舎、の意味。単に在とも。

八　お山。上方では遊女のこと。

九　三本足の五徳（炭火などの上

（小助、久松、屋台へ上がり上手に立つ。お光煙草盆を出す）

小助　エヽ、やかましいわい。[六]ウソきたない[七]在所の茶、呑《の》みには来ぬわい。まア気を落ちつけて聞きさらせ。この久松奴《め》が店の金一貫五百目、[八]おやま狂いにチョロまかしたによって、今日《きょう》連れて来たはな、父親の久作と[九]三《み》ツ鉄輪《がなわ》で[一〇]詮議《せんぎ》しようためじゃ。久作出せ、久作出しやがれ。

〽身のあやまりに久松は差しうつむいて言葉さえ出ぬを横からお光の案じ、

お光　お腹立ちはお道理ながら、こちの久松さんにかぎってよもやそうした不しだらはあるまい。これは定めてなんぞの間違い。久松つぁん、つい言い訳して下さんせいなア。

小助　ヤ、[一一]べるはべるは、しゃべるはしゃべるは。コリャやい、この久松は頭こそ前髪《まえがみ》なれ、そのさらすことの素早さ、お主《しゅう》のお娘《むす》を[一二]チョう、イヤイヤこのあとはいわずに[一三]こますが、掛け取りの[一四]為替《かわせ》の金、どこでどうスリ替えよったか、内へ戻って開けたところが、[一五]わやぴんの銅脈じゃ。てっきり座摩《ざま》はんの境内で、イヤイヤイヤ途中の道でスリ替えた[一六]早咲《はやざ》きの久松、[一七]早《はや》

に置き、鉄瓶などをかける三脚または四脚の輪形の器具）。転じて三人で相対すること。ここでは、小助・久松・久作の三人のこと。

一〇　犯罪の取り調べ。罪人の捜索。小助は久松に主家の掛け取り金に手をつけた、といういいがかりをつけ追放しようとしている。

一一　「しゃべる」の罵語。極めて下品な使い方。

一二　「ちょい」。ちょっと（……する）。この場合は、久松が主家の娘お染にちょっと手をつけた、という意味。

一三　「与える」、「やる」の卑語。

一四　掛け商いの契約によって手形を交換してひきかえに入った金、ということ。

一五　「わや」は悪い。「ぴん」は「孔方兄（こうほうひん。銭の異称）」の略。質の悪い物の意。江戸期の芝居者の間では、にせがねの意に用いられた。

一六　ませた久松、という意味。安永年間に、軽業で有名だった早崎京之助の名に擬しているのだろう。

一七　浄瑠璃の太夫名に擬してこれも久松をおちょくっている。

久太夫《ひさだゆう》でござアい、イヤ、カラ〳〵。

（久松無念の思い入れ）

小助　なんじゃ〳〵、白目むくは無念なか。無念ならチョロまかした金出せ、あるまいがな。無けれア久作出せ、出しやがらんと奥へ踏み込むぞ。

〽と駆け入るたもとを久松引き止め、

久松　なるほど、金をスリ替えられたは私の[一]不調法《ぶちようほう》。なれど、そなたがお家《いえ》さまにたきつけ、

小助　なんじゃ、お家さまじゃと。そのお家さまが詮議仕抜いて来いとのいいつけ。じゃによって[二]めッきしゃッきするのじゃわい。

（お光、小助に寄り）

お光　みな、御尤《ごもっと》もではござんすなれど、奥に寝ている病人に聞かせましては病のさわり、もそっと静かにして下さんせ。

小助　イヤ、高《たこ》ういうのじゃ、高ういうのじゃ。ハハン、これや親爺《おやじ》の久作もぐるじゃな。

お光　イエ父《とと》さんは今のさき大坂の油屋へ歳暮《せいぼ》の礼に行かしゃんした。

一　行き届かないこと。至らないこと。しくじり。

二　滅鬼積鬼。責め問い質（ただ）す。きびしく責めること。

小助　そんな[三]テレンぬかすからは、もう家《や》さがしじゃ、家さがしじゃ。
〽と、お光を突きのけ、取りつく久松、面倒なと踏むやら蹴るやら[四]無法の[五]ちょうちゃく、[六]詮方《せんかた》もなき折からに、道引き返し、[七]いっきせき戻る久作駆け入って、小助を引き退け突き飛ばす。

（久作[八]藁《わら》づとに白梅指したをかつぎ下手土手より出て、足早に舞台へかかる）

久作　人の留守のあいだに来て[九]わっぱさっぱ、様子によっては[一〇]料簡《りょうけん》せぬぞ。
お光　父《とと》さん、よう戻って来てくださんした。最前から久松つぁんを踏んだり蹴たり。
久作　オヽ、よいてや〳〵。この久作が戻るからは、お光も久松も落ちつけ落ちつけ。
小助　そんなら、この老いぼれが久作か。オヽ痛、オヽ痛、ようも[一一]腰のちょうつがい蹴りくさったな。貴様の息子がおやま狂いの一貫五百目詮議に来たこの小助は取りも直さず御主人さまの[一二]名代《みょうだい》、それを[一三]わりゃなんで投げた。

（久作、腰の煙管《きせる》取り出し煙草吸うている）

三　手練。人をいつわりだますこと。ごまかすこと。
四　法にも道理にもはずれたこと。乱暴なこと。
五　打擲。なぐること。
六　なすべき方法がない。しかたがない。
七　「息急き」。息をはずませて急いで久作は道の途中から帰ってきたのである。
八　藁を編んで、物を包むようにしたもの。
九　口やかましく言うこと。あれやこれや大声で言いつのること。
一〇　許さぬぞ。
一一　腰の関節。
一二　代理。人の代わりに立つこと。
一三　お主、お前、そち、などの卑語。相手をいやしめていう「われ」の卑語。

久作　これは、これは迷惑な。[一]雲雀骨《ひばりぼね》見るようなこの親爺《おやじ》が、なんで血気のあなたさまを投げましょぞい。

小助　投げくさったわい。

久作　イヤ、投げたのじゃない、[二]怪我《けが》のはずみ、

小助　ウーム、

久作　はずみじゃわいのう。大坂へ行こうと村はずれ、村の若い衆が久松が戻って来たぞと知らせてくれたで、行き戻り六里の道を助かった[三]徳《とく》、庵堤《あんづつみ》、マア久松よう戻りやった。ヤレヤレこれで落ちついた。じゃが、何をさし置いて、わざ〱大坂から連れて戻って下された傍輩衆《ほうばいしゅう》のお世話、くれぐれもお礼申さにゃならぬ。お光よ、一本つけて進ぜんかい、あなた、口よごしじゃ〱。

小助　コリャやい、コリャやい、舐《な》めな、舐めくさるなやい。われのようなドン百姓は夢にも見たことのない一貫五百目という大金、それをチョロまかした息子の久松、息子の[四]科《とが》は親にかかる。奇麗さっぱり[五]金立てるか、それとも、恐れながらと[六]願おうか。どうじゃい、どうじゃい、どうじゃい。

久作　ハテ、よいわいの、あなたさまのように、そう大声立てては体の毒。とかく人間というものは気を長《なご》う持つのが長生きの薬じゃてて。ヤ、その

一　骨ばってやせていること。貧弱な骨格。
二　「怪我」も「はずみ」も、思いがけないその場のなりゆきによる不測の結果、という意味がある。
三　この徳は得。「助かった徳」と「徳庵堤」をかけている。
四　罪。
五　金を用意する。久松のチョロまかした金を用立てるか。
六　奉行所に訴えること。

薬で思い出した。油屋への土産しょうと思うたこの山の芋をとろろにして、出来あいの麦飯《むぎめし》、どうじゃな一杯進ぜましょうか。

小助　おけやい、おけやい、おけやい、どこまで人を[七]オチョくる親爺奴《め》、イヤ麦飯のイヤとろろのと、そうヌラリクラリとは抜けさせぬ。エ、[八]あんだら臭い。

〽蹴散らす藁づと、破れてぐゎらり出る[九]丁銀《ちょうぎん》、

小助　こりゃなんじゃい。

久作　ソレ、久松が[一〇]引き負いの金、とっとと持っていなっしゃれ。

〽と聞いてお光も久松も思いがけなきおどろきに、小助もぎょっと、包みあらため、

（小助、金包みを手に取って）

小助　こりゃ[一一]正真《しょうじん》じゃ、こりゃ正真じゃ。吹けば飛ぶような百姓家《や》に、[一二]どん亀《がめ》三つで一貫五百匁《め》、テモマア出にくいとこから、コリャよう出たな。ハ

七　からかう。馬鹿にする。
八　「あほうくさい」に同じ。「あんだら」は愚か者。ばか。まぬけ。
九　海鼠（なまこ）の形をした銀貨。
一〇　人に代わって行った売買・取引の損失が自分の負担になること。まきぞえ、連累などの意味もある。
一一　本物。真実正しいこと。
一二　スッポンの異名。形から丁銀のことをいっている。

イハイ受け取るで、受け取るからは、言い分ないわい。

（小助、金取ろうとする）

久作　そっちに言い分のうても、こっちゃぐっ[一]と言い分あるわい。

（金取ろうとする小助の腕を煙管で叩く）

小助　痛い、痛い、なんさらす。

久作　人にだまされ取られた金をおやま狂いの、悪《わる》[二]づかいのと、無[三]い名をつけてもろうては、世[四]間が済まぬ。もう久松は大坂へはい[五]なしはせぬぞ。もう二十年若けりゃ、野良で鍛えたこの足で顔も体も踏みにじってやる奴《やつ》なれど、それも無駄かいなア、サア早う去《い》ね。

〽といわれて、どうやら底[六]気味悪く、打[七]ちがえ取り出し捻《ね》じ込み捻じ込み、

（小助、袋に金を入れる）

小助　ハハア命冥加《いのちみょうが》[八]なこの一貫五百目、うちへいんで出したところが、か[九]えるになっていはせまいか。

久作　四[一〇]の五のほざかず、足元の明るいうち、とっとといにさらせ。

一　随分、沢山という意味をこめて、「言い分」を強調している。
二　悪い事にお金を使うこと。
三　悪名をつけられる。事実無根の濡れ衣を着せられること。
四　社会（世間）に対して顔向けができない。
五　「いなす」は、帰らせる。立ち去らせる。
六　薄気味悪い。ゾッとするさま。
七　打飼。打違とも書く。狩りの時、犬に与える餌を入れた底のない筒状の長い袋のことだが、転じて金銭を入れて腰に巻いた袋。
八　死ぬはずの命が（神仏の加護により）運よく助かること。出てくると思いもよらなかった金が帰ってきたことを言っている。
九　お金が木の葉になるのは狸や狐に化された時だが、自雷也の妖術では石でも蛙になる。
一〇　何のかのと文句を言わず。とやかく言わず。

小助　オ、、いないでかい、いないでかい。この金はお主《しゅう》のものなれど、おれが手でおれがこうかたげ[一一]、おれが足で、おれが歩いて、おれが体で、おれがいぬに、ぐっとも[一二]言い分ないはずじゃ。

〽と、へらず口して、とっぱ[一三]門口《かどぐち》、柱で頭、

小助　ア[一四]、痛ッ。

（小助　柱で頭うつ）

〽小助は足早に、大坂のかたへ、

（小助、木戸を出て）

〽立ち帰る。

（小助、花道を走り入る）

お光　ととさん、あのお金、ほんにわたしゃびっくりしたわいな。

一一　担げ。肩に乗せてかつぐこと。

一二　ぐうとも。少しも。

一三　突破。障害となるもの（この場合は木戸口）を勢いよくやぶること。

一四　「ア、痛ッ」というこの小助の台詞から、この場（段）の前の部分（端場（はば））を「ア痛し小助」と通称する。前場の座摩社のくだりが出ないとこの場が出る意味もなくなるが、こうした場面にこそ芝居の面白さがある。意味が通じるばかりでなく、ここで野崎村の場における人間関係やもつれあいが後の場面の布石となって生きてくるのである。ないがしろにできない場面だ。

久作　なんの、なんの、びっくりすることも、何にもないぞえ。

〽お光は親の[一]気を兼ぬる、久松すり寄り、

久松　もし親爺さま、この身の[二]手詰《てづ》めはのがれても、あの大枚《たいまい》のもの、あとでお前さまの難儀[三]には、

久作　あの金は京の[四]黒谷《くろだに》さまへあげようと思うた永代供養[五]、なんの気遣いなものか。そなたはこの親をよっぽどの[六]水呑《みずの》み百姓《びゃくしょう》と思うてか。のうお光よ、[七]まんざらあればかりでもないわいやい、ハハハハ……。

久松　それで安堵《あんど》じゃ、のう、お光どの。

久松・お光　（顔見合わせ）ハハハ……、

久作　ハハハハ……久松、その安堵でいうのではなけれど、このお光は奥に寝ている嬶《かか》の連れ子《こ》、どうやら二人とも満更でもなさそうな今の様子、今日《きょう》は取りわけ日柄もよし、いっそ今日のうち[八]内祝言《ないしゅうげん》の盃さそう。なんとお光よ、うれしいか。

お光　ととさん。

久作　ほんに、あのうれしそうな顔じゃてて。ハハハハ……さいわい餅《もち》もつ

一　「兼ぬる」は「兼ねる」（ここは、おしはかるの意）の否定型。親（久作）の気持ちがよく解らないこと。
二　将棋などで打つ手がなくなることから、追い詰められた状態、状況。
三　苦しみなやむこと。
四　比叡山西塔の北谷にある延暦寺別所、青竜寺。法然が修行したところで本黒谷という。また、法然が庵を結んだ金戒光明寺を新黒谷ともいう。
五　故人の供養のために、毎年の忌日や春秋の彼岸などで永久に行う法養および読経にかかる経費のこと。
六　所有田畑を持たない貧しい小作または日雇いの農民。農民をさげすんでいう言葉でもある。
七　必ずしも、あればかりではない。「あれ」は小助を追っぱらったことだが、他の事でも男として用が立つ、と言っているのだろう。
八　内々で結婚の祝いをすること。うちわの祝言。

いてあるし、酒も組重《くみじゅう》[九]も正月前で用意は出来ている。これで今のわやく[一〇]もさらりと済ませた。

〽と藪《やぶ》から棒をつっかけた親の言葉に吐胸《とむね》[一一]の久松、知らぬ娘はうれしいやらまた恥ずかしき殿[一二]もうけ。

（奥で病母のしわぶく[一三]声）

久作　ほんに、祝言のことに取り組んで、さだめし婆《ばば》もさびしかろう。そんならおれは久松連れて見舞《みも》うてやる。

お光　そのまに、わたしや膾《なます》[一四]のこしらえ。

久作　ウン、そうせい〳〵。久松、いこか、サア、いこ、いこ、いこ。

久松　アイ。

〽と先に立ち、喜び勇む親の気を、知って破らぬ間《ま》[一五]に合い紙《がみ》、ふすま引っ立て、（オクリ）[一六]

（このオクリで、久作は上手屋台へ、続いて久松も思い入れあって入

九　いくつも組み重ねるように作った重箱。かさねじゅう。

一〇　「わや」（上方方言）とも。無理なこと。乱暴なこと。めちゃくちゃなこと。

一一　「ト胸を衝く」の略で、トは強意の接頭語。どきっとすること。

一二　婿取り。婿を迎えること。

一三　咳く。せきをする。

一四　大根・人参を細かく刻み、三杯酢・胡麻酢・味噌酢などであえた料理。

一五　幅三尺（約九一センチ）の、びょうぶやふすまに張る上質紙。久松はお染とすでに深い仲にある。久作はそれと知らずお光との婚礼にただ喜び勇んでいる。久松は言うに言われぬ心中をかくして（間に合い紙を破るようなことはせずに）ふすまの中に入るのである。

一六　義太夫で、一段中の一区切りの終わりから次の段の始まりまで弾き続ける三味線の演奏のこと。

る。お光のみ、暖簾口へ嬉しげに入る)

(舞台空虚)

(鳥屋《とや》触《ぶ》れにて「東西、東西、とおざーい」)

〽あとに娘は気もいそいそ、

(正面暖簾口からお光出る)

〽日頃の願い叶《かの》うたも天神さまや観音さま、第一は親のおかげ。

お光　こんなことなら、けさあたり、髪も結うておこうもの。

〽[一]鉄漿《かね》のつけよう挨拶も、どういうてよかろうやら、[二]覚束《おぼつか》なますこしらえも、祝《いお》うて大根《だいこ》も[三]友白髪《ともしらが》、[四]末菜刀《すえながたな》と気も勇み、手元も軽うチョキチョキチョキ、切っても切れぬ[五]恋衣《こいぎぬ》や、元の白地をなまなかに[六]、お染

一　おはぐろの液。江戸時代結婚した婦人は歯を黒く染めた。平安時代には公家の男子にも見られた習俗。

二　「覚束ない」に「なます」をかけた言葉。

三　なますの大根の白さに白髪をかけ、夫婦共に白髪になるまでの久しい佳い関係を寿（ことほ）いでいる。

四　幾久しい夫婦間の交情を「末長く」と寿ぎ、なます作りの大根を切る菜っ切り包丁にかけている。

五　本来「こいごろも」と読むのが正しいのだろう。恋を、常に身を離れない衣に見たてた語で、ここでは大根を切ることとかけているのと同時に、お染の出に会わせてお染と久松の切っても切れぬ関係までも含んでいる。

六　生半。どっちともつかない中途半端なさま。中ぶらり。衣でいえば、元の白地が久松によって中途半端に染められた状態が、今のお染の心境である。

は思い久松があとを慕《しと》うて野崎村、堤伝いにようようと、梅を目当てに軒のつま。[七]

（花道よりお染、後より下女およし日傘を持って出る。七三にて）

〽供のおよしが声高《こわだか》に、

およし　申し〳〵御寮人《ごりようにん》さま、彼《か》の人に逢おうばっかり、寒[八]い時分の野崎参り、いま舟の上[九]がり場で教えてもろうた目印のあの梅、大方ここでござりましょうぞえ。

お染　ア、、コレもそっと静かにいやいのう。久松に逢いたさ、[一〇]来《き》ごとは来ても、在所のこと、目立っては気[一一]の毒、そなたは舟へ早う〳〵。

およし　そんなら、御寮人さま、舟着場でお待ち申します。

お染　合点《がてん》じゃわいなア。

〽船場をさして走り行く、立ち寄りながら越え兼ぬる、恋の峠の敷居も高く、

七　端。へり。きわ。はし。軒先のこと。

八　野崎村は、曹洞宗地蔵院末慈眼寺、通称野崎観音が有名で、春秋の彼岸にはことに参詣人でにぎわった。寝屋川の舟運は江戸時代盛んであったが、野崎参りのときには肥舟や田舟を洗いあげて客船にしたほどだったという。まだ春の彼岸にならぬ寒い時分の野崎参りということである。

九　舟着き場。

一〇　来ることは来たけれども。

一一　（自分の気持ちの毒になる、という意から）きまりが悪い。恥ずかしい。

お染　（お染、舞台へ来る。軒先にたたずみ）
　　[一]ものもう、お頼み申します。
　　〽いうも、こわごわ暖簾越し、
お光　百姓の内へ改まった、用があるなら入らっしゃんせ。
お染　[二]そつじながら、久作さんは[三]内方《うちかた》でございますか。
お光　ハーイ。
お染　さようなら大坂から久松という人が、今日《きょう》戻って見えたはず。ちょっと逢わせて下さんせ。
　　〽いう言葉つき、[四]なり形、常々聞いた油屋のさてはお染と[五]悋気《りんき》の初《はつ》ものの、胸はもや〱掻《か》きまぜ膾《なます》、俎板《まないた》押しやり、戸口に立ち寄り、見れば見るほど、
お光　美しい、あた可愛らしいその顔で、久松さんに逢わしてくれ、そんな

一　「物申す」の略。他人の家を訪ねて案内を乞う言葉。
二　卒爾。突然なことで失礼ですが。
三　うち。自宅。他人の家の尊敬語。おたく。
四　形貌。すがたかたち。みなり。
五　「悋気」はやきもち。特に男女間の情事に関わる嫉妬のことだが、お光は久松とお染の間に、初めて嫉妬した。

お方はこちゃ知らぬ。よそをたずねて見やさんせ、ビ[六]、、、、。

〽阿《あ》呆《ほう》らしいと腹立ち声、心つかねば、

お染　ホンニマア、なんぞ土産と思うても急なこと、コレコレ女子《おなご》衆《しゅ》、さ[七]もしけれどもこれなりと、

〽夢にもそれと白玉《しらたま》[八]か、露をふくさに包みのまま差し出せば、

お光　こりゃなんじゃえ。大どころの御寮人さま、さまさまといわれても、心がいたらぬおかしゃんせ。在所の女子《おなご》とあなどってか、欲しくばお前にやるわいな。

〽とやら腹立ちに門口《かどぐち》へほうれば、ほどけてばらばらと、草にも露金《つゆがね》[九]芥子《けし》人形、[一〇]微塵《みじん》[一一]に香箱《こうばこ》われ出した、中へつかつか親子づれ、出て来る久作、

六「ひ」の半濁音の「ぴ」を重ねて娘の相手に対する反抗と拒絶を表す。『義経千本桜』すし屋の娘お里が兄の権太に対しても、同じ用法がある。娘にかぎる。
七　見苦しい。みすぼらしい。
八「白玉」は露の美称でもあり、お光と久松の関係を、夢にも「知らぬ」ことと、下の露にかかり、かつ、真珠（白玉）のように純真無垢なお染の心を表現している。
九　前の「露をふくさに」を受けて「露」を「露金」という美称で表現し、極く小さな人形を露にたとえた。「芥子人形」は、極小の衣裳人形で雛祭や玩具として用いられ、一名豆人形とも。
一〇　極めてこまかいこと。ごく小さいこと。
一一「香箱」は香を入れる箱。その箱に芥子人形が入っていた。お光が投げ返したはずみに香箱が壊れて、人形が飛び出た。

（久作と久松、上手屋台より出る）

久作　どうじゃ〳〵膾はできたであろう。さて祝言のこと婆《ばば》が聞いてきつい喜び。じゃが、年は寄るまいもの、さっきのヤッサモッサ[一]でとりのぼせたか頭痛もする。ア、ア、ア、いこう[二]肩もつかえ[三]て来た。橙《だいだい》[四]の数は争われぬものじゃわいの、ハハハ……。

久松　そんなら、そろそろ、わたしが揉《も》んであげましょうか。

久作　そりゃ久松忝《かたじけ》ない。老いては子に従えじゃ。孝行に片身うらみのないように、ア、お光よ、三里[五]をすえてくれぬか。

お光　アイ〳〵そんなら風の来ぬように。

〽何[六]がな表へ当[七]たりまなこ、門《かど》の戸ぴっしゃりさし[八]もぐさ、燃える思いは娘気《むすめぎ》の、細き線香に立つけむり。

（チョボのメリヤス[九]になる。久松は肩、お光は下手からもぐさ箱取り出して）

久作　サア〳〵親子とて遠慮はいらぬ。もぐさもケン[一〇]ビキも大づかみにやってくれ。

一　どさくさ。大さわぎ。もめごと。
二　たいそう。ひどく。
三　凝（こ）って。
四　正月飾りに橙を用いるので、その数を重ねることで加齢の意を表す。
五　膝頭の下の外側のへこんだ所。ここに灸をすえると脚の疲れはもとより万病に効くという。
六　何か。何物をか。木戸の外にいるお染のこと。
七　当てつけて見る眼。
八　「さし」には「鎖（さ）す」で、戸口などを閉ざしめる、とざすという意があり、「点（さ）す」では、火をともす、点火する、という意味もある。木戸口の戸をぴっしゃりとざすのと、灸のもぐさに点火するのを「さし」でかけた表現。
九　邦楽用語。義太夫節では語りを伴わないで、軽い会話や動作にあしらう三味線の旋律をいう。
一〇　痃癖（けんべき）の訛り。頸（くび）や肩などが凝ること。転じて按摩のこともいう。

久松　アイ〳〵きつう、つかえておりますぞえ。

久作　オヽ、そうであろう、そうであろう。ついでに七九《しちく》[一一]もやってたも。

お光　ととさん、すえるぞえ。

久作　オヽ、すえてくれ、すえてくれ。アツ、アツ、えらいぞ〳〵。イヤもう明日《あす》が日死のうと、火葬はやめにしてもらいましょう。丈夫に見えても、もう古家《ふるや》[一二]、屋根も根太《ねだ》[一三]も、こりゃ一時《いっとき》[一四]に割普請《わりぶしん》じゃ、アツ、アツ、アツ、アツ。

お光　マアととさんの仰山な、皮切り[一五]はもう仕舞いでござんす。ほんに風が来ると思や、誰やら表を開けたそうな、締めてさんじょ。

〽と立つを引き止め、

久作　ハテ、よいわいの。昼なかにうっとうしい。のう久松、コレ久松、よそ見していずと、しっかり揉まぬかい。

久松　サア、よそ見はせぬけれど、覗《のぞ》くは悪い、折が悪い、悪い。

〽と目顔《めがお》[一六]の仕方[一七]。

一一　背骨と肩甲骨の間にある八カ所の灸をすえる場所。
一二　古い家。年寄った自分（久作）の体を古い家にたとえている。
一三　体全体を古い家にたとえたわけだから、「屋根」は頭だろうし、「根太」は床板を受けるために床下に渡した横木のことであるから、足ということになろうか。
一四　「割普請」は、一つの普請を幾つかに分け、分担して作業することであるから、頭を久松が足をお光が療治するこの芝居にかなっている。よくできた表現である。
一五　最初にすえる灸。
一六　目で会話すること。目つき。
一七　やり方。手段。身ぶりや手まね。お染の姿を門口に見た久松は驚いたが、久作もお光も目前。目で、早くこの場から立ち去ってくれ、と合図をするのだが。

久作　悪いの、覗くのと、足に灸《きゅう》こそすえておれ、どこもお光は覗きやせぬわい。

久松　サア、その悪いと申しましたは、オ、それ〱確か今日《きょう》は瘟瘟日《うんこうにち》[一]、それゆえ灸は悪い、悪いというたのでござります。

久作　エ、、愚痴[二]なことを、このように達者なは、ちょこ〱灸をすえ作り[三]をする。そこで久松、アツアツ、わが身たち[四]も達者なように灸でもすえるが、親への孝行じゃ。

お光　オ、、そうでござんすとも。久松つぁんには美しい振袖[五]の持病があって、招いたり呼び出したり、エ、憎てらしい、あの病《やまい》[六]づらの入らぬよう、敷居の上へ大きゅうしてすえておきたいわいなア。

（お光、久作の頭へ灸をすえる）

久松　コレ、お光どの、振袖の持病のと、いろ〱の耳[七]こすり、端《は》したないこと、聞いてはい[八]ぬぞえ。

お光　ホホ……変わったことがお気に障った。

久松　エ、、障らいでか。

お光　こりゃ、おかしい、そのわけ聞くぞえ。

久松　いうぞや。

一　灸を忌（い）む日。
二　おろかなこと。言ってもしかたのないことを言ってなげくこと。
三　灸をすえることに、古家の普請、造作と久作の作とをかけている。
四　お前たち。久松とお光をさす。
五　振袖はお染の着衣について言い、久松には振袖という疫病神がついている、とお光は言う。
六　「づら」は名詞について、ののしっていう接尾語。病め。
七　耳擦り。耳うち。あてこすり。皮肉のこと。
八　「いぬ」は関西方言で、行く。行ってしまう。去る。ここは、聞いていない、あるいはだまって聞いてはいない、の意。

〽われを忘れていさかいを、そとに聞く身の[九]気の毒さ、[一〇]振りの肌着《はだぎ》に
玉の汗、久作も[一一]持て扱い、

久作　アツ、アツ、こりゃおれが頭じゃわいのう、頭じゃわいのう。頭に三里があるかいやい。ア、、コリャ、肩も足も、ひり〳〵するがな、ひりひりするがな。まだ祝言もせぬうちから、[一二]女夫《めおと》いさかいの[一三]取り越しかいやい。やいとのかわり喧嘩《けんか》の行司さすのかい。二人ながら、エ、、たしなめたしなめ。

お光　イエ〳〵構《かま》うて下さんすな。今のような愛想《あいそ》づかしも、みなあの病づらがいわしくさるのじゃわいなア。

久作　エ、、何をいうやら、もう〳〵両方とも、おれが[一四]貰いじゃ。仲直りが直ぐに取り結びの盃、髪も結うたり、鉄漿《かね》もつけたり、

〽[一五]湯も使《つこ》うて花嫁御を、

久作　コリャ、

九　（久松とお光の）いさかいをそとで聞くお染が心配すること。
一〇　振袖（未婚女性の着物）の下着（肌着）。襦袢も袖の長いもの。
一一　もてあます。
一二　夫婦げんか。
一三　期日を繰り上げて行事を行うこと。結婚式をあげる前に、夫婦げんかをするのか、の意。
一四　他人の物事を引き受けること。あずかること。
一五　婚儀の前に湯を使って身を清めること。

〽つくっておけ、と打ち笑い、無理に納戸《なんど》へ連れてゆく。その間《ま》遅し
と駆け入るお染、

(久作とお光とは納戸へ入る。お染、屋台へ駆け入る)

お染　久松。

久松　お染さま。

〽逢いたかったと久松に縋《すが》りつけば、

久松　ア丶申し、声が高《たこ》うござります。思いがけないここへはどうして、わ
けを聞かして下さりませ。

〽問われてよう〳〵顔を上げ、

お染　わけはそっちに覚えがあろう。わしがことは思い切り、山家屋《やまがや》へ嫁入
りせいと残しておきゃった、コレ、この文《ふみ》、そなたは思い切る気でも、わ

一　衣服・調度などを納めておく部屋。寝室にも用いられた。

しゃ、

〽なんぼうでも得切[二]らぬ、あんまり逢いたさ、なつかしさ、もったいないことながら、観音[三]さまをかこつけて、逢[四]いに来たやら南やら、知らぬ在所もいといはせぬ、二人一緒に添うならば、ままも炊こうし、織[五]りつむぎ、どんな貧しい暮らしでも、

お染　わしゃ、

〽うれしいと思うもの、

お染　女子《おなご》の道をそむけとは、

〽聞[六]こえぬわいの胴欲《どうよく》[七]と、恨みのたけを友禅《ゆうぜん》[八]の、振りのたもとに北[九]時雨《しぐれ》、晴れ間《ま》はさらになかりけり。くもり勝ちなる久松も、背を撫《な》でさすり声ひそめ、

二　思いきれない。思いきることはできない。

三　野崎観音様のお参りを口実に。

四　久松に逢いに「来た（北）」に「南」を合わせて、方角も分からない大店の令嬢の境遇を表現している。

五　機織りや糸を紡ぐことで、結婚してからの女の仕事を言っている。

六　聞きたくない。耳には入らない。納得できない。

七　むごいこと。残酷なこと。

八　友禅染の略。繊細精緻な糊置の技術と華麗多彩な絵文様で江戸時代の服飾美術を代表する染物。京都・金沢が産地として際立って有名だが、大坂船場の大家の箱入り娘お染も豪華な友禅染の振袖を身にまとっている。

九　京友禅からの連想で京都北山の名物である時雨にかけて、お染の悲しい涙ながらの心境の吐露を表している。

久松　そのお恨みは聞こえてあれど、十《とお》の年から今日《きょう》が日まで、船[一]、車にも積まれぬ御恩、仇《あだ》で返す身[二]のいたずら[三]。冥加《みょうが》[四]のほども恐ろしければ、委細はこの文《ふみ》に残したとおり、山家屋へござるのが、母御へ孝行、お家のため、よう御得心[五]なされませや。

〽いえど、いらえ[六]も涙声、

お染　いやじゃ〳〵、いやじゃわいのう。今となってそういやるは、今までわしに隠しゃった許嫁《いいなずけ》の娘御と女夫《めおと》になりたい心じゃな。

〽是非、山家屋へ行けならば、覚悟はとうから決めていると、用意の剃刀《かみそり》、とり直せ[七]ば、それは短気と久松が止めても止まらず。

久松　マア申し滅相な、まあお待ちなされませ。

お染　イヤ〳〵、そなたと別れ片時《かたとき》も何たのしみに生きて居よう。止めずに殺して殺して。

一　油屋には十歳の折に奉公に上がった。それ以来今日まで受けた恩は、船にも車にも乗せきれないほどだ、と言う。
二　自分。私自身。
三　無益で悪いたわむれ。わるさ。お染との情事のことを言っている。
四　目に見えぬ神仏の力。
五　納得して下さい。
六　答え。返事。
七　持ちなおす。持ちかえる。剃刀を持ちなおして自害しようとする。

〽思い詰めたるその風情《ふぜい》、

久松　そんならこれほど申してもお聞き分けはござりませぬか。

お染　添われぬ時は死ぬるという誓紙《せいし》[八]に嘘がつかりょうかいのう。

久松　たって申さば主殺《しゅうころ》し[九]、命に変えてもそれほどまでに、

お染　思うが無理か、

〽女房《にょうぼ》じゃもの。

久松　叶わぬ時は、私も一緒に、お染さま。

お染　久松。

〽たがいに手に手を取り交わす。悪縁深き契りかや、始終[一〇]をあとに立ち聞く親。

久作　その思案[一一]、悪かろう。

（久作、奥より出る）

八　男女（久松・お染）の愛情の変わらないことを誓う起請文。

九　久松にとってお染は主人の娘、いわば主人である。江戸時代、奉公先の主人を殺（あや）めるのは大罪の中の大罪であった。

一〇　全ての事、あるいは全ての会話を、後ろ（奥）の部屋で久作は聞いていた。

一一　考え。

〽いわれてハッと久松お染、騒ぐを押さえて、

久作　オ、、大事ない〳〵、まア[一]下にいや、ハテまあ下にいやいのう。因縁とはいいながら[二]和泉《いずみ》の国[三]石津《いしづ》の御家中相良《さがら》丈太夫《じょうだゆう》様という[四]レコサの息子どの、いささかのことで、家が潰《つぶ》れてから、わが身の乳母はおれの妹、その縁で十《とお》の年まで育て上げたこの久作は後《のち》の親、草深い在所に置こうより知恵づけのため油屋へ丁稚奉公、これほどまでに成人して、商いの道、読み書きまで、人並みになったは、みな[五]親方の大恩、その恩も義理も弁《わきま》えぬは、コレ見や、さっきにお光が買《こ》うておいたお夏清十郎の道行本、嫁入りの決まってあるお主《しゅう》の娘をそそのかすとは[六]道知らず奴《め》、人でなし奴《め》、とさ、こりゃお夏清十郎の話じゃわいのう。[七]とうから意見もしたかったなれど、今のようなことがあろうかと、それが悲しさ、一日延ばし二日延ばしするうちに、振って湧いた金のもめごと、これをいい立てに暇をもらい、[八]分けておくが上分別と思うたなれど、引き負いの金の工面、どのようにきばっても、たかの知れた水呑み百姓、わずかな田地着類《きるい》[九]きそげ、お光めが櫛《くし》こうがいまで[一〇]売りしろなし、よう〳〵拵《こしら》えたさっきの一貫五百目、[一一]なさぬ仲で

一　下にいろ。座りなさい。
二　今の大阪府の南部、泉州。
三　堺市に石津川があり、堺市神石村大字上石津の一部が現在石津町となっている。しかし、江戸時代、この地を「石津」という家が領していた記録はない。地名からとった仮名であろう。
四　「コレ」を逆さにした「レコ」に「サ」を添えた語で、ここでは二本差しの武士を意味する隠語。
五　御主人。油屋の主人のこと。
六　道理をわきまえないやつ。
七　さっきから。もっと早くから。
八　離しておく。久松をお染のそばから遠ざけておく。
九　着ふるし。古着。
一〇　物品を売った代金。売りあげ。
一一　血縁関係のない仲。

も親子という名があるからは、[一二]肉身分けた子も同然、可愛《かわゆ》うのうてなんとしょう。コレお染さま、ではないこの本のお夏とやら、清十郎を可愛がって下さるは、嬉しいようで恨めしいわいの。聞いての通りお光と女夫《めおと》にするを楽しみに病苦を堪《た》えているあの婆《ばば》に、今のようなこと聞かせたら何《なん》と命がござりましょう、何と命がござりましょうぞい。[一三]若い水の出端《でばな》には、そこらのことも[一四]へちまの皮と投げやって、そなたと添いとげられるにしてからが、[一五]戸は立てられぬ世上の口、ア、久松めは辛棒した女房嫌《きろ》うて[一六]身《しん》上《じょう》のよい油屋の聟《むこ》になったは、ありゃ、アレ[一七]栄耀《えよう》がしたさじゃ、みな欲じゃ、人の皮着た畜生奴《ちくしょうめ》と、

〽在所はもちろん、大坂中に指さされ、[一八]人まじわりがなりましょかいのう。

久作　コレ、コレ、コレ、コレ、

〽ここの道理を聞き分けて、

一二　血縁関係のあること。
一三　若い男女の恋の激しさを、水の出はじめの強い勢いにたとえている。
一四　何の役にも立たない、つまらないこと。
一五　「人の口に戸は立てられぬ」。世間の噂や評判は防ぎようがないということわざ。「世上の口」は世間の噂。
一六　身代。財産。
一七　贅沢。華やかでおごった生活。
一八　世間との交際。

久作　思い切って下され、コレ拝みますわいの。これほどいうても聞き入れず親御たちが満足に生みつけておかしゃったその体を切りさいて、浅間《あさま》しゅう死ぬるが、女の道か心中[一]か。サア、久松もその通り不義間男の悪名《あくみょう》受け、実の親の名を汚すばかりか世間の義理もお主《しゅう》の恩も、無茶苦茶にしてしまうのが、侍の子か人間か、返事次第で思案がある。

〽真実親身《しんみ》の強意見《こわいけん》[二]、骨身に堪《こた》えて久松お染、何《なん》と返事もないじゃくり[三]、

久作　これほどいうても返事のないは、二人ながら不得心じゃの。

久松　エ、、勿体ない実の親にもまさった御恩、送らぬ[四]のみか、苦に苦をかける[五]も、みな私が不所存[六]から。

お染　イエ〳〵そなたの科《とが》でない。みなこの身のいたずらから、親にも身にも替えまいと思い詰めても世の中の、義理にはどうも替えられぬ。なるほど思い切りましょう。

久松　わたしも、ふっつり思い切り、お光と祝言いたしまする。

お染　そんなら、そなたも、

一　男女間の信義・愛情。
二　強く諫めること。
三　返す言葉も「ない」に、「泣き」じゃくる、をかけている。
四　親を最後まで面倒みてあの世に送るのが子供としての大切な役目である。
五　苦労に苦労をかける。
六　考えのいたらなさ。

久松　お前も。

〽互いに目と目に知らせ合う、心の覚悟は[七]白髪《しらが》の親爺《おやじ》。

久作　あの、さっぱり思い切って、お光と祝言してたもるか。

久松　なんの嘘を申しましょう。

久作　お娘御も、今の言葉に[八]みじん違いはござりませぬか。

お染　久松のことはこれかぎり、[九]わしゃ嫁入りするわいの。

久作　できた〱。[一〇]むくつけな親爺奴《め》と腹も立てず、よう聞き分けて下されました。晩の間《ま》も知れぬ婆《ばば》が命、息のあるうち祝言が済んだと聞かせて下さるが、大きな[一一]善根《ぜんこん》。善は急げ、今ここで祝言の盃さそう、コレ、お光よ、お光〱。

〽と[一二]尻軽に、立って一間をさし覗《のぞ》き、

久作　ハテ、[一三]出ぐすみをしているか、それでは埒《らち》があかぬわいの。

七　「白髪」に、「知らぬ」をかけている。
八　少しも。わずかでも。
九　わたしは。
一〇　むさくるしいこと。
一一　良い考え。諸々の善を生みだす根本。
一二　気軽に。軽々しく。これまでと打って変わってホクホク顔で久作はお光を呼ぶ。
一三　一間から出るのを躊躇する。

（久作、納戸《なんど》へ入り、お光を連れて来る）

久作　サア〳〵嫁[一]の座に直ったり〳〵。時に一家一門、着のみ着のままの祝言に、あらたまった綿帽子[二]、うっとしかろう、取ってやろう。

〽と脱がすはずみに笄《こうがい》も抜けて惜し気も投げ島田[三]、根よりふっつと切《きり》[四]髪《がみ》を、見るに驚く久松お染、久作も呆《あき》れて、

久作　コリャ、どうじゃ。

〽いうに、押さえて、

お光　ア申し父《とと》さんもお二人さんも、何にもいうて下さんすな〳〵。最前から何事も残らず聞いておりました。思い切ったといわしゃんすは、義理に迫った表向き、底の心はお二人ながら、死ぬる覚悟でござんしょう。サア、死ぬる覚悟でいやしゃんす母《かか》さんの大病、どうぞ命が取り止めたさ、わしゃ、もうとんと思い切った。切って祝《いお》うた髪かたち、

一　婚礼の場で嫁が座るべき座に正しく座ること。
二　婚礼に新婦の顔をおおうのに用いたかぶり物。本来、真綿をひろげて造ったところからの名称。
三　下げ島田とも。もとどりの根を下げて結った島田髷（まげ）のことだが、お光の何もかも「投げ捨てる」ような心境にも「投げ」がかかっている。
四　切った髪の毛、のことだが、ここでは夫を亡くした寡婦（かふ）の髪の形（結い方）をいう。あるいは、俗界を離れて仏門に入り尼になることの意味がここでは大きい。

〽見て下さんせと双《もろ》はだを、脱いだ下着は白無垢《しろむく》[五]の、首にかけたる五条袈裟《ごじょうげさ》[六]、思い切ったる目のうちに、浮かむ涙は水晶の、玉より清き真心に、いまさら何と言葉さえ、涙呑み込み呑み込んで[七]、こたゆる[八]つらさ久松お染、久作も手を合わせ、

久作　なんにもいわぬ、この通りじゃ〳〵。女夫《めおと》にしたいばっかりに、そこらあたりに気もつかず、蕾《つぼみ》の花を散らしてのけたは、

〽みんなおれが鈍[九]なから、許してくれも口のうち、聞こえはばかる忍び泣き、

お光　冥加《みょうが》[一〇]ないことおっしゃりませ。所詮《しょせん》望みは叶《かな》うまいと、思いのほかの祝言の、盃するようになって、嬉しかったはたった半刻《はんとき》[一一]。

〽無理にわたしが添おうとすれば、死なさんすを知りながら、どう盃がなりましょうぞいな。

五　白小袖とも。上着・下着とも白一色の服装のことで、この場合は尼の服装ということ。
六　五条の袈裟。五幅（いつのはば）の布で作った袈裟。
七　久作、久松そしてお染もお光の決意にハッと息をのみ、そしてこもごも涙を呑んで唖然（あぜん）とその姿を見つめる。
八　こらえる。
九　鈍感。にぶいこと。気がつかないこと。
一〇　「冥加」は、知らず知らず、目に見えない神や仏の助力をこうむっていること。「ない」は、ここでは否定ではなく、強調に用いられていて、冥加につきること。ありがたいこと。
一一　一刻は、現在の二時間。その半分の一時間。

（上手屋台の障子を開けて）

母親　オヽ、お光、そりゃ何をいやるやら、女夫になり切るをこの母も喜びこそすれ、なんの死のう、ノウ親爺《おやじ》どの、そうじゃないか。

久作　オヽ、そうじゃわいの。とてもこの世はない縁でも、せめて未来[一]までも変わらぬ盃、オヽ、めでたい、めでたい、婆《ばば》もさぞ嬉しかろう。

母親　嬉[二]しいだんかいの。一世一度の娘が晴れ[三]、さだめし髪も美しゅう出来たであろう、[四]先《さき》ツ笄《こうがい》に結《い》やったか。

お光　ハイ。

母親　そんなら、[五]両輪《りょうわ》か。

久作　オヽ、両輪じゃ、両輪じゃ。思いがけのうスッパリと、イヤ、さっぱりとよう出来たわいのう。

母親　自慢じゃないが、髪は大抵上手じゃござらぬ。ほんに前[六]かた大坂行きの土産にもらやった薄《すすき》のかんざし、今日《きょう》の晴れに挿しやったかや。着物は取っておきの花色[七]加賀の裾《すそ》模様、それか。

お光　アイ。

母親　それ着ていやるか。

お光　アイ。

一　死後の世界。この世で添いとげられなかったお光と久松も、せめてあの世で添いとげてほしい、という切ない心境である。
二　嬉しい段。嬉しいどころではない。もっと上の天にも登るような母の喜び。
三　晴れの日。祝い日。
四　さきこうがい。江戸時代、上方の新婦の間に流行した髪型で、島田髷に似て、髪の余りを千鳥掛けに笄に巻きつけたもの。
五　江戸時代中期以降、上方の既婚女性に流行した髷で、髷を二つ作り、笄にさし余った毛を巻きあげたもの。
六　以前に。
七　はなだいろ（淡藍色）の加賀絹。

母親　オ、、そうか〳〵、わが身にはよう似合うぞいの。なろうことなら、鉄漿《かね》つけて顔直[八]しやったおとなしさ[九]を、たった一目《ひとめ》見て死んだら、

〽善光寺[一〇]さまの御印文《ごいんもん》にも勝《まさ》って未来は極楽往生、

母親　ホ、ホ、ホ、わしとしたことが、めでたい中でいまわしい。久松、必ず気にかけてたもんなや。

久松　ハイ。

母親　どうぞ、お光のこと、ほんにいたらぬ娘なれど末々[一一]までも頼みます。お光もさぞ嬉しかろう。オーオーめでたいことじゃ。

〽と子[一二]に迷う、暗き盲《めしい》にそれぞとも、知らず喜ぶ母親の心を察し、誰々も泣き声せじと喰いしばる。

（四人、それぞれに顔見合わせ、涙を喰いしばる）

〽見開くつらさに忍びかね、お染は覚悟の以前の剃刀、

八　化粧。
九　大人しさ。大人びている容姿。
一〇　信濃（長野）の名刹善光寺で出す護符。これを額にいただけば極楽往生するといわれる。
一一　先々まで。末長く。
一二　わが子への愛情から思慮分別を失いがちなことを「子ゆえの闇」というが、老母は病のために目が見えなくなっている。目が見えないことが、この場の悲劇を一層際立たせる。

お染　南無阿弥陀仏。

〽久作あわて押し止《とど》め、

久作　コレ娘御、何が不足で死なっしゃる。

〽聞き違えて娘ぞと母の驚き、

母親　コレお光、そなたなんとしやる、お光、そなたどうしやった。

〽と這い寄って、探る手先に五条袈裟《ごじょうげさ》。

母親　この袈裟といい、このつむり、どうして髪を切ったのじゃ。訳を聞かして下され、訳を聞かして下されいのう。

〽とせけばせくほど咳《せき》のぼし、病苦になやむ母親を見るに娘はなお悲

一　咳こんでのぼせる。上気する。

しく、

（お光、母親を抱き締める）

お光　かかさん、こらえて下さんせ。添うに添われぬ破目になり、わしゃ、わしゃ尼になったわいな。

母親　ヤ、そんならさっきからの祝言は、母の気を休みょうためか、ヤ、ヤ、ヤ。

久作　おいのう。未来の縁を結ぶ盃、この世の縁は、切れてあるわいの。

お染　その悲しみをかけますも、このお染から起こったこと、死ぬるがせめて身[二]のいいわけ。

久松　イエ〳〵、死なねばならぬはこの久松、わしから先へ。

〽と駆け寄るを、

久作　これほどいうても聞き入れず、ぜひ死にたくば、おれ、おれから先へ。ものの見事に死んで見しょうか。

お光　父《とと》さんが死なしゃんすりゃ、わたしも生きてはいませぬぞえ。

二　申しわけに、お染は自害しようとする。我が身の過ちを死んで謝ろうとするのである。

久作　どうあっても死にたくば、婆《ばば》もお光もおれも死ぬる。三人ながら見殺しにする気か、

久松　サ、それは、

お光　思い止《と》まって下さるか、

久作　ただしは死のうか、

三人　サア、サア、サア、サア。

〽四人の涙八《や》ツの袖、一榎並八ケ《えなみはっか》の落とし水、膝《ひざ》の堤や越えぬらん。久作涙押しぬぐい、

久作　どうやら、こうやら合点《がてん》がいたそうな。さぞ母御さまが案じてござろう。大事のお娘御、誰ぞ確かな者に。

(以前より下手で聞きいる油屋の後家、若い供の者に菓子折を持たせて出る)

後家　その気づかいには及びませぬ。母が確かに受け取りました。

〽と、言いつつ入れば、

一　「榎並」は大阪府東成郡の北部にあり、昔から河内の入江と大川（淀川）の間に形成された干拓地で江戸期には豊かな稲作と水上交通の要所として盛えた。「八ケ」は「八カ村」で「落とし水」は稲を刈る前に田の水を抜くこと。それほど多くの水に、四人の涙を比し、嘆きの大きさ悲しみの深さを表現している。

お染　お前はかかさん。
久作　お家さまか。
〽はッとばかりに言葉なく差しうつむけば、
久作　思いがけないお家さま、ままお入り下さいませ。
後家　左様なれば、御免なされて下さりませ。
（供の男より菓子折を受け取り屋台へ上がる。供の男、下手へ入る）
後家　コレ、お染、野崎参りしやったと聞いてあんまり気[二]づかわしさ、あと追うて来て何もかも、残らず聞いた。親御の親切、お光女郎《じょろう》[三]の志、最前からあの表《おもて》で、わしゃ拝んでばっかりおりました。イヤサア観音さまの御利《ごり》益《やく》で、怪我《けが》あやまちのなかった嬉しさ。これからすぐにお礼参り。ホンニこれはさもしいものなれど、御病人の母御へ見舞い、お粗末ながら、
〽と差し出せば、

二　気がかりである。心配だ。心もとない。
三　接尾語として、女性の名前の下に付けて、軽い敬意や親しみを表す語。

久作　これは〳〵冥加《みようが》もないお見舞い、いただきます。

〽と取り上ぐる手元外《はず》れて取り落とせば、中よりぐゎらりと、以前の金、

久作　ヤ、こりゃさっき渡しました一貫五百目。

後家　サ、表向き受け取ったりゃ事は済みました。改めて尼御《あまご》へ[一]布施物《ふせもの》。せめて娘が冥加じゃわいなア。言い訳が立つからは久松も、元の通り、戻ってめでとう正月しや。取り込みの中《うち》長居は無遠慮、娘もおじゃ。

久作　何とお礼申そうやら、辞退いたすも却《かえ》って無礼。ハイ、ハイいただきます。

（以前の白梅の枝を持って来る）

久作　せめてものお土産にと折っておいたこの早咲《はやざ》き。めでたい春を[二]松《まつ》・竹《たけ》・梅《うめ》、お家も栄え、[三]蓬萊《ほうらい》の飾りもの。[四]幾久《いく》松が御奉公、大事につとめてこの御恩、忘れぬしるし。

〽と持ち出せば、

一　僧（尼）に施し与える金銭、または品物。
二　春を「待つ」に「松」をかけている。早咲きの梅を土産にするわけだが、松・竹・梅はめでたい植物である。
三　新年に飾る蓬萊台の飾りのこと。「蓬萊」は、中国三神山の一。中国の伝説で、東海中にあって仙人が住み、不老不死の地とされる霊山。蓬萊山。蓬萊島。
四　「幾久しく」と「久松」をかけている。

後家　[五]心あり気《げ》なこの早咲き、たとえていえば[六]雨露《あめつゆ》の恵みを受けぬ[七]室咲《むろざ》きは、しぼむも早し、香《か》も薄し、盛りの春を待てという二人へのよい教訓。殊にうちには口さがない者もおりますれば、何かと遠慮せねばならぬ。幸いわしが乗ってきたあの駕《かご》で、久松、そなたは堤、お染は舟、別れ〳〵にいぬるのが[八]世上のおぎない、心の遠慮。

久作　久松、お志じゃ、乗ってゆきや。

後家　娘は舟へ。

〽と、親々の言葉に否《いな》もいい兼ぬる、[九]鴛鴦《おし》の片羽《かたは》の片々《かたかた》に別れてこそは。

（トこの道具廻る）

（[一〇]本舞台[一一]高足《たかあし》の二重。正面縄暖簾《なわのれん》の出入口。その上手竹窓、続いて壁、窓の前に凧《たこ》のからみし梅の立木。土手の下手に屋形舟がもやいである。後家、久松、お染、久作出る。後家とお染は舟へ乗る。久松は駕へ）

五　なにか意味がありそうな。
六　雨や露といった自然界の恩恵。
七　温室で咲き育った花。
八　世間に悪評がたたぬように補うこと。
九　「鴛鴦」（おしどり）は夫婦仲のよいたとえ。「片羽」は対になっているものの片方。仲の良い者が離れてゆくことをいう。
一〇　⇩用語集（本舞台三間）
一一　高さ二尺八寸（約八五センチ）の二重（⇩用語集）。

お光　兄《あに》さん、おまめで。お染さま、もうおさらば。

〽言葉まで早《はや》改まるお光尼《あま》。哀れをよそに一水馴《みな》れ棹《ざお》、舟にも積まれぬ

お主《しゅう》の御恩、親の恵みの冥加なや。

久松　とりわけてお光どの、二かくなり下《くだ》るも三先の世の定まり事と諦《あきら》めて、

〽お年寄られた親たちの、

〽介抱頼むといい差して、四泣く音《ね》五伏籠《ふせご》の面《おもて》ぶせ、舟の中にも声あげて、

お染　六よしないわしゆえお光さまの、縁を切らしたお憎しみ、

〽勘忍して下さんせ。

〽七わっけもないお染さま。

お光　八浮世離れた、

一　水によく馴れた棹のことでもあり、それをあつかう船頭の馴れた様子も言っている。

二　このようになってしまうのも。「なり下る」は、不幸な結果になってしまったこと。

三　前世。生まれる前の世で罪を犯し、現世でそのむくいを受ける、という仏教の因果応報の教えが背景にある。

四　泣き声。

五　「伏籠」は、籠を伏せて、中に鶏を入れておくもの。久松の乗る駕籠を見たてている。「面ぶせ」は、顔があげられないほど面目ないことだが、ここは、久松が顔を伏せる、という意味もある。

六　つまらない。よくない。

七　「わけもない」の強調。めっそうもない。とんでもない。

八　出家したこと。現世から離れ仏門に入った自らの境遇を言う。

九　お染のお光に対する心遣いに対して、かたじけない、ありがたい。

一〇　「死んで花実が咲くものか」のたとえから、早咲きの梅にかけて、お染にお光共々、短気をおこさないようさとす。

一一　死者の枕元に立てる花。一本に限られ、樒（しきみ）を用いる

〽尼じゃもの。[九]そんな心は勿体《もったい》ない。

お光　短気おこして下さんすな。

久作　娘がいう通り、[一〇]死んで花実《はなみ》の咲かぬ梅。[一一]一本花《いっぽんばな》にならぬよう、めでとう盛りを見せてくれ。

久松　お前も御無事で、

久作　お袋さま、お娘御。もう、おさらば、

後家　おさらば、

お染　さらば。

〽さらば〳〵も遠ざかる、舟と堤はへだたれど、[一二]縁を引き綱《づな》一筋に、思い合《お》うたる恋仲も、義理の[一三]しがらみ、情けの[一四]かせ杭《ぐい》、駕《かご》に[一五]比翼《ひよく》を引き分くる、[一六]心々《こころごころ》ぞ、[一七]世なりけり。

（後家とお染の舟は花道へ、駕は[一八]仮花道へ去る。久作とお光、土手の上より両花道を見送る。[一九]時の鐘）

（お光、数珠《じゅず》を落とす。久作それを拾ってお光に持たせる。お光、久

ことが多い。

一二　男女の関係を、渡し場に船をつなぎとめた綱のピンと張った様にたとえる。

一三　「柵（しがらみ）」は、水の流れをせきとめるために杭を打ち並べて、これに竹や木を渡したもの。世の中の義理にかかって思い通りに事が運ばないことをいう。

一四　「かせ」は人の行動を束縛するもの。流れのじゃまをする、ということ。情けのじゃまをする杭。

一五　二羽の鳥が互いにその翼をならべることから、男女の仲のよいこと。

一六　五人の心は複雑にカラミあい、そして異なったところにあった。

一七　これも世の中というものだ。江戸期庶民の哀感がこもっている。

一八　舞台に向かって左側（下手）に本花道、右側（上手）に設けられるのが仮花道。

一九　時刻を知らせる鐘だが、歌舞伎の下座音楽（⇨用語集）では、時刻と関係なく効果音として大切な音の演出に用いられる。ここでは、暮れなずむ野崎村徳庵堤の風景と、お光の心象風景でもある「寂寞感」が、この音を通じて客席に伝わる。

作にすがりつき泣き入る）

幕

摂州合邦辻《せっしゅうがっぽうがつじ》

合邦《がっぽう》[一]庵室《あんじつ》の場

[二]合邦同心《がっぽうどうしん》
[三]玉手《たまて》御前《ごぜん》
[四]奴入平《やっこいりへい》
[五]浅香《あさか》姫《ひめ》
[六]俊徳丸《しゅんとくまる》
合邦女房おとく
[七]講中《こうじゅう》　一
同　二
同　三
同　四
同　五
同　六

一　僧尼の住家。隠遁者などの仮の住居。
二　玉手御前（お辻）の父親で、常念仏の閻魔堂の堂守である。
三　合邦と女房おとくとの間の子供で、高安家に腰元奉公に上がっていたが、正妻の亡きあと玉手は高安左衛門尉（たかやすさえもんのじょう）の後添えに入る。
四　俊徳丸と浅香姫のゆくえを探索する高安家の忠臣。
五　俊徳丸の許嫁の姫で、俊徳の出奔に同行する。
六　河内国の城主高安左衛門尉の嫡子。美貌・教養・地位の三拍子の揃った高安家の貴公子だが、邪恋・陰謀・業病などが、この貴公子に流浪を強いる。
七　念仏講の仲間。講は神仏への信仰を目的とした団体。

（本舞台、[八]道具の二重。[九][一〇]板羽目《いたばめ》の蹴込《けこ》み。[一一]上手付屋体《かみてつけやたい》、[一二]下手《しもて》土間の内に白木《しらき》造りの閻魔《えんま》の像を安置し、[一三]経机《きょうづくえ》の上に仏具を飾りつけ、この上に[一四]三尺の仏壇をとりつけ、こゝに戒名《かいみょう》を張ったる白木の位牌《いはい》を飾り、真ん中三尺の[一五]暖簾口《のれんぐち》の出入《ではい》り、下手いつもの所に木戸、この外に一本柱の[一六]釣灯籠《つりどうろう》。すべて[一七]安井前《やすいまえ》合邦庵室の体《てい》）

（ト講中の男・女六人、茶をのんでいる。合邦女房おとく、もてなしている）

とく　これは〳〵皆の衆、今日《きょう》は御奇特[一八]にようお勤め下さりました。

講中㈠　何の〳〵、今宵《こよい》は志[一九]の仏があるゆえ参ってくれと言わしゃったほどに、朝から腹[二〇]の加減をしたせいか、よっぽど供養が進みました。

同㈡　麦飯にとろゝ、[二一]こんにゃくの白《しら》あえでは、如何《いか》な亡者もスタ〳〵と[二二]極楽参りをするであろう。

同㈢　それはそうと、見れば仏壇に新しい位牌がござるのう。

同㈣　それ〳〵、むずかしい字が書いてあるので、一つも読めぬわ。

同㈤　[二三]どうで身内の仏であろう。どなたか知らぬが、[二四]頓生菩提《とんしょうぼだい》、南無阿弥陀仏〳〵。

八　⇩用語集（本舞台三間）
九　⇩用語集（二重）
一〇　屋台の縁の下、あるいは階段の側面の張物を「蹴込み」というが、この部分が板張りである。
一一　⇩用語集
一二　⇩用語集（上手・下手）
一三　仏壇の前に置かれて、経典や仏具などを乗せる台。
一四　一尺は約三〇・三センチ、三尺は約九一センチになる。
一五　⇩用語集
一六　軒の端などにつる灯籠。
一七　現大阪市の安治川の右岸に位置する。元禄年間堀江川開削に伴って成立した町。現在は福島区の町名。
一八　心がけや行いが特にほめるべきものであること。殊勝。
一九　供養の仏。
二〇　腹ごしらえ。
二一　水を切った豆腐と白ゴマをすったものに味を付け、コンニャクや野菜などをあえたもの。
二二　成仏すること。
二三　どうせ親族の仏でもあろう。
二四　すみやかに悟りの境地に入り、極楽浄土に達すること。

同　㈥　今さら聞くも異[一]なことなれど、今日《きょう》の供養の仏は一体どなたなのじゃえ。

とく　さればいのう[二]。今日の仏と申しますは、私の娘、いや、私がねんごろに睦《むつ》み合《お》うた人に手向《たむ》けの百万遍《ひゃくまんべん》[三]、戒名は合邦どのの手作り、大入妙《だいにゅうみょう》若大姉《じゃくだいし》。御存知のない仏に、いかい[四]苦労をかけました。

講中㈠　それはまあ〳〵御奇特なことじゃ。

同　㈡　では皆の衆、もうそろ〳〵おいとましましょう。

皆々　そうしましょう〳〵。

講中㈠　おふくろ様、今日はいかい御馳走に、

皆々　なりましたな。

(ト皆々よろしく捨て[五]ぜりふ、門口《かどぐち》へ出る)

とく　そんなら皆の衆、

講中㈠　合邦どのにようういうて、

皆々　下されや。

(ト合方[六]になり、講中皆々下手へ入る)

とく　どれ、おみあかし[七]なと上げましょう。

(おとく、門口の灯籠へ火を灯《とも》す。合邦、暖簾口より出る)

一　おかしい。変な。
二　相手の言葉を受けて答える時に言う語。そう、それはですねえ。「いのう」は感動・呼びかけ・強調の気持ちを表す終助詞。
三　弥陀の名号を百万回唱えること。多くの僧俗が集まって大きな数珠を繰りまわしつつ皆で念仏を唱える法会をいう。
四　厳(いか)しの転。はなはだしい。ひどい。大層な。
五　⇩用語集
六　⇩用語集
七　御灯し。神仏のために灯す火。

〽[八]しん〳〵たる夜の道、恋の道には暗からねど、気は[九]烏羽玉《うばたま》の玉手御前、俊徳丸の御《おん》行方、尋ねかねつゝ人目をば忍びかねたる[一〇]頬冠《ほおかむ》り、包み隠せし[一一]親里《おやざと》も、今の心の頼みにて、馴《な》れし故郷の門《かど》の口、[一二]干割《ひわ》れに洩るゝ細き声。

(ト[一三]向こうより玉手御前、忍び〳〵出て、門口にて思案の[一四]こなしあって)

玉手　母《かゝ》さん〳〵。

〽と呼ぶはたしかに娘の声、

(ト合邦、聞き耳立て)

合邦　[一五]わりゃまだ死なぬか、殺さりゃせぬか。

〽立ち上がりしが[一六]心つき、振り返り見る女房の方《かた》、[一七]鉦《かね》にまぎれて聞こえぬは、これ幸いと素知らぬ顔。

八　ふかく静かなさま。
九　黒・夜・暗き、などにかかる枕言葉で、ここでは玉手御前の玉にもかかっている。
一〇　他人の目をはばかり人目を隠すために手拭いや衣服の一部で顔をおおうこと。
一一　嫁した女、婿養子、奉公人などの親の家。実家。親元。さと。
一二　乾いて割れ目やひびが入ること。またはその割れ目、というところから、親の家たる庵室の古くやれた様子がうかがえる。
一三　花道の奥。
一四　⇩用語集
一五　相手をいやしめていう「われ」の卑語。お前。
一六　追い払うつもりで立ち上がろうとするが、ふと女房に気がつく。女親は子に甘い。
一七　念仏を唱え鉦を打って回向している。その鉦の音にまぎれて、玉手の声は老母の耳に届かない。

玉手　母《かゝ》さん〳〵、こゝ開けて下さんせ。

〽と叩く戸の音聞きとがめ、

とく　合邦どの、今こ[一]なさん何とぞ言うてか。

合邦　いいや、何にも言やせぬ。そりゃ空耳《そらみゝ》[二]であろうぞいの。

とく　いや空耳かは知らねども、ちらりと聞こえた娘の声、はて、

〽合点《がてん》のいかぬと立ち上がる。

玉手　そうおっしゃるは母《かゝ》さんか。ちゃ[三]っと開けて下さんせ。辻《つじ》[四]でござんす。戻りました。

〽聞いてびっくり。

とく　おゝ戻ったとは夢ではないか。まめであったか、うれしや。

一　あなた。お前さん。
二　聞き誤り。音が聞こえないのに聞こえたように感じること。
三　すみやかに。す早く。ちょっと。
四　玉手御前の本名。

〽駆け出る裾《すそ》を取って引きとめ、

合邦　やい／＼／＼狼狽者《うろたえもの》め、[五]肌はふれても触れいでも、[六]我が子に不義を仕かけた畜生、侍の身で[七]高安殿《たかやす》が助けておかしゃるようなければ、何の今まで長らえて、うか／＼此処《こゝ》へ何しに来よう。あゝ[八]隠すより現わるゝはなし。親はないと言はしても、ある事知って、娘の手から度々の[九]合力金《ごうりききん》。二人が命養《やしの》うたはコリャ皆高安殿の御高恩。その夫《おっと》の目をかすめ、我が子に不義を仕かけた畜生。たとえ無事に戻ったとて、[一〇]門端《かどばた》も踏まさりょうか。もとより娘は斬られて死んだ。今物言うたが娘なりゃ、それこそ幽霊。そなた気味が悪うはないか。[一一]肉縁の深い程、死人になればこわいもの。必ず門《かど》の戸開けまいぞ。

〽言うに女房は、

とく　いや／＼／＼、幽霊はおろか、狐狸《きつねたぬき》の化けたのでも、今《ま》一度見たい娘が顔、もしや恐ろしいものであって、目を廻して死んだら幸せ。

五　肉体関係があってもなくても。
六　なさぬ仲とはいいながら、俊徳丸は今は我が子である。その俊徳に懸想し、道ならぬ恋を仕かけた、と非難し、それが義理とはいえ親子の関係にあるところから「畜生」（人非人）と罵倒する。
七　河内国の城主高安左衛門尉。
八　隠しごとは、隠せば隠すほど知られやすい意のことわざ。
九　施し与える金銭。大奥の女中の給金。
一〇　「門端も踏ませぬ」ということわざ。門口のあたりでさえも通させないの意。
一一　肉親の関係。血続き。

〽いとし可愛い子を先立て、生きて業《ごう》[一]をさらそうより、一目見たいと
　振り切るを、猶《なお》引き留《と》めて、

合邦　はてさて悪い合点《がてん》、狐狸《こり》か幽霊なりゃまだしも、もし誠の娘なら、以前は刀差[二]した役、高安殿へ義理の言い訳、親が手にかけ殺さにゃならぬ。それがいやさに止めるのじゃ。

〽泣かねど親の慈悲心を、聞く子や妻は内と外、顔と顔とは隔たれど、
心の隔て泣き寄りの、[三]親身《しんみ》の誠ぞ哀れなり。

玉手　父様《とゝさま》のお腹立ち、お憎しみはごもっとも。これには段々[四]言い訳あれど、人目を忍ぶこの身の上、まアこゝ開けて下さんせ。

〽と泣く〳〵願えば母親は、

とく　あれ聞いてか合邦どの、言い訳があるといの。聞いてやって下さんせ。

一　前世の悪業によって、この世で恥をさらす。
二　武士のこと。
三　肉親ゆえの真情。いかに強がりを言っても血のつながりは消すことができない。
四　数々。色々。

はて、娘と思えば義理[五]も欠ける。幽霊を内に入れるに誰に遠慮もあるまいぞえ。

合邦　[六]いかさまなア、この世を離れた者なれば、世間を憚《はゞか》ることもないかい。そんなら早う呼び込んで、茶漬《ちゃづけ》でも手向《たむ》けてやりや。可愛や立ち寄る所はなし、幽霊もさぞ[七]ひだるかろうわい。

〽[八]身をそむけるは泣く[九]百倍。母は喜び門《かど》の口、[一〇]疾《と》しや遅しと開《ひら》く間《ま》も、おなつかしや、おゝ〱懐かしやと、すがる娘の顔かたち、前後《まえうし》ろ見つ、肌に手を入れてもやっぱりほんの娘。ひょっと夢ではあるまいかと、抱きしめ抱きしめ嬉し泣き。父も年経る娘が顔、見たさに思わず立ち寄れど、以前の言葉と世の義理を、思えばちゃっと飛びのいて、[一一]手持ち悪いぞ[一二]いじらしき。

〽母はよう〱心をしずめ、

（トおとく門口をあけて、玉手を引き入れ、[一三]よろしく合邦も玉手の側《そば》へ寄ろうとして気を替え思[一四]い入れ）

五　娘だからといって家に入れては、高安家への義理が立たない。
六　なるほどなア。
七　空腹であろう。
八　見て見ぬふりをする。背を向けて知らぬふりをする。
九　泣くより百倍も悲しいことである。
一〇　待つ間も遅し。合邦の許しを受けて大あわてに門口を開く。
一一　手持ち無沙汰で間が持たない。
一二　痛々しくかわいそうなさま。
一三　⇩用語集
一四　⇩用語集

とく　いやのう娘、世間の噂《うわさ》では、そなたはあの、俊徳様とやらに恋をして、館《やかた》を抜けて出やったの、やれ不義じゃのと悪うは言えど、そなたに限り、よもや〳〵そういうことはあるまいの。そりゃ嘘であろう〳〵、ハヽヽヽ嘘か〳〵。

〽と箸《はし》[一]持ってくゝめるような母の慈悲、面はゆげなる玉手御前、

玉手　母様《かゝさん》のお言葉なれど、いかなる過去の因縁やら、俊徳様の御事《おんこと》は、寝た間《ま》も、

〽忘れず恋いこがれ、思い余って打ち[二]つけに、いうても親子[三]の道を立て、つれない返事[四]堅いほど、思い切られぬ恋の道。

不愍《ふびん》と思うてとも〴〵に俊徳様のお行方尋ね、女夫《めおと》にして下さんすが、

〽親のお慈悲と手を合わせ、拝み廻れば母親も、今さら呆《あき》れわが子の顔、たゞ打ちまもるばかりなり。

一 「くゝめる」は口に含ませるの意で、やさしく教えさとすこと。
二 突然に。端的に。正直に。
三 親子の間のけじめを立てて。
四 返事が無情ですげないほど。
五 あれやこれや。
六 家具・調度などを納める小部屋。寝室にも使われた。
七 合邦は以前武士だった。その時の刀。
八 鎌倉中期の武将で、北条時頼に評定衆として仕え、清廉実直な人物として知られた。鎌倉の滑川に銭十文を落とし、五十銭を投じてさがした逸話で知られるが、生没年は不詳で、その実在については疑問。『白浪五人男』で知られる『青砥稿花紅彩画（あおとぞうしはなのにしきえ）』は、この逸話を採り入れている。
九 鎌倉幕府の五代執権、北条時頼。北条氏の独裁制は彼の時代にほぼ確立した。出家して道崇、世に最明寺殿という。出家後、ひそかに諸国を遍歴して治政民情を視察したと伝える。
一〇 見つけだされること。選びだされて。
一一 国家の政治。
一二 手本。見ならうべき正しい手本。

〽父は[五]兎角《とこう》の言葉なく、[六]納戸《なんど》の内より昔の[七]一腰《ひとこし》、ひっさげいで、

（ト合邦、暖簾口《のれんぐち》より刀を出し）

合邦　やい畜生め、おのれにはまだ話さねど、もとおれが親は[八]青砥左衛門藤綱《あおとさえもんふじつな》というて、鎌倉の[九]最明寺時頼《さいみょうじときより》公の見出し[一〇]に逢《お》うて、[一一]天下《てんが》の政道を預かり、武士の[一二]鑑《かがみ》と言われた人じゃわい。おれが代になっても親のかげ[一三]、大名の数にも入《い》ったれど、今の[一四]相模《さがみ》入道の世になって、[一五]佞人《ねいじん》どもに[一六]讒言《ざんげん》せられ、浪人して二十余年、世を見限っての[一七]捨坊主《すてぼうず》、コレ〳〵、このなりになってもな、親の譲りの[一八]廉直《れんちょく》を立て通した子に、ようも〳〵おのれのような、女子《おなご》の道も人の道も無茶苦茶なやつを持ったかと思や、無念で[一九]身節《みぶし》が砕けるわい。高安殿が今日《きょう》が日まで、われを助けておかっしゃる[二〇]御心底《ごしんてい》を推量するに、もとおのれは[二一]先《せん》奥方の腰元、後《のち》の奥方に引き上げようとあった時、強《た》って辞退しおったを、心の正直が懇望で、無理やり奥方になされしが、手[二二]もかけず、奥様とも言わさずば、今この仕儀[二三]には及ぶまい。殺さにゃならぬようになったも皆わが業《ごう》と、お身の上を顧みて、親への義理に助けておかしゃるを、有難い忝《かたじけ》ないと思う心が[二四]芥子《けし》程でもあったなら、たとえどれ程惚《ほ》れておっても、思い切るに切られぬということはないわい。それに何《なん》

一三　親のおかげ。父の功により。
一四　鎌倉幕府十四代執権、北条高時の異称。
一五　口先が巧みで心の正しくない人。へつらう人。
一六　人をおとしいれるため、事実を曲げたり偽ったりして、その人を悪く言うこと。
一七　仏道修行の心がなく、世を捨てたり、生活に行きづまったりしてなった僧。ここでは世間に見切りをつけての出家。
一八　清廉潔白で正直なこと。
一九　筋肉と関節。身のふしぶし。
二〇　心の奥底。本心。
二一　俊徳丸の生母は病死している。
二二　肉体関係も持たず。
二三　なりゆき。不義の恋を犯した娘になやまされること。
二四　ほんの少しでも。ごくわずかでも。

じゃ、そのざまになっても、まだ俊徳様と女夫《めおと》になりたい、親の慈悲に尋ねてくれとは、ど、ど、どの口で吐《ぬ》かしおった。あっちが義理立てて助けておかっしゃるほど、こっちも又生け置いては義理が立たぬ。覚悟せい、ぶっ放す。

〽と抜きかくるを、母は取りつき、

とく　これ合邦どの、そりゃ了簡《りょうけん》[一]が違《ちご》うた、違うた。お慈悲で助けて下さる娘、お志を無足《むそく》[二]にして、殺して義理が立ちますか。さあ、この上は随分と意見して、俊徳様のことは思い切らし、命の代わりに尼法師[三]。

〽いかなる科《とが》[四]の囚人《めしゅうど》も、助かるは衣《ころも》[五]の徳。

とく　浮世を捨つれば死んだも同然、どこへの義理も立つ道理。

〽奥へ指ざしさまぐ〵と、なだめすかして母親は、わが子の膝《ひざ》に膝すり寄せ、

一　思案。考え。所存。
二　無駄にして。
三　（命を助ける代わりに）髪をおろし尼僧にしてしまおう。
四　罪。
五　衣は僧衣のこと。出家すればその罪が許される恩恵。

とく　こりゃ娘、聞きゃる通りの様子なれば、どのように思やっても、そなたの恋は叶《かな》わぬほどに、ふっつりと思い諦《あきら》めて、早う尼になってたも。十《つ》九《づ》や二十《はたち》の[六]年《とし》ばいで、[七]器量発明勝《すぐ》れた娘、尼になれとすゝめるは、どんな心であろぞいの。助けたい〱ばっかりに。

〽花の盛りを捨てさせて、[八]かゝれとてしも黒髪を、

とく　[九]百《もゝ》筋《すじ》千《ち》筋《すじ》と撫《な》でしもの、剃《そ》らねばならぬこの仕儀は、何の因果であろぞいな。

〽すがりついてぞ泣きいたる。

〽娘はとびのき顔色《がんしょく》変え、

玉手　えゝもう、[一〇]わっけもないこと言わしゃんすな。わしゃ尼になることはいやじゃ〱。はい、いやでござんす。折角艶《つや》よう梳《す》きこんだこの髪が、どうむごたらしゅう剃らるゝもの。今までの[一一]屋敷風《やしきふう》はもうおいて、

六　年延（としば）えの転。年ごろ。年齢のほど。
七　「器量」は、顔だち。みめ。「発明」は、かしこいこと。聡明。
八　このように美しくなれと。
九　緑の黒髪とも称される黒髪の豊かで美しいさま。幼い頃から美しくなれと祈って梳（す）いていた母の心情。
一〇　とんでもないこと。
一一　武家（屋敷）方の風俗。

〽これからは[一]色町風《いろまちふう》、随分派手に身[二]をもって、

玉手　俊徳様に会《お》うたれば、あっちからも惚れて貰う気。[三]怪我《けが》にも仮《かり》にも、尼の坊主のと言い出しても下さんすな。

〽けんもほろろに寄せつけず、

合邦　おのれ、そうぬかしゃ、かんにんが。

〽父が身構え、母親は、

とく　おゝ道理でござんす。腹の立つのはもっともじゃが、もう[四]半刻《はんとき》かせめて[五]一刻《いっとき》、わしに預けて下さんせ。手の裏を返すように思い切らせてみせましょう。モシ、夫婦になって長の年月《としつき》、たった一度のわしが願い、聞き届けて下され、これ合邦どの。

一　花柳界風。武家に対して町人風ということ。
二　身の持ち方。所行。品行。
三　あやまっても。偶然にしても。
四　一刻は現在の二時間だから半分の一時間。
五　現在の二時間。

〽願えば是非も[六]中の間《ま》へ、見返りもせず行く父親、母は意地張《いじば》る娘の手、引っ立て〱無理やりに、納戸《なんど》へ。

(ト合邦先へ入る。おとくは玉手の手をとって奥へ行けというこなし。玉手は座ったまゝ、俯向《うつむ》きいるを無理におとく手をとり、両人奥へ入る)

(ト[七]床《ゆか》のメリヤスとなり、[八]向こうより入平来て、思い入れ。玉手の草履《ぞうり》を拾い、すかし見てうなずく)

入平　ウム。

〽戸脇に厚き[九]藪畳《やぶだたみ》、身をひそめてぞ窺《うかゞ》いいる。

(ト入平、下手に隠れる)

〽[一〇]影さえ[一一]見えぬ目なし鳥、[一二]番《つがい》放れず浅香姫、一間のうちより俊徳の、御手《おんて》を引いて忍びいで、

六　奥の部屋。「是非もなく」と「中の間」をかけている。
七　義太夫節で、語りを伴わないで、軽い会話や動作などに添えられる三味線の音曲。
八　花道の奥。
九　笹竹をたばねた大道具(⇩用語集)の一種で、歌舞伎の舞台に定式である。
一〇　ほんのかすかなもの。うすぼんやりとも見えない。
一一　俊徳丸が盲目であることを鳥目にたとえている。
一二　鳥の縁語。俊徳丸と浅香姫を雌雄一対の鳥に見立てる。

（ト上手屋体より、浅香姫、俊徳丸の手をひいて出る）

俊徳丸　これ浅香、誰もいぬか。

浅香姫　もう誰も居りませねば、お気をお晴らし遊ばしませ。

俊徳丸　我いやしくも高安の家督を継ぐべき身を以《もっ》て、かゝる[一]いぶせき賤《しず》が家《や》に、ひそみ居《い》るも前世の業《ごう》。

浅香姫　今の様子を聞くにつけ、もう暫くもこの家《うち》に、お前はどうも置きまされぬ。何処《いずこ》へなりとお供しょう。

〽手を引っ立つれば俊徳丸、

俊徳丸　[二]わが業《ごう》満てず、母上にかくまで思われ参らするも、身の[三]罪障《ざいしょう》とは言いながら、館《やかた》を出でし頃にもまさり、両眼盲《し》いたるその上に、

〽かゝる[四]けやけき姿をば、お目にかけなば母上の、

愛着心も切れもやせん。案内《あない》せよ今一度、お目にかゝりてその上に、入平も尋ね来《こ》ば召し連れて立ち退かん。

一　きたない。むさくるしい貧家。
二　前世からの罪業が十分に現世においてつぐなわれていないので。
三　前世における罪による障り。成仏の障りとなる罪過。
四　普段と違って異様な。

〽[五]のたもう声を聞きとる門口《かどぐち》、

（ト入平出て門《かど》より入り）

入平　お二人様、これにおいでてござりましたか。[六]下郎めは先刻より、始終の様子承る。此所《こゝ》に[七]ござあること、[八]里人《さとびと》の噂に聞けば、もし敵方へ洩れては大事。[九]片時《へんし》も早く、お供致すでござりましょう。

〽気をせく折しも駆け出る玉手、

（ト奥より玉手御前出る）

玉手　おなつかしや俊徳様、お前に逢おうばっかりに、[一〇]幾世《いくせ》の苦労[一一]物案じ、心を尽くした甲斐《かい》あって、おまめなお姿見たわいなア。

〽すがり給えば、[一二]身をすり退《の》け、

俊徳丸　えゝ情けない母上様、館にても申す如く、[一三]同氏《どうし》さえ娶《めと》らぬは君子の

五　「言う」の尊敬語。おっしゃる。
六　人に使われる身分の賤（いや）しい男。入平は自らを卑下して言う。
七　「居る」ことの尊敬語。
八　里の人。村人。
九　少しも早く。
一〇　長い長い間。長い時間。
一一　物事を心配すること。思案。
一二　体をかわす。身をかわして相手をさけてのがれる。
一三　「同姓不ㇾ婚」（国語、晋語四）、「不ㇾ娶㆓同姓㆒」（礼記、曲礼上）による。同姓の者同士は結婚しないこと。

戒め、まして親子の中々に、色の恋のとかほどまで慕い給《たも》うはお身ばかりか、[一]宿業《しゅくごう》深き俊徳に、まだ〱罪を重ねよとか。見る目[二]いぶせきこの業病《ごうびょう》[三]。両眼盲《し》いて浅ましい姿はお目にかゝらぬか。これでもあいそがつきませぬか。道も恥をも知りたまえ。

〽涙とともに恨むれど、

玉手　愚かなことをおっしゃります。その業病もわたしが業《わざ》。むさいともうるさいとも何《なん》の思おう、思やせぬ。自《みずか》ら故に難病に苦しみ給うと思うほど、

〽なおいやまさる恋の淵《ふち》、いっそ沈まば何処《どこ》までもと、跡を慕《しと》うて徒《かち》[四]はだし、芦《あし》の浦々難波潟《なにわがた》[五]、[六]身を尽くしたる心根《こころね》を、

玉手　可愛いと思うて下さんせ。

俊徳丸　この業病を母上の、業《わざ》とおっしゃるその仔細は。

玉手　さればいなあ。去年霜月《しもつき》[七]住吉《すみよし》[八]で、神酒《みき》と偽り、この鮑《あわび》です ゝめた酒は秘法の毒酒、癩病《らいびょう》起こる奇薬《きやく》[九]の力。中に[一〇]へだてをしかけの銚子《ちょうし》。わたしが

一　現世に応報を招く原因となった前世の、この場合は悪い行為。
二　けがらわしい。気味が悪い。
三　前世の報いによってかかるとされる病。
四　素足で歩くこと。
五　「難波」は大阪の古名の一。「潟」は、遠浅の海。
六　我が身を捨てて相手につくすこと。
七　陰暦十一月の異名。
八　序幕（上の巻）の住吉神社参詣の段での事件（本書「梗概」参照）。
九　不思議な効力のある薬。
一〇　銚子の内側に仕切りを作り、酒と毒薬を分ける細工がほどこされている。

飲んだは常の酒、お前のお顔を醜うして、浅香姫に愛想をつかさせ、我が身の恋を叶えようため、一一前世の悪業《あくごう》消滅と、家出ありしは丁度幸い、

〽跡を慕《しと》うて知らぬ道、お行方尋ねるそのうちも、君がかたみとこの盃、

玉手　肌身離さず抱きしめて、

〽いつか鮑一二の片思い、つれないわいなと御膝《おんひざ》に身を投げ伏してくどき泣き、

〽姫はいっそ涙も出でず、腹立ちまぎれおしへだて、

浅香姫　えゝ聞けば聞くほど、あんまりじゃ〳〵〳〵、あんまりじゃわいのう。一三玉をのべたるお姿を、ようあのようにしやったな。母御の身として子に恋慕、人間とは思わねど、道ならぬ事もほどがある。道ならぬ事も程があるわいなあ。さあ、さゝゝゝ、元のお顔にして返しゃいのう。

一一　前世で犯した罪。
一二　鮑は片側の貝しかないところから、自分が相手を思うだけで、相手から自分を思われないことをいう。
一三　玉をしきつめたような美しい姿。

〽うらみあまりてはしたなき[一]。

〽始終聞きいる入平が、聞くにたえかねさしよって、

入平　もし奥様、あなた様はな。

（ト合方になり）

入平　誰《たれ》あろう、高安左衛門様の奥方ともあろう御身《おみ》が、わが子と名のつく俊徳様に、[二]無体《むたい》の恋慕遊ばすとは、何たることでござります。何卒《なにとぞ》下郎《げろう》がおいさめお聞き入れあって、御本心にお立ち返りなされて下さりませ。もし奥様、これ程お願い申せども、お聞き入れ下さらぬとは、如何《いか》なる天魔[三]が魅入りしか、見下げ果てたお心だなア。

〽諫《いさ》めかねてぞ見えにける。玉手はすっくと立ち上がり、

玉手　ヤア、恋路の闇に迷うた我が身、道[四]も法も聞く耳持たぬ。もうこの上は俊徳様、何《いず》れへなりとも連れのいて、恋の一念通さでおこうか。邪魔しやったら、赦《ゆる》さぬぞ。

一　無作法でぶしつけなこと。
二　無理無法な。
三　仏道の（人の道にも）妨げをなす魔王にとりつかれたのか。
四　人としての道も仏の教えも。

〽飛びかかって俊徳の御手《おんて》をとって引き立つる。あら穢《けが》らわしやと振り切るを、離れじやらじと追い廻す。支える入平押しのけ突き退け、怒《いか》る眼元は[五]薄紅梅《うすこうばい》、逆立《さかだ》つ髪は[六]青柳《あおやぎ》の、姿も乱るゝ嫉妬《しっと》の乱行《らんぎょう》。門《かど》には入平身に冷や汗、堪《こら》えかねて駆け出る合邦、娘がたぶさひっつかみ、ぐっと差し込む氷の切っ先、あっと[七]たまぎる声にめり〳〵、駆け込む入平、おどろく人々。

〽合邦は怒りの顔色《がんしょく》、筋骨《すじぼね》立てて、

（トこの文句にて、玉手御前はきっとなり[八]、俊徳の手をとると、浅香姫は[九]支える。入平もさえぎるを門口《かどぐち》へ突き出し、[一〇]戸を鎖《さ》す。このうちに合邦奥より出て、玉手のたぶさを摑《つか》み、引きすえて刀を腹に差し込む。入平、戸口をこわして入り、皆々この体《てい》を見てびっくり。合邦、怒りの体にて）

合邦　ヤア、なんの為にその涙、な、な、な、[一一]何吠《ほ》える、女房ども。われが泣いては高安様や俊徳様御夫婦へ、心の義理が立つまいがな。こんな大悪人を、おのれはまだ子じゃと思うかい。おりゃもう憎うて〳〵どうもこうも堪《たま》らぬ故、十年以来《このかた》蚤《のみ》一匹殺さぬ手で、[一二]現在の我が子を殺すも、これが

五　薄い紅梅の色に眼元が上気している。
六　新芽をふいたばかりの柳が風にふかれて舞うように髪の毛が逆立っているさま。
七　魂消る。びっくりする。たまげる。
八　⇩用語集
九　じゃまをする。玉手と俊徳の間に入って、二人を分ける。
一〇　戸を閉め、鍵をかける。
一一　大声をあげる。
一二　実の。本当の。

坊主のあろうことか、これが坊主のあろうことか。おのればかりかこの親まで、仏の教えを背かして、一無間《むけん》地獄の釜《かま》こげに、ようもおのれはしおったな。うぬ、二魔王め。

玉手　おゝ道理でござんす。もっともでござんす。道理じゃ〳〵。

〽三えぐる拳《こぶし》を四手負いはおさえ、

〽憎いはずじゃ。

これにはだん〳〵様子のあること。物語るうち、母《かゝ》さん五腹帯《はらおび》〳〵。

〽苦しき息をほっとつぎ、

玉手　様子というは外《ほか》でもなく、六外戚腹《げしゃくばら》の七次郎丸《じろうまる》様、八年嵩《としかさ》に生まれながら、後に生まれた俊徳様に、家督を継がすを無念に思い、九壺井平馬《つぼいへいま》と心を合わせ、お世継《よつぎ》の俊徳様殺そうというかねての企《たく》み、推量ばかりか委《くわ》しい様子、

一　仏教で、八大地獄の最下底にあるとされ、間断なく苦痛を受ける最も苦しい地獄。

二　六欲天の第六天、他化自在天(たけじざいてん)の主で、仏道修行者の妨げをなす。天魔。

三　合邦は玉手の乳の下に刀を突きさした。それをえぐって、より深手を負わせようとする。憎さのゆえの所業である。

四　傷を受けた人。ここでは玉手御前のこと。

五　腰に巻く帯のことだが、ここでは手傷を負っているので、血止めのために帯をしめること。

六　妾腹にできた子供。

七　俊徳丸の兄であるが、妾腹ということで家督は弟にゆずられることになった。壺井平馬(つぼいへいま)や桟図書(かけはしずしょ)と企(はか)って謀反を起こす。

八　年齢が俊徳より上で、兄である。当然次郎丸は家を継ぐことにこだわる。

九　悪人方の実行派だが、高安家の家老誉田主税之助(こんだちからのすけ)の武勇に負かされる。

立ち聞きして[一〇]南無三宝、義理ある仲のお子といい、元は主人の若殿様、殺させては道立たず。この上は俊徳様、お家督さえお継ぎなくば、次郎丸様の悪心も自然と止《や》んで、お命に、別条ないと[一一]思案の極《きわ》め、心にもない不義いたずら。

〽いうも[一二]うるさや穢《けが》らわしい。

玉手　[一三]妹背《いもせ》の固めと毒酒をすゝめ、難病に苦しめたはな、お命助きょうばかりの手だて、恋でないとの言い訳は、身をも離さぬこの盃。

〽母の心、子は知らぬ、片思いという心の誓い。

玉手　継子《まゝこ》継母《まゝはゝ》の義[一四]は立っても、さぞや、

〽さぞやわが夫通俊《つまみちとし》様、根が賤《いや》しい女故、

玉手　見そこのうた道しらずと、おさげすみを受けるのが、[一五]黄泉路《よみじ》の障りに

一〇　しまった。さア大変だ。
一一　考えを決める。決意する。
一二　しつこくてやりきれない。わざとらしくていや気がさす、といった腹立たしいさま。
一三　夫婦の約束。
一四　なさぬ仲の継子継母という仲なのだから、片思いの理屈は立つ。血を分けた親子でないのだから。
一五　あの世への、死出の旅路のじゃまになって往生できない。

なりますわいなア。

〽言えど合邦あざ笑い、

合邦　それ程知れた次郎丸の悪事、なぜ通俊様に告げぬぞい。たった一言《ひとこと》言いさえすれば、難病にすることも、不義者にもならぬわい。[一]口利口《くちりこう》に言い廻したとて、今となってそんな暗[二]い言い訳食うような親じゃないわい。

玉手　さあ〳〵、そりゃ父様《とゝ》の御了簡《ごりょうけん》[三]違い。その様子を夫《おっと》に告げなば、道理正しき左衛門様、お怒りあって次郎丸様を、切腹かお手討ちは知れたこと。次郎丸様も俊徳様も、わたしが為には同じ継子《まゝこ》、義理ある仲に変わりはない。悪人なれど殺させては、先立たしゃんした母御前《はゝごぜ》が、草葉の蔭でさぞやお嘆き、まった、通俊様もお子のこと、何《なん》の心よかろうぞ。あなたこなたを思いやり、

〽継子二人の命をば、わが身一つに引き受けてな、

玉手　不義者と言われ、悪人になって身を果たすが、継子大切、夫の御恩、

一　口先だけの言い訳をしても。
二　わけの分からない。よく分からない。
三　考え方。理解のし方。

せめて報ずる百分一《ひゃくぶいち》[四]でござんすわいな。

〽言い訳聞いて人々は、さてはそうかと疑いの、晴れるほど猶父親《なおてゝおや》は、

合邦　その心で何故《なにゆえ》にまた、俊徳様の跡追うて、家出したのが合点《がてん》がゆかぬわい。

玉手　ごもっとものお咎《とが》めなれど、何処《いずこ》までもおあと慕い、あなた[五]のお目にかゝらねば、痛わしやあの癩病、御本復[六]はござんせぬ。

〽聞いて入平、不審顔。

入平　何《なん》とおっしゃります。あなたがお傍《そば》にござらずば、御本復はござんせぬ。

玉手　さればのこと。典薬法眼[七]《てんやくほうげん》に様子打ち明け、毒酒の調合頼む折から、本復の治法《じほう》委《くわ》しく尋ねしに、胎内よりいでたる癩病ならず、毒にて発する病なれば、寅《とら》の年寅[八]の日寅の刻《こく》に誕生の女の肝[九]《かん》の臓《ぞう》の生血《いきち》を取り、毒酒を盛

四　夫の恩に報いるには、ごくわずかなことだ、ということ。
五　あの方。俊徳丸のこと。
六　病気が直ること。全快。
七　「典薬」は、宮中や幕府・大名家で医薬を司どる職名。「法眼」は、仏門に入った医師や絵師・画工・連歌師などに与えられた僧階に準じた位。
八　十二支の寅の年寅の日、そして寅の刻とは七ツで午前四・五時の二時間。
九　肝臓。きも。

ったる器にて、病人に与うる時は即座に本復疑いなしと、聞いた時のその嬉しさ。それで、それでこの盃、

〽身に添え持って御《おん》行方、尋ね探す心の[一]割符《わりふ》。

玉手　なんと父《とゝ》さん、お疑いは晴れましたか。

合邦　ふむ、そんならそちの生まれ月日《つきひ》が妙薬に合《お》うた故、一旦《いったん》難病にしてお命助け、又命を捨てて本復さそうと、それで毒酒を進ぜたな。

玉手　お疑いは晴れましたか。

合邦　おいやい。

玉手　えゝ。

合邦　おいやい。

玉手　えゝ。

合邦　おいやい〳〵〳〵。勘忍してくれ〳〵、日本はさておき、[二]唐《から》にも天竺《てんじく》にも、又と一人くらぶる人もない貞女をば、畜生の、悪人のと[三]憎《にく》て口言《ぐち》うばかりか、親が手にかけむごい最期も、このおれが愚鈍なからじゃ〳〵。阿呆《あほう》なからじゃ〳〵。

一　木片などに印となるような文字などを記して二つに割り、後に合わせて証拠とするもの。ここでは生血と毒酒を盛った器が揃えば俊徳丸の病が全快することをいう。
二　中国にもインドにも。遠い所(国)のたとえ。
三　にくらしい言葉。にくまれ口。

〽赦してくれと、どうと[四]いて、くやみ涙ぞ道理なる。
〽始終を聞いて俊徳丸、さぐり寄って継母の手を取り、押し戴《いたゞ》き〳〵、

俊徳丸　生《な》さぬ仲の義を重んじ、御身《おみ》を捨てての御慈愛、誠の親とも命の親ともいうにも尽きぬ御厚恩。有難や忝《かたじけ》なや。

〽と頭《こうべ》を畳につけ給えば、

浅香姫　そのお心とは露知らず、勿体《もったい》ない道知らずと、さげしんだ[五]のが恐ろしい。

〽お赦しなされて下さりませと、両手を合わす姫の詫び。

入平　あっぱれ女の鑑《かゞみ》とも言わるゝ御身《おみ》に悪名《あくみよう》うけ、かゝるお最期なさるとは、お痛わしゅうござりまする。

四　座りつく。尻をべったりついて座ってしまう。
五　見下し蔑視した。

〽と姫入平も悲嘆の涙、母は正体《しょうたい》[一]涙にくれ、

とく　ほんにこの子の生まれたは寅の年、寅の月、寅の日、寅の刻、ひょんな月日《つきひ》に生まれたは、もって生まれた運かいなあ。

〽嘆けば道理と一座の涙、逢坂増井《おうさかますい》[二]の名水に竜骨車《りゅうごしゃ》[三]かけし如くなり。

〽手負いは顔を振り上げて、

玉手　父様《とと》、この鳩尾《きゅうび》[四]を切り裂いて肝《かん》の臓《ぞう》の生血《いきち》を取り、この鮑《あわび》で、早う、

〽と気[五]をいる娘、

合邦　憎いと思うた張り合いなりゃこそ、切り突きもなったもの、今では心《しん》[六]底《てい》可愛い娘、どう酷《むご》たらしい。

（ト泣き、入平に向かい）

苦役《くやく》じゃ入平殿とやら、大儀[八]ながら頼みます。

入平　これは又迷惑千万《せんばん》[九]、どんな御用も致しまするが、主人同然の玉手様、

一　本当に。本心から。
二　「逢坂」、「増井」ともに大坂六清水七名泉に数えられる。両所とも合邦庵室の近辺にある。
三　水をすくいあげて田に注ぐ揚水機。中国伝来で江戸時代初期に畿内を中心に普及した。その形が竜骨に似ているところからの名。
四　みぞおち。
五　気をいれる。気合いを入れる。
六　心の底から。本心から。
七　いやな役目。
八　骨の折れること。御苦労ながら。
九　程度のはなはだしいこと。この上もなく迷惑なこと。

どこへ刃《やいば》が当てられましょう。これぱかりはネイ[一〇]〳〵、御免なされて下さりませ。

玉手　ヤア未練な用捨《ようしゃ》[一一]、もう〳〵人頼みには及ばぬ。

〽懐剣《かいけん》さか手に取り直す。

合邦　あゝ、待ちおれやい〳〵、[一二]とても生きぬ其方《そち》が命、[一三]臨終生念未来成《りんじゅうしょうねんみらいじょう》仏《ぶつ》、仏力《ぶつりき》頼む百万遍《ひゃくまんべん》、この人数で繰る数珠《じゅず》の輪の中で往生せいよ。

〽とり〴〵広げる数珠の輪の、中に玉手は気丈の身構え、

（ト百万遍の数珠を持ち出して玉手を真ん中に据え、皆々数珠を繰る）

〽俊徳丸を膝元《ひざもと》へ、右に懐剣左に盃、

〽うちになんなく切りさく鳩尾、自身に血汐《ちしお》を受けたる盃、差しつくる手もわな〳〵〳〵、俊徳丸は押し戴き、唯一口《ただひとくち》に呑《の》み乾《ほ》し給えば、

一〇「ハイ〳〵」の卑下した表現で、中間（ちゅうげん）のような身分の低い者の言い方。
一一 ひかえめにすること。遠慮すること。
一二 とても生きられないお前（玉手御前）の命。
一三 死にのぞんで心乱れず往生をし、未来（来世）は仏になってくれることを祈念する。

〽うんとばかりに倒れ伏す。

（トよろしくあり、俊徳丸は血汐をのみ悶絶する）

〽不思議や忽《たちま》ち両眼開き、一面色《めんしょく》手足もまたたくうち、昔の姿に返り咲き、

（ト俊徳丸起き上がり、両眼開き、よろしく思入れ）

浅香姫　やゝそのお姿は。

俊徳丸　どれ。

（トよろしくあり）

俊徳丸　不思議や心身悩乱せしが、二心すゞしく我が業病《ごうびょう》、平癒せしもこれ皆母の御賜物《おんたまもの》、チエ忝《かたじけ》ない。

とく　これ娘、御本復じゃわいのう。

玉手　どれ。忝ない。

〽一座の喜び、俊徳君も涙を払い、

一　顔の色。血色。
二　気分が清々しくなって。
三　広さに限りのないこと。無限の広さ。
四　えらくなったら、ということだが、ここでは高安家の後を継いだら、ということ。
五　一棟の家・建物のこと。
六　玉手御前は、みさおの堅い女性の鑑（手本）である。
七　澄んだその心は、清らかでおだやかな入り江の海のようだ。
八　そのままに（表現して）。
九　四天王寺にある光明山林照院という尼寺のこと。
一〇　絶えず念仏を唱えること。
一一　閻魔堂建立のための寄進をつのって歩くのが合邦の日常であった。
一二　悟りを開くために自分で修行することが「自力」。また仏・菩薩の力を借りることが「他力」。
一三　仏の体。仏身。
一四　差別なく、あまねく仏の功徳（くどく）をうくること。浄土宗の別回向の文句「三界万霊　六道衆生　有縁無縁　乃至法界　平等利益」より。
一五　四天王寺の西門が極楽の東門に通じるという信仰があり、西門前の鳥居には「釈迦如来　転法輪

俊徳丸　[三]広大無辺継母《けいぼ》の恩、せめて少しは報ずるため、[四]出世の後《のち》はこの辺に[五]一宇《いちう》の寺院を建立《こんりゆう》せん。継母《まゝはゝ》は[六]貞女の鑑《かゞみ》とも曇らぬ心は[七]清《す》める江《え》に、月を宿せし操を[八]直ぐに、[九]月光寺《げつこうじ》と名づくべし。

〽仰せは今も尼寺と、[一〇]常念仏《じようねんぶつ》の鉦《かね》の音《ね》に、昔の哀れや残るらん。
〽父は常々[一一]勧進《かんじん》の、[一二]自力他力《じりきたりき》にこの[一三]仏体《ぶつたい》、

合邦　このまゝ一つの辻堂《つじどう》に、営むもまた[一四]平等利益《びようどうりやく》。
とく　[一五]東門《とうもん》中心極楽へ、娘を往生なし給え。
俊徳丸　[一六]百八煩悩《ぼんのう》夢さめて、
浅香姫　[一七]ねはんの岸に浮かむ瀬と、
入平　かたみに残る盃の、
とく　[一八]逆《さか》さまごとも[一九]善知識《ぜんちしき》。
合邦　[二〇]仏法最初の天王寺《てんのうじ》、[二一]西門《さいもん》通り、
皆々　一筋に、
（ト[二二]本釣りあって）
玉手　ふき払う迷いの空の雲はれて、[二三]蓮《はす》のうてなに月を見るかな。

所　当極楽土　東門中心」という聖徳太子筆と伝えられる額がかかげられていて、そこからの文句。
一六　人間の持つ百八種の煩悩。「煩悩」は人間の身心の苦しみを生みだす精神の働き。
一七　「ねはん（涅槃）」は仏陀または聖者の死をいうところから、入滅して渡る三途の川の岸辺をいう。
一八　親よりも先に子供が死ぬことをいう。
一九　仏の道に導いてくれる先達・友人・指導者。子供が親のさきがけをしてあの世に案内してくれる悲しさ。
二〇　用明二年（五八九）聖徳太子によって建立された我が国最初の寺で、西門に「大日本仏法最初四天王寺」と記された石柱が建つ。
二一　西門を出て通りをまっすぐ行くと極楽の東門である。
二二　下座音楽（⇨用語集）の一。本釣鐘の略。見得や動作のキマリに打って、演技や場面をひきしめる効果がある。
二三　極楽浄土に往生した者の座るという蓮華の座。

〽心ゆるめば[一]がっくりと玉手の水や[二]合邦《がっぽう》が辻《つじ》と、[三]古跡《こせき》を。

（ト玉手合掌するを[四]柝《き》の頭《かしら》）

幕

一　玉手御前の落入りである。玉のように美しい手を合わせる。玉は諸々の語について美称となる。玉下の水にかかると「玉水」となって水や井戸の美称にもなる。

二　合邦が庵（いおり）を結ぶ、その辻（道路が十文字に交差している所）の近くにも名水で名高い井戸があった。

三　旧跡。歴史上有名な建物のあった所。合邦ヶ辻の合邦庵室と、そこでの出来事をさして、今は昔の物語としめる語り物の常套的な文句。

四　⇩用語集

ひらかな《ひらがな》盛衰記《せいすいき》

一 大津宿《おおつのやど》清水屋《しみずや》の場
同《おなじく》 奥座敷《おくざしき》の場
同 竹藪《たけやぶ》の場

二 腰元お筆《ふで》
三 山吹御前《やまぶきごぜん》
四 駒若丸《こまわかまる》
五 鎌田隼人《かまたはやと》
六 権四郎《ごんしろう》
七 およし
八 槌松《つちまつ》
九 番場《ばんば》の忠太《ちゅうた》
宿《やど》の亭主
女中お君《きみ》
旅の商人《あきんど》

一 現在の滋賀県大津市。琵琶湖の南西に位置し、古くから湖上交通と東海道・東山道・北陸道の要地として発展した。
二 鎌田隼人の娘で、近江国粟津で敵に討たれた木曾義仲の一子駒若君と夫人の山吹御前を守って逃亡生活を送っている。
三 木曾義仲の奥方（夫人）。
四 義仲と山吹御前の間にもうけた子供。
五 義仲の家臣。戦死した主君の命を受け夫人と遺児を守って敵地を逃れようとする。
六 摂州の船頭で名高い。家業を婿にまかせて楽隠居の身。
七 権四郎の娘。先の亭主を病で亡くし二度目の婿を迎えた。
八 およしと先の病死した夫との間に生まれた子供。原作では三歳とあるが歌舞伎では六歳とある。人形ならよいが、芝居で実際の子役が出るのであるから、三歳では小さすぎるせいだろう。この本では六歳ということにしておく。
九 鎌倉方の侍大将梶原景時の家臣で、山吹・駒若の追手。

一〇托鉢僧《たくはつそう》
通行人
捕手《とりて》大勢

大津宿清水屋の場

（大津に並ぶ旅籠屋《はたごや》の中、一一関《せき》の清水屋の玄関口、一二下手《しもて》に遠く琵琶湖がかすんでいる。暮れ方近く）

一三〽東路《あずまじ》を上り下りも旅人に、一四二ツ三ツに追分《おいわけ》や、大津に並ぶ旅籠屋の関に名高き清水屋の、

（ト旅商人、托鉢僧等三、四行き交う。女中、しきりに客をよぶ。皆々行きすぎる。
ト足音荒く、一五梶原《かじわら》家臣番場の忠太、供をつれて出て、玄関口より亭主も出）

一〇　各戸で布施を受けてまわる僧。
一一　関の清水は、大津の逢坂関跡の近くに湧き出ていた清水で、歌枕にもなっている。ここでは関宿の清水屋という宿泊所に生かされている。
一二　⇩用語集（上手・下手）
一三　東国への往路。
一四　東海道・東山道・北陸道と、三本の幹線道路が交差していた。追分は道が分かれる所をいう。
一五　梶原景時の配下。

忠太　コリャやい、亭主。
亭主　ハイ〳〵、お泊まりなら、おあがりなされて、
忠太　エ、、うるさい。コリャ亭主、このあたりに、[一]朝日将軍木曾義仲が女房山吹御前、まった小伜《こせがれ》駒若が立ちまわったと人の噂《うわさ》。見つけ次第に引き渡さば、褒美の金は望み次第、が、隠しだて致そうなりゃ、まずその方の首から先に吹きとぶぞよ。
亭主　へーイ。
忠太　それ者ども、探せ。
捕手　ハア。
（トあたりを探し、[二]トヾ足ばやに去る）
亭主　（見送って）こわやの〳〵、[三]この中《じゅう》は[四]平家の一門、今日《きょう》はまた木曾殿の残党。こっちの商売は知らぬこと。コレ、お君、[五]夕餉《ゆうげ》の菜《さい》の支度はよいか。
（ト奥へ入る）
〽門《かど》賑わしきたそがれ時、年は[六]六十路《むそじ》の色黒き、[七]達者づくりの老人が、

一　源為義の孫。父義賢が討たれて後、木曾山中に育ったので木曾義仲という。以仁王の令旨を奉じて挙兵し、平家を西海に追い、入京して征夷大将軍に任ぜられた。朝日将軍とはその異称で、朝日の昇る勢いにたとえられた。
二　⇨用語集（とど）
三　このごろは。さきごろは。
四　平家につながる人をいう。平家の落人、残党。
五　夕ごはんのおかず。
六　六十歳を越えた年齢。
七　丈夫そうな体格。

（ト合方[八]になり、[九]花道より権四郎、槌松の手を引き、およしを連れて出る）

権四　コレ娘、[一〇]京三界《さんがい》から[一一]三井寺《みいでら》まで、[一二]十二、三里も歩いたであろうが、もはや[一三]入相《いりあい》、このあたりに宿をとるとしようかいの。

よし　ほんに、あれに旅籠屋がありますほどに、急いで参りましょうわいの。

権四　まてまて、わしのような[一四]西国者《さいごくもの》と違《ちご》うて、こゝらあたりの都の衆は、銭勘定には[一五]すゝどい奴《やつ》じゃ、此方《こっち》からめったに声をかけぬがよいぞや。

よし　父《とゝ》さんとしたことが、またいつもの癖が。ホヽヽヽ。

権四　そんなら娘、槌松も早うおじゃ。

槌松　爺《じい》、おらは足が痛うて、もう一足《ひとあし》も歩かれぬぞ。

権四　何じゃ、足が痛い。コレ、槌松、われも船頭の子じゃないか。五里や十里の道のりでくたばっては、[一六]播磨灘《はりまなだ》を乗ッ切るような船頭にはえなれぬぞよ。サ、[一七]気強《きづよ》う歩けあるけ。

槌松　いやじゃいやじゃ。おらは歩かれぬ。

権四　ほんにしょうのない[一八]わるさじゃ。ソレ、負うてやろ。

（ト背を向ける。槌松その背に背負われる。これにて合方[一九]つき直し、三人本舞台へ来る。店先より亭主出て）

八　⇩用語集
九　⇩用語集
一〇　地名にそえて遠く離れた所の意を表す。京都あたり。
一一　大津にある園城寺（おんじょうじ）の通称。西国三十三所札所の第十四番札所。
一二　現行一里は約四キロメートルだが、時代によって変わっている。
一三　夕暮。
一四　西の国の者。京都を起点にして、その西国の者の意。
一五　悪がしこい。
一六　瀬戸内海の内、東は淡路島、西は小豆島までの海域をいう。
一七　気持ちを強く持って。頑張って。
一八　悪い子供。いたずら坊主。
一九　花道の出を強調するために、揚幕の開きとともに下座音楽（⇩用語集）が演奏され、七三に止まって台詞になるとき、唄をとり合方を弱くする。台詞が終わり本舞台にかかるときは改めて、元の唄を反復したり、適当なところから唄い直したり、三味線を弾き直したりすることをいう。

亭主　ア、もうし〳〵、旅のお順礼[一]さん、お泊まりなら、此方《こちら》へお越しなされませ。

（ト呼びかける。権四郎、すまして行きすぎようとする）

槌松　爺《じい》、こゝへ泊まろう。こゝじゃ〳〵。

権四　コレ、この餓鬼は何ぬかすぞ。（ト行こうとする）

亭主　コレ、親父《おやじ》様、まあ〳〵お入りなされませ。

権四　エ、、泊まるはよけれど、サア、いくらじゃ、早う言うた〳〵。

亭主　ハテ、泊まりの定め[二]は、銭[三]三十なれど、そこは好《よ》いように。

権四　よいようにとは、どのようにするのじゃい。おれはずんど[四]貧乏な西国の船頭じゃが、半値じゃやどうじゃな。

亭主　ハア、そりゃ安けれど、順礼衆のことじゃ。まゝ[五]に負けましょ。まずお通り。

権四　話はきまった。ソレおよし、草鞋《わらじ》ぬげ、坊《ぼん》も上がりゃ。

槌松　（喜んで）わあい〳〵。（トかけて入る）

権四　ア、コレ、坊《ぼん》よ〳〵。気の早い坊《ぼん》よな。

（ト追って入る。これを見て亭主、およし顔見合わせ、笑うことあって招[六]じる。人々木戸口から入る。二[七]の柝《き》にて、道具かわる）

一　巡礼。西国三十三所、観音霊場を巡拝する人。
二　きまり。協定料金。
三　貨幣の単位。「銭」は銅・鉄でつくられたもの。
四　ずっと。甚だしく。
五　言う通り。その通り。
六　招き入れる。
七　二つ目に打つ柝（⇩用語集）のこと。

大津宿清水屋奥座敷の場

（清水屋の座敷。[八]上手《かみて》障子六枚閉めてあり。下手より権四郎、およし、槌松、亭主の案内で入り来る）

亭主　サア〳〵、こちらでございます。

権四　[九]大儀々々。

よし　[一〇]いかいお世話をかけまする。

亭主　そんならゆっくり休んで下され。

（ト亭主去る）

権四　ヤレ、しんどや、腰痛《こしいた》や。船頭とすっぽんは、陸《おか》ではとんと[一一]埒《らち》のあかぬものじゃ。どれ、およし、そこな枕とってたも。

よし　そんなら……蒲団《ふとん》をしきましょうか。

（トおよし、蒲団をしき、枕をあてがう。この時槌松、つか〳〵と上手の障子を開けようとする）

権四　ア、、ヤイ〳〵コリャ槌松よ、その障子は開けぬものじゃ、怖いぞよ、

八　⇩用語集
九　御苦労。
一〇　たいへん。大層。
一一　どうにもならない。

怖いぞよ。コリャここへ来い、鼻かんでやろ。
(ト槌松の鼻をかみ)
エヽ、きたない洟《はな》たれじゃな。
〽おなじ浮世に憂き思い、山吹御前は先《さき》だって、ならわぬ旅に疲れはて、
(ト上手障子開く。こゝに山吹御前、お筆、駒若君を抱きている)

山吹　コレお筆、この中《じゅう》からの憂き艱難《かんなん》[一]、木曾殿御最期と聞くよりも、同じ道にと思いしものを、この駒若を成人さすべしとの御遺言《ごゆいごん》。死ぬに死なれぬ身の辛さ。思いやってたもいのう。(ト泣く)

お筆　また御前様のお気弱《きよわ》な。たとえ草の根[二]、土に伏しても、坂東《ばんどう》[三]の目をかいくゞって、木曾殿の御再興の折を待ちましょうぞ。それまでは、このお筆、父の隼人もろともに、命のかぎり若君様の御供《おんとも》つかまつりまする。どうぞお心強うおわしませ。

山吹　さるにても、隼人殿の帰りの遅いことわいの。

お筆　ほんに、最前、様子[四]あらためるというて出ましたなり、どうしたこと

一　苦労。災いを受けること。
二　草の根にひそんだり、地にひれ伏してでも逃げおおせたい、との比喩。
三　鎌倉方のこと。
四　様子をさぐる。

　でござりましょうな。
駒若　母様《はゝ》、なんぞ欲しい、母様。（ト泣く）
山吹　コレ、[五]吾子《わこ》、そのような[六]わやく言わぬものじゃ。静かにしてたも。
お筆　若君様、もう直《じつ》きに、隼人の爺《じい》が何ぞ若君様の欲しいものを買《こ》うて戻るでござりましょう。お静まり遊ばせ、コレ、若君様。
駒若　いやじゃ〳〵、ア、、、。（ト泣く）
　（ト寝ながら腰を打ってもらっていた権四郎、この声に耳を傾ける）
権四　アレ、およしよ。あちらの旅のお方も子があるそうな。しきりにわやくを言うてじゃが、何ぞ[七]だます物があれば。オ、それよ、[八]童《わらべ》すかしはこんな時、[九]今あとで買うた[一〇]大津絵《おおつえ》、一枚やろか。
　（ト取り出そうとするを、槌松その手を押さえる）
槌松　いやじゃ〳〵。
権四　エ、[一一]吝《しわ》い坊主め。コリャ、よう[一二]合点《がてん》せいよ。この絵は、[一三]座頭《ざとう》の坊《ぼう》が褌《ふんどし》を、犬がくわえて引くところ、こりゃ面白うない。よその子にやってのけい。[一四]われにゃこれ〳〵、この[一五]衣《ころも》着た鬼の念仏、撞木《しゅもく》を持って叩き鉦《がね》、く
わん〳〵〳〵くわぁんからくわん。
　（トこのうち、およし、大津絵の一枚を持ち、境の障子を開け）

五　わが子。駒若のこと。
六　聞きわけのないこと。無理。無茶なこと。
七　気をまぎらわす。
八　子供をだましおだてるには。
九　さっき。直前に。
一〇　江戸時代初期から、近江国大津の追分や三井寺のあたりで売られた民画。仏画から始まったが、元禄期以降戯画風なものがあらわれ、土産物として有名になった。
一一　けちな。けちくさい。
一二　理解。よくわかること。
一三　盲人の僧。大津絵の代表的な画材の一つ。倒れない、というまじないの意味があるといわれる。
一四　お前には。
一五　これも大津絵の代表的な画題の一。法衣を着た鬼が奉加帳、鉦、撞木を持っている図で、子供の夜泣きを封じるまじないの意味があるといわれる。

よし　モシ、お隣りのお方様、お小さいのが[一]きつい泣きよう。これを進ぜましょう。

（ト大津絵をさし出す）

お筆　これは〱かたじけない。お前様にもお子様があるに、よい物進ぜて下さんした。コレ若様、余所《よそ》のお子を御覧《ごろう》じませ。おとなしいことわいの。

よし　ホ、、、なんの、おとなしかろぞいの。腕白で意地悪で、どうもこうもなるこっちゃござりませぬ。お前様のお子様は、色白で美しい。シテ、おいくつでござりまする。

お筆　このお子は六つでござりまするが、[二]年弱《としよわ》でござりまする。

よし　オ、、そんならこれと同じ年、同じ六つと言いながら、この坊主は三月生まれで[三]年強《としづよ》。

お筆　ほんにそれでか、逞《たくま》しいお子でお仕合わせ、見れば順礼さしゃんすようなが、お住まいは何処《いずく》でござりまする。

よし　ハイ、こゝから大方十二、三里も[四]下《しも》。

権四　コリャおよしよ。ぐず〱したものいわずと、つい一口《ひとくち》、[五]摂津《せっつ》の国福《ふく》嶋《しま》の船頭じゃというたがよいのじゃ。

よし　エ、、父《と》っつぁんもせわしない。ちっと人に物いわせたがよいわいの。

一　ひどい。はげしい。
二　年のわりには弱い。年齢ほど強くない。
三　年のわりに強い。
四　京都から下る。京都に行くのを上る。逆が下る。
五　現在の大阪市福島区の辺り。

まゝ聞いて下さりませ。この子を抱えて長旅いたしますのも、実はこの子の父親《てゝおや》が[六]風邪の心地と病みついたが[七]定業《じょうごう》とやら、間《ま》ものう死なれて、今年が丁度三年。なんの供養も施しもないかわりに、せめて[八]足手《あして》を引いてなりと、夫の[九]菩提《ぼだい》を弔《とむら》いたさに、思い立っての順礼でござりまするわいな。

山吹　ホウ、それではあのお子も六つ、わが子も六つ、父親に別れたとは。みずからとても殿御にはなれ、便りなき身の旅の空、世には似たこともあればあるもの。いとしやのう。

権四　あれ聞いたかおよし、[一〇]彼方《あなた》も御亭主様がないといやい。そりゃ悲しいは尤《もっと》もながら、[一一]生身《いきみ》は死身《しにみ》、[一二]合わせものは離れもの、さっぱりとあきらめて、早う男を持たっしゃりませ。それでこっちも[一三]近頃幸いな者婿にとったが、このおよしの舵《かじ》のとりようがよいかして、何時《いつ》とものう[一四]帆柱を立てまする。ハヽハヽヽ。見りゃ[一五]お前方は、[一六]なりも好《よ》い衆《しゅ》そうなが、どれからどれへおいでてござります。

お筆　ハア、われ〳〵は都を離れ、あの、[一七]信濃路《しなのじ》へ志し。

権四　アヽきこえた。それじゃ[一八]お身様方は、[一九]善光寺参りじゃな。

お筆　いかにもそれ〳〵、それにござりますわいな。したが難儀なことは、これにござる[二〇]お主《しゅう》様がにわかの御病気。

六　風邪気味。
七　仏語で、その報いとして起こる結果が定まっている行為。定め。運命。
八　足手まとい。手足にまといついてうるさい子供のこと。
九　死者の冥福を祈って供養すること。
一〇　あちらも。あっちの人も。
一一　生ある者は必ず死ぬ、とのことわざ。
一二　元々別々のものであったのを合わせたのだから離れるのもやむをえない意で、多くは男女、夫婦の間においていう。
一三　たいへんいい人を婿にしたが。
一四　帆柱は船に帆をかかげるために立てた柱。船頭としてよく働く意と共に、帆柱に男根の意も含ませている。
一五　あなた方。
一六　姿かたち。身なり。
一七　信濃（長野）の方。
一八　あなた様方。
一九　長野市にある天台・浄土兼宗の寺。推古朝に三国伝来の阿弥陀像を本尊とした草堂が、その開基で、中世以降「善光寺参り」が盛んに行われ、現在に信仰の灯を伝えている。
二〇　御主人様。山吹御前のこと。

よし　そりゃマア、さぞお難儀なことでござりましょ。

（トこのうち、子供二人は寝てしまう）

権四　サ、何はともあれ、[一]正直の旅は道づれ、[二]こう打ち寄るも他生《たしょう》の縁、ヤ、こりゃ槌松めは、いつの間にか寝てしまいよった。

お筆　オヽ、そういえば、こちの坊様も寝ておしまいなされた。

よし　ほんに子供は罪のないもの、父《とゝ》さん、お前そっちへ抱いて行て下さんせ。

お筆　そんなら私も。皆さん、有難うござりました。それではお休みなされませ。

権四　あしたは早立ちゆえ、挨拶もせず行きます。御縁があったらまた会いましょうが、病人を大事にさっしゃれや。

お筆　有難うござります。

よし　お休みなされませ。

（ト隔ての襖《ふすま》を立て切る。お筆は、前側の障子をしめる）

（[三]竹本になる）

〽跡は互いに旅草臥《たびづかれ》、とろ〳〵寝入《ねい》る寝入りばな、旅ぞとも知らぬ稚《おさ》

一　本当に「旅は道づれ」ですね。ことわざ「旅は道連れ世は情け」は、旅は道連れのあるのが心頼もしく、世の中を渡るには互いに思いやりをもつのが大切である、という意。

二　こうして一緒になったのも、何かの縁である。「他（多）生の縁」は、前世からの因縁。

三　義太夫節のこと。竹本義太夫（一六五一〜一七一四）の創始になる浄瑠璃を、後世義太夫と称するようになったが、歌舞伎専門の義太夫、およびその演奏者を竹本という。

な子《ご》隣り同士《どし》、[四]宵寝《よいね》まどいの目をぽっちり、

（トこのうち、槌松と駒若君、二人ともひょっこり起きあがり、両方ながら間の障子をあけ、行灯《あんどん》に手をかけて遊びはじめる）

〽灯火《ともしび》ばったり真ッ暗闇。

（ト行灯消え、二人の子供わっと泣き出す）

権四　こりゃどうじゃ、なにも見えぬわ。

山吹　吾子《わこ》は何処《どこ》、吾子は何処じゃ。

よし　コレ、槌松々々。

（ト間違えて駒若をとらえる）

お筆　若君様、こゝにか。

（トこれも間違えて槌松をとらえる）

（トこの時、[五]三《み》ツ太鼓になり「ワアア」と人声する。下手廊下口より、鎌田隼人、血刀《ちがたな》さげ走り出で）

隼人　御前様々々、[六]坂本の討手が踏ん込《ご》みましたぞ。[七]落ちて下され、早う

四　宵のうちから早く寝ること。はやね。

五　囃子の名称の一。三拍子に打つ太鼓で、もっぱら立廻りに用いられる。時代物の捕物の場面に使われることが多い。

六　「坂本」は現在の滋賀県大津市の地名。延暦寺の門前町として栄えた。ここでは梶原方の追手をいう。

七　逃げ去ること。追手をのがれること。

早う。
山吹　オヽ隼人か、お筆、どうしょう〱。
お筆　サ、お支度なされませ。
（トかい〲しく身じたくして、山吹御前の手を引き、子供をかゝえる）
権四　なにがなんで、どうしたと。
よし　ソレ、なにやら知れぬが、父《とゝ》さん、早う。
（ト子供の手をとる）

〽それ遁《のが》すなと、忠太が下知《げじ》[一]に、捕《と》ったく〱と乱れ入《い》る[二]。音に驚き、家内《やない》の騒動、上を下へと。

（トこのうち、忠太を先頭に捕手なだれこみ、隼人、これを支[三]える立[四]廻り。トゞ隼人、忠太に切り下げられる。山吹御前とお筆は、槌松の手をひき、上手より逃れ出る。権四郎は駒若を抱き、およし共々下手へ逃げて入る。この騒動のうちに）

幕

一　命令。配下の者に指図すること。
二　多くの人間が、てんでに入りこむ。乱入する。
三　はばんで、とどめること。
四　⇩用語集（たて）

大津宿竹藪の場

（[五]本舞台、[六]平舞台。うしろ[七]黒幕、一面の笹藪《ささやぶ》）

〽更けて行く夜空隈《くま》なく晴れわたり、月の光の皓々《こう〳〵》と、大竹藪の物凄く。

（ト[八]浅黄《あさぎ》幕《まく》切って落とすと、お筆、捕手大勢に囲まれたる[九]見得。これより立廻りとなり、捕手大勢、上下《かみしも》へ追い込むと、[一〇]篠入《しのい》りの合方になり）

お筆　[一一]御台《みだい》様いのう。

（ト捕手[一二]かゝる。よき所にて、お筆、捕手を追って下手に入る）

〽山吹御前、若君引き連れ走り出で、

五　⇨用語集（本舞台三間）
六　⇨用語集
七　⇨用語集
八　⇨用語集
九　様子。情景。
一〇　篠笛を用いて、切腹や述懐の場面に哀調を表す合方。
一一　貴人の妻の敬称。御台所の略。
一二　攻める。うちかかる。

（トうしろの藪の蔭より山吹御前、駒若丸の手を引き出て来り）

山吹　長追いしやんな、戻ってたも、あの隼人はどうしやった。

〽気遣う折から、うろ〳〵眼《まなこ》で番場の忠太、あたり見廻し、

（ト向こう[一]より番場の忠太、あたりをうかゞい出て来り、花道にて山吹を見て本舞台へ走り来り）

忠太　ヤア〳〵大事の落人《おちうど》、見つけた〳〵。

〽声に悯り《びつく》山吹御前、ソレと見るより逃げ給う。

（トノリ[二]になり）

木曾義仲の御台山吹御前、そのちっぺい[三]は駒若君、引っくゝって手柄にする。

〽飛びかゝってつめよれば、わっと泣く子を放さじと、

一　花道の奥。
二　台詞の言い方の一。三味線のリズムに合わせて台詞を言う。
三　幼少年者をののしっていう語。

山吹　この子一人助けたとて、さまで[四]仇《あだ》[五]にもなるまいもの。慈悲じゃ、情けじゃ、助けてたも。

忠太　ならぬ〱、生けて置いては後日《ごじつ》[六]の妨げ、繰り言いわずと、サア渡せ。

山吹　スリャ、この駒若を。

忠太　エ、面倒な。

〽無理にもぎとり、真[七]の当て、ウンとばかりに倒れける。忠太すかさず若君の首をはっしと打ち落とし、飛ぶが如くにかけり行く。

〽山吹御前は夢心地、むっくと起きて、

山吹　駒若やあい。

〽あたり見まわし此方《こなた》なる、我が子の死骸いだき上げ、

ハア悲しや、こりゃマアむごたらしい。どうしょう〱、どうしょうぞいなア。

四　それほどまで。かほどまで。
五　害をなすもの。
六　後になってからの。将来の。
七　本当の当て身。

〽西も東も弁《わきま》えぬ、この子に何の科《とが》[一]なきものを、
わが子をかえせ、戻せやい。

〽声をかすかにお筆が聞きつけ、息を切って立ち帰り、
〽手負いの御前を見て恟《びっく》り、
〽はっと驚き抱きかゝえ、

お筆　コレ、御台様、お心慥《たし》かにお持ちなされ、シテ若君様は〳〵。

山吹　オヽお筆か。遅かった〳〵わいな。なさけなや、たった今、捕手の者がこゝへ来て、駒若の首切って逃げたわいのう。

お筆　エヽ。

〽はっと仰天、狂気の如く、呆れて詞《ことば》もいでばこそ、胸も張りさく悲しさの涙ぱら〳〵、立ったり居たり[二]、身をもがき、
エヽ、口惜《くちお》しや、今一足早くばなア、女でこそあれやみ〳〵[三]と、討たしは

一　罪。
二　立ったり座ったり落ち着かないさま。居ても立ってもいられぬさま。
三　やすやすと。簡単に。

せまいに、シテその斬ったやつはどっちへ逃げた、顔見知ってござりますか。

山吹　イヤ〳〵、顔も名も知らねども、梶原が所業《しわざ》であろう。

〽お筆は身[四]も世もあられぬ思い。

お筆　父の最期はお主《しゅう》へ忠義、悔やむ心はなけれども、おいとしや駒若様、今日《きょう》の今まで愛らしゅう、わたしを廻[五]し片とき離さず、いだかれて泣いつ笑いつ いたいけな、お顔をやっぱり見るような。

〽くどき立て〳〵、声も惜しまず嘆きしが、涙のうちに心つき、せめて一目若君のお死骸なりとも見んものと、あたり見廻し尋ぬる心も空も闇。怪しや血に染む稚《おさな》き骸《むくろ》、手にさわるをかき抱き、涙とともに撫《な》で廻し〳〵、

ハハア、この着物はどうやら手触りも違う。そうして何やらびら〳〵と、こんな物は召さぬはず、合点《がてん》がいかぬ。

四　常の状態ではいられない。
五　自分の意のままに従わせ。

〽と、よく〳〵見て、

ヤアこれは違《ちご》うた〳〵。もうし〳〵、こりゃ若君ではござんせぬ。

山吹　ヤア何と言やる、駒若でないとは。

お筆　ハテこの死骸は[一]笈摺《おいずる》かけて居りますわいな。

山吹　ム、、さては今の騒動に[二]相宿《あいやど》の子と駒若と、取り違えたか、ア、、。

お筆　アノそりゃ何おっしゃる。悲しいことはござんせぬ。コレ取り違えたのでな、若君のお命に気づかいない。これ則《すなわ》ち天の恵み、御運の強さ、ハア嬉しや〳〵有難や。コレお悦《よろこ》びなされませ。コレ、もうし〳〵、これは[三]したり、ナゼものをおっしゃらぬ。エ、お気をたしかにお持ち遊ばしまし。

〽呼べど叫べどその甲斐《かい》も、あえなく息はたえにけり。

（ト御台は落[四]ち入る）

アノモウ事[五]は切れたかいなア。

一　巡礼者が着る袖なしの羽織のようなもの。笈（仏具・衣類などを入れ、背に負う脚・開き戸のついた箱）で背がすれるのを防ぐためのもので、左右中の三部分からなり、両親のある者は、左右が赤地で中央が白地。親のない者は、中央に赤地を用い、左右が白地。
二　同じ宿に泊まった客同士。
三　しまった。
四　命を落とす。死ぬ。息が絶える。
五　生命が絶えた。

〽大地にどうと伏しまろび、声を限りに泣きつくす。やゝあって顔を
あげ、

ハア、そうじゃ〳〵、返らぬこと悔やむまじ、嘆くまじ、ひとまずこの場を立ち退いて、[六]妹千鳥《ちどり》と心を合わせ、お主《しゅう》の仇《あだ》、父の敵《かたき》、逃げ隠るゝとも天地の間、命を限り[七]根《こん》限り、[八]やわか助けておくべきか。それより大事の大事の若君、[九]片時《へんし》も早く取りかえさん。

〽駆け出《い》だせしが真の闇。

イヤ〳〵、まてしばし、御台様の御死骸《おんなきがら》、このまゝにも捨ても置かれず。せめて[一〇]かしこへ葬らん。そうじゃ〳〵。

〽曇れる空晴れ日出でて、あたりに茂る竹切って、

（トこの時、捕手かゝるを切りたおして竹を切る。日出る）

六　お筆の妹。
七　根気の続くかぎり。
八　どうして。
九　少しも早く。
一〇　あそこ。かの所。

〽かき上げ乗する笹の葉は、[一]亡き魂《たま》送る[二]輿車《こしぐるま》、[三]ながえもほそき[四]千尋《ちひろ》の
竹、肩に打ちかけ引く足も、しどろもどろに[五]定めなき、世の[六]憂《う》き節《ふし》を
身一つに、荷ない行くこそ哀れなり。

（トこの浄瑠璃のうち、笹を切って死骸を乗せる。捕手うかゞい出て、お筆にかゝる。[七]よろしく立ち廻って、[八]しごきで笹をくゝってよろしく引く）

（トよろしく、[九]三重にて）

幕

一　亡くなった人の魂（たましい）。
二　輦車（れんしゃ）に同じで、ながえの中央に車をつけた乗物。天皇や貴族などの乗用。
三　牛車・馬車などの前に長く平行に出た二本の棒。ここでは笹を車ともながえにもたとえている。
四　非常に長いこと。または、非常に深いこと。
五　足元がおぼつかない。ひく足の「定めなき」と「定めなき世」をかける。
六　「憂き節」は、つらいこと、悲しいこと。竹の節と同音なので、竹の縁語として用いられることが多い。
七　⇨用語集
八　一幅の布を適当の長さに切りしごいて用いる帯。
九　⇨用語集

福嶋船頭松右衛門内《ふくしませんどうまつえもんうち》の場

同《おなじく》　裏手《うらて》船中《せんちゅう》の場

同　逆艪《さかろ》の松《まつ》の場

船頭一〇松右衛門《まつえもん》実は樋口次郎兼光《ひぐちのじろうかねみつ》

漁師権四郎《ごんしろう》

槌松《つちまつ》実は駒若丸《こまわかまる》

船頭又六《またろく》

同　九郎作《くろさく》

同　富蔵《とみぞう》

一一斎坊主《ときぼうず》雲念《うんねん》

一二講中《こうじゅう》六人

一三畠山庄司重忠《はたけやましょうじしげただ》

立廻りの一四船人《ふなびと》大勢

畠山の一五四天王《してんのう》

一〇　木曾義仲の四天王のうち随一と評判をとった豪将。主君の仇義経を討とうと漁師権四郎の家に婿入りし、松右衛門と名のっている。

一一　法要・仏事の際に食膳につく僧。

一二　講（信仰を目的とした団体）をつくって神仏に詣でる連中。

一三　鎌倉方の重臣。慈悲深い人柄で、江戸時代を通じて人気の高いキャラクター。二枚目の捌き役（事の理非を正して、公平な判断を下す役）として浄瑠璃や歌舞伎では重要な役を割りふられている。

一四　船頭。

一五　ある道、ある部門にもっとも秀でた者四人の称で、名ある武将の秀でた家臣にも用いられる。

[一]軍兵《ぐんぴょう》
女房およし
隼人《はやと》娘お筆《ふで》

福嶋船頭松右衛門内の場

[二]（本舞台三間、[三]常足《つねあし》の二重《にじゅう》、真ん中[四]納戸口《なんどぐち》、[五]上手九尺《かみてくしゃく》の家体、[六]前づら障子を建て切り、[七]下手鼠壁《しもてねずみかべ》、いつもの所門口《かどぐち》、この外に大樹の松、こゝに雲念、鼠の衣、坊主の形《なり》にて、講中六人、茶をのみ合っている。[八]波の音、[九]浜唄にて幕あく）

雲念　ヤレ〳〵、皆の衆、御奇特[一〇]に、よう念仏を申してやらしゃった。サア

サア、いっぷくさっしゃれ。

講中一　さっきこゝの内のおよし殿が迎いに見えたゆえ、

講中二　念仏申して進ぜようと、のう、皆の衆、

講中三　[一一]念仏仲間がさそい合い、

一　いくさに出る兵士のこと。軍卒。
二　⇨用語集
三　⇨用語集（二重）。常足は、高さ一尺四寸（約四八センチ）の二重。常によく使われるところから「常足」と称されるらしい。これから七寸上がりで「中足」「高足」となる。
四　日用品・調度などを収納する小部屋の出入り戸口。
五　九尺は一間半で、約二・七三メートル。舞台向かって右手（上手）に付属する部屋で、付屋台（つけやたい）とも称される。
六　障子の本寸法は三尺×六尺である。九尺だから三枚の障子が前面（まえづら）に建てられ仕切っている。
七　鼠色に塗られた壁。
八　下座音楽（⇨用語集）の一。大太鼓で波の音を演奏し、海岸が近いことを表す。
九　下座音楽の一。海辺を表すのに用いる。この場合は数多い浜唄の中でも代表的な〽「磯のナー」を唄入りで用いる。
一〇　心がけや行いがよいこと。殊勝。
一一　講中のこと。

講中四　打ち連れ立って来ましたのさ。
講中五　ふだんから世話になるこゝの内、
講中六　他人のようには思いませぬわいのう。
雲念　それ〳〵、こうして[一二]回向《えこう》して進ぜるは、人の事じゃござらぬ、我が身のためでござる。
皆々　[一三]いかさま、そうでござるのう。
（ト奥より権四郎、[一四]やつし形《なり》、親仁《おやじ》の拵《こしら》え、およし、世話女房にて、[一五]重筥《じゅうばこ》を抱え、槌松の手を引き、出て来り）
権四　オヽ、皆の衆、御苦労でござった。コレ、娘、つまらぬ物じゃが、進ぜてくれ。
よし　サア〳〵、皆さん、おいしゅうはなけれども、たんと上がって下さりませ。
（ト皆の前へ重筥を出す）
皆々　構わっしゃるな〳〵。では、御馳走になりましょう。
（ト皆々食う事）
講中一　時に親仁どの、今日《きょう》はどの仏の志の日でござるの。
権四　今日の仏は、[一六]こなた衆もねんごろな、この娘の連合《つれあ》い、[一七]死んだ松右衛

一二　死者の成仏を祈って供養を行うこと。
一三　いかにも。なるほど。
一四　粗末な身なりのことだが、ここでは普段着のままの親父の身なりをいう。
一五　寄り合いや法事、あるいは行楽の外出などの折に食べ物を入れ何段にも重ねた食器。
一六　あなた方。
一七　娘およしの先夫。

門が三年の[一]祥月《しょうつき》命日ゆえ、渋茶を煮《た》きました。常[二]なら箸《はし》でもとらせますはずなれど、足弱《あしよわ》な娘や孫を引きつれて、順礼の長道中《ながどうちゅう》、物入りのあとゆえ、何もしませぬ。

よし　何《なん》ぞというても、人手はなし、この子はせがむ、ほんの心ばかり、上がって下さりませ。

講中一　モウ三年になりますか。

講中二　死なしゃった槌松の父御《てゝご》は、まことによい人であったの。

講中三　ときに尋ねたいは、この槌松をつれて順礼に出らるゝまでは、いこう肥《ふと》りて年よりは大柄《おおがら》で、病い気《け》もないがんじょう造《づく》り。

雲念　ほんにそれが何として色白に痩《や》せこけて、どうやら顔[三]のすまいも変わったようじゃ。

講中四　そうじゃ〳〵。表《おもて》へとては[四]一寸《いっすん》も出ず、あれが順礼の奇特というような事でござるか。

権四　さればその事、ありゃ前の槌松じゃござらぬ。違《ちご》うた〳〵。

雲念　ナニ、

皆々　違うたとは。

権四　その違うたわけは、思い出すさえ恐ろしい。サア、聞いて下され、コ

一　一周忌以降の故人の死んだ月日と同じ月日。正命日。

二　いつもなら、銘々膳でゆきとどいたもてなしをするところですが、の意。

三　表情。顔の造作。

四　少しも。わずかにも。

五　先月。

六　三井寺に旧いお札を納め、新しくお札をいただく。

七　大津の宿には、東八町・西八町・下西八町・下東八町・上西八町・上東八町等、八町（丁）のつく宿並み町が多かった。清水町もその一つ。

八　世間でよく言う。俗に言う。

九　うろたえると子供を逆さまに背負うことさえある、ということわざ。あわてて失敗することのたとえ。

一〇　現草津市の南笠町に端を発し、新浜町の南を流れて琵琶湖に注ぐ狼川（別称大亀川、川下は長曾川）がある。

一一　しまった。失敗した。

一二　一緒の宿に泊まった同士。襖一枚をへだてた隣同士だった。

一三　他人をののしっていう語で、やつ。

一四　きまった。間違いなくそうだ。

一五　どうしても。どうあろうとも。

レ娘、幾日《いくか》の夜であったな。

よし　アイ、二十八日じゃわいの。

権四　オヽ、それ〳〵、[五]跡《あと》の月《つき》二十八日の夜《よ》、こういうわけじゃ、聞いて下され。三井寺《みいでら》の[六]札《ふだ》を納めて、大津の[七]八丁に泊まった夜、何かは知らず、捕《と》った〳〵と大勢の侍が、エヽ、話するさえ身の毛がよだつ。ほんに[八]下世話《げせわ》にいう[九]狼狽《うろた》えては子を逆《さか》さま、どう負うたやら走ったやら、よう〳〵毒蛇《どくじゃ》の口を逃れ、逃げは逃げたが、先は又[一〇]狼谷《おおかみだに》、谷の水音、松吹く風も後から追手《おって》の来るように思われ、真っ暗な夜に四里たらずの山道を、息一つつかばこそ、水一口呑《の》まばこそ、命からがら伏見へ出て初めて背《せな》に負うた子の顔見て恟《びっく》り、[一一]南無三宝、[一二]合宿《あいやど》の襖越《ふすまご》し、宵に咄《はなし》をしたわろが連れた[一三]子と、取り違えたに[一四]極《きわ》まった。早う取り替えて来てくれと、娘はせがむが、オヽ、尤《もっと》も、取り戻して来うと思う程先の怖さ。[一五]いっかな〳〵、一足《ひとあし》も行かれるこっちゃない。今に限らぬ、取りかえす折があろう。先のわろも子を取り違え、人の子じゃとて粗末にしては置かぬはず、この子さえ大事に育てて置いたなら、[一六]三十三ヶ所の観音様のお力、枯れたる木にも花さえ咲くじゃないか。ひとまず内へ戻って、[一七]つぶした肝をいやしてからの上の事と、[一八]伏見から[一九]昼船《ひるぶね》に飛びのって戻る中《うち》も、乳呑もうと泣く。幸い娘が乳呑ませた

一六　西国三十三カ所の観音霊場。三井寺は第十四番目の札所。
一七　心臓がつぶれるような驚き。
一八　現在の京都市伏見区。淀川水運の基点。
一九　江戸時代、淀川に就航する乗合船のうち、早朝に伏見または大坂を出て、夕刻に大坂または伏見に着く船のこと。

ら、それなりに月日も立つ。名も知らねば呼びつけた、槌松〳〵と言や、我が名と心得、じいよ〳〵と馴《な》れなじむいた〳〵しさ。今ではほんの槌松めも同然に、これが可愛ゆござるわいの。

よし　時の災難とはいいながら、縁あればこそこの子が手しおに掛かり、他人がましゅうする事か、かゝさま〳〵と、この乳を呑みもすりゃ、呑ましもすれ、なじめば我が子も同じ事、この子は憎いではなけれども、今日《きょう》の仏の手前もあり、なろう事なら、元々に取り戻しとうござります。

講中一　それで疑いがはれました。追っつけ観音様のお引き合わせで、

講中二　あっちから槌松をつれて、尋ねて見えましょうぞえ。

講中三　かならずきな〳〵思わっしゃらぬがよいぞや。

雲念　時に皆の衆、あんまり茶を呑んで、けっく腹も昼下がり、モウお暇《いとま》しようではござらぬか。

権四　まあ、よいではないか。ゆっくりしていかっしゃれ。

よし　ゆるりと話して居て下さんせ。

講中四　イヤ、その話は又明日《あす》の事。

皆々　モウお暇いたしましょう。

（ト門口《かどぐち》へ出て）

一　手ずから世話をする。自ら大事に育てる。
二　他人に対するように遠慮したり、気兼ねする。
三　くよくよ。たえずあれこれ気にかけるさま。
四　結句。結局。とうとう。

雲念　コレ、およし殿、松右衛門殿が帰られたら、
皆々　ようういうて下され。
よし　ありがとうございまする。
皆々　そんなら親仁《おやじ》殿。
権四　皆の衆。
皆々　サア、行きましょう。

〽打ち連れ出ずる向こうより、

（ト唄になり、向こうより松右衛門、どてら、藁草履《わらぞうり》、櫂《かい》の先に竹笠《たけがさ》五をつけ、これをかつぎ出て、花道にて皆々と行き合い）

雲念　オヽ、松右衛門殿、今戻らしゃったか。今日はこなたの留守へ参り、
皆々　大きに馳走になりました。
松右　コリャ、皆お帰りか。今日は前の聟《むこ》殿の三年忌、内に居て共々に御馳走申すはずなれど、遁《のが》れぬ用事で罷《まか》り出で、近頃の亭主ぶり、もそっとゆるりとなさらいで。
講中一　イヤモウ、ゆるりと鑵子《かんす》六の底まで叩き、

五　竹を網代（あじろ）に組んで作った笠。
六　湯を沸かすのに用いる器。もう充分御馳走になった、という意。

講中二　余り茶は福がある。呑んでお休み、

皆々　なさんせや。

松右　そんなら皆の衆。

皆々　松右衛門殿、また明日《あす》逢いましょう。

（ト皆々向こうへ入る。松右衛門、舞台へ来り、門口を開け）

松右　親仁様、今帰りましてござりまする。

（ト言いつゝ入る。およし櫂《かい》を取る事）

権四　オヽ、聟殿、御苦労々々々。

よし　一こちの人、戻らしゃんしたか、大そう遅うござんしたなア。

松右　イヤもう、早う戻って釜《かま》の下でも焚《た》こうと気はせいても、相手はせかぬお大名のゆったり、二遅なわった。さぞおくたびれ、女房ども大儀であったの。

よし　何のいなア。お前こそさぞひもじかろ。ドレ、飯《まゝ》を上げましょう。

松右　イヤ〳〵、まだほしゅうない。望みな時にこっちからいうわえ。

よし　そんなら、よい時分にいわしゃんせ。

権四　それはそうと聟殿、今日《きょう》のお召しはどんな事じゃ。何ぞ気にかゝる事じゃないか。

一　妻が夫に呼びかける語。あなた。
二　遅れた。遅くなった。

松右　サテ申し親仁様。お案じなさる事じゃござりませぬ。今日お召しになりましたその訳は、こういう訳でござりまする。まア聞いて下さりませ。

（ト合方になり）

大名の中《うち》でも梶原様は取り分けての念者《ねんじゃ》[三]と申すが違いはない。お召しによって船頭松右衛門参上つかまつりました。と申し上げますと、御家来の番場の忠太殿がお出なされ、先達《せんだっ》て差し上げた逆艪《さかろ》[四]の事書《ことがき》[五]。一ツ〳〵尋ぬる程にける程に、暫く待て。とおっしゃりまするによって、私はそこでおよそ三時《みとき》[六]もよう待ちましたが、すると又おいでになって、じき〳〵殿がお目にかゝる。わしについて来いと申しまするによって、私はもう後ろから恐る〳〵ついて参りますると、お屋敷の立派さ。どこもかもピカ〳〵と光って、まるで御仏壇を見るようでござりまする。そこで又待って居りますると、やがて正面の襖《ふすま》がスーッと開きますと、梶原様が出てござって、船頭松右衛門とはおのれ[七]よな。との仰せでござりまする。もう私は恐れいっておじぎをして居りますると、智謀[八]軍術たくましき義経へ、この景時がよく存ぜしと言う逆艪の大事、おろそかに聞き受け難し。おのれ舟に逆艪を立てての軍《いく》さ、調練した事やある。それ聞かん、との仰せでござりまする。そこで私は恐れながら申し上げます。売船《ばいせん》[九]の船頭風情《ふぜい》が、軍《いく》さなぞと言う

三　入念に物事を行う人。
四　船尾を先にして船を前進させること。または、そのために逆向きに取り付ける艪。
五　箇条を立てて書かれた文書。
六　一時（いっとき）は二時間だから六時間。
七　ことに格下の相手に対して、お前、きさま、という意に用いる。
八　戦さを行うに巧みで知恵のあること。
九　貸し船。

事は夢にも見たこともござりませぬ。しかし、逆艪の事は我等《ら》が家に伝え、よく存じて罷《まか》りありまする。と申し上げると、しからば汝《なんじ》覚えある船頭を語らい、今宵《こよい》ひそかに逆艪を立て、船の駆引《かけひ》き[一]手練《しゅれん》[二]して、事《こと》成就せばこの梶原が取りもちにて、長く船頭の司《つかさ》[三]として、莫大な財宝を下さりょ。又御《おん》[四]大将《たいしょう》の召し船《ぶね》[五]の船頭は汝たるべし。とのお詞《ことば》でござりました。もう私はあまりの嬉しさに初めの術《じゅつ》[六]なさ打ち忘れ、あたふたと帰りがけ、日吉丸《ひよしまる》の船頭の又六、灘吉《なだよし》の九郎作、明神丸《みょうじんまる》の富蔵、今宵連れ立って逆艪の稽古《けいこ》に参りまする。アーア嬉しや〱コレ女房ども、われにもなこれから楽させてやる。坊主にもこれからは、いゝべゞ着せて持遊び[七]に明かそうわい。これというのも日頃からお教え下された親仁様の皆お蔭、何とお礼を申しましようやら、有難うござります。

権四　その礼には及ばぬ。不器用《ぶきよう》なやつは、千年万年教えても埒《らち》あかぬ。ま[八]んざら素人《しろうと》のわれが、入《い》り聟《むこ》に[九]わせられて、一年も立つや立たず。大将様の船頭仰せつかるというのも、その身の器用がする事でおじゃ[一〇]らしまするわい。ハヽヽヽ、めでたい〱。聟殿の草臥《くたび》れ休め、コレ娘十二文[一一]持って走らぬかい。

よし　アイ〱。

一　戦場で、時機をはかって兵や馬を進退させることだが、ここでは船の進退。
二　手ぎわの巧みなこと。熟練するように練習すること。
三　船頭たちの長（頭）。
四　鎌倉方の大将源義経のこと。
五　貴人・高位の人が乗る船。ここでは義経の乗る船。
六　術（すべ）がないこと。つらさ。せつなさ。
七　もてあそび。もてあそぶもの。玩具。
八　全くの素人。
九　「わす」は「来る」の敬語だが敬意は軽い。いらっしゃって。
一〇　「おじゃる」は「ある」の丁寧語。
一一　文は金銭の単位。十二文持って祝いのための酒を買ってこい、ということ。

松右　イヤ〳〵、酒も帰りがけ、九郎作がところで下された。一生覚えぬ大名の付き合いで、膝《ひざ》はめりつく[一二]気骨《きぼね》は折れる。播磨灘《はりまなだ》で[一三]南風《ようず》に逢《お》うたようでござりまする。親仁様、しかし暮れまでには間《ま》もござりまする。少しお休みなされては。女房見や、坊主めがい[一四]ねぶるわ。ドレ幸い父《とゝ》が[一五]添乳《そえぢ》してやろうか。

〽[一六]かい立って、納戸《なんど》へこそは、

松右　親仁様、

権四　聟殿、

松右　しばらく御免下さりませ。

〽入《い》りにける。

（ト松右衛門、槌松を抱き、上手の障子内に入る）

権四　コレ、およし、何ぞ[一七]裾《すそ》へ置いてやれ、出世する大事の体、風ひかすな。まあ、祝《いお》うて[一八]舟玉様《ふなだま》へ灯明《とうみょう》も灯《とぼ》せ。

一二　押しつけられて苦しいこと。めりめりいう。
一三　近畿・瀬戸内地方で、春夏の夕方に吹く風をいう。
一四　いねむりする。
一五　本来は母親でなくては添え乳とはいえないが、添い寝してやろう、というのである。
一六　座を、すっと立つ。
一七　布団に風が入らないよう、足元の方に何か掛けてやれ、という意。
一八　船の守護神。船中には、サイコロ・女性の髪の毛・人形・五穀・銭などを御神体としてまつる。

よし　お灯明は上げてあるわいな。
権四　そんなら、お神酒《みき》も上げておけ。
よし　お神酒も上げてあるわいな。
権四　ついでに、こっちの生きた舟玉様へも上げてくれやい。
よし　父《とゝ》さんとした事が、そこに如才はないわいな。
（トおよし、徳利を権四郎の前へ出す）
権四　オヽ、ちろり[一]と用意があったなア。孝行なやつじゃな。

〽光を添えぬらん。

（ト権四郎は、神棚へ神酒《みき》を供え、およし火打ち箱[二]にて、灯明を上げること。権四郎は[三]花蓙《はなござ》を敷き、横になる）

〽[四]つま恋う鹿《しか》の果てならで、難儀硯《すゞり》の海山《うみやま》と、苦労する墨《すみ》憂き事を、数《かず》かくお筆が身のゆくえ、いつまではてし難波潟《なにわがた》、福嶋に来てこと問えば、門《かど》の印《しるし》の[五]そんじょそこと、松を目当てに尋ね寄り、

一　「ちょっと」「ちゃっと」の意と、酒を温めるための容器「ちろり」をかけた洒落。
二　火打ち道具（火打ち石、火打ち金、火口（ほくち）など）を入れておく箱。
三　種々の色に染めた藺（い）で模様を織り出したござ。
四　全て「お筆」にかかった縁語。「鹿」の毛は筆の先の材料であり、難儀「する」と「硯」。硯ですった墨をためておくへこみを「海」というところから「山」になり、山のように苦労「する」と「墨」をかけて「数かくお筆」に至る。
五　それそこ。

（ト向こうよりお筆、六旅形《たびなり》、七一本ざし、八菅笠《すげがさ》を持ち、草履《ぞうり》にて、門口へ来て）

お筆　ハイ、御免なされませ。松右衛門様は九こなたでござりまするか。お名を一〇知るべに、はる〴〵と参ったもの、お逢いなされて下されたら、忝《かたじけ》のうござりまする。

〽いう物ごしのしとやかさ。

よし　ハイ〳〵、松右衛門ならこちらでござりまする。お入りなされませ。
（ト門口をあけ、お筆を見て、一一思入れ、こちらへ来りて）
モシ、父《とゝ》さん、来たわいな〳〵、こちの松右衛門殿に逢いたいといって、美しい女子《おなご》が、来たわいな〳〵、大方ろくな事ではあるまいわいな。

〽一二後先《あとさき》知らで、
〽女気《おんなぎ》のはや一三悋気《りんき》する詞《ことば》のはし。

権四　エヽ、何ぬかすのじゃ。松右衛門に若い一四女中がたずねて来た。松右衛

六　旅装。
七　刀を一本差すこと。
八　スゲの葉で編んだ笠。
九　こちら様。こちら。
一〇　道案内。みちびき。
一一　⇨用語集
一二　前後の見境なく。
一三　やきもち。しっと。
一四　女性に対する敬称。御婦人。

門じゃとて若い女中がたずねてこんことがあるかい。モシ松右衛門が姉じゃというてもわりゃ悋気さらすか。たしなめ〳〵。

（ト権四郎立って門口へ来り）

ハイ、どなたじゃ。松右衛門は内におります。遠慮せずと入らっしゃれ。

お筆　さようならあなたが松右衛門様か。お近づきでなければ、お顔見知ろうようはなけれど。

権四　なけれどもなら、なぜござった。

お筆　サア、何が知るべになろうやら、摂州福嶋松右衛門、一子《いっし》槌松と書いた笈摺《おいずる》が縁《えん》となって。

権四　ヤ、そんならこなたは、大津の八丁で、跡《あと》の月《つき》二十八日の夜に、

お筆　ハイ、お子さまを取り違えた者、そゝう[一]な者でござりまする。

権四　道理で見たような顔じゃと思うた。コレ、およし、悦《よろこ》べ、槌松を取り違えた人じゃといやい。サヽ遠慮せずと入らっしゃれ〳〵。

お筆　さようなら、御免なされて下さりませ。

〽笠解きすてて内へ入《い》り、

一　そこつ者。あわて者。

（ト合方になり、お筆、内へ入《はい》り、よき所へ住まう）

権四　オヽ、よう来て下された。こっちからも行くえを尋ねて、取り戻すはずなれど、証拠もないゆえ、尋ねて行くにも……手がかりもなく、泣いてばかりおりました。そのかわりには、取り違《ちが》えたそっちの子供衆、[二]鵝《こう》の毛で突いたほども怪我《けが》させず、[三]虫腹《むしばら》一つ痛ませず、娘《これ》が乳が沢山なゆえ、食い物は[四]あしらいばかり、乳一度あました事はござらぬわい。

よし　ほんに風邪《かぜ》一度引かさばこそ、親子が[五]大事にかけたにつけても、此方《こち》の子供もさぞ御厄介、お世話様でござりましたろうに、ようつれて来て下さりました。

権四　コレ、槌松よ、わが内を忘れたか、なぜ入らぬぞい。

お筆　イエ、そのお子様は門《かど》にではござりませぬ。

（ト術《じゅつ》なき思入れ）

権四　アヽ、そんなら、おつれの衆が後からつれてお出でなさるゝか。さぞ御厄介、かたじけのうござる。早う逢いたい。コレ、娘、お礼を申さぬかい。

よし　エヽ、父《とゝ》さんとした事が、このお礼が、[六]ちゃきりちゃっと、ツイいうて済む事かいな。したがこの槌松はナゼ遅い。

二　きわめてかすかなこと、小さいことのたとえ。
三　回虫などのために腹が痛むこと。
四　とりあわせ。ありあわせのもの。
五　大切にする。丁重にする。
六　「ちゃっと」を強めていう。すぐに。即座に。手早く。

権四　早う逢いたいものじゃな。

〽孫はいかにと、立ちかわり入れかわり、門《かど》を覗《のぞ》きつ礼言いつ、そゞろ悦ぶ親子が風情《ふぜい》、お筆は胸に[一]焼金《やきがね》の、今更何と返答も、[二]なくも泣かれずさしうつむき、しばし詞《ことば》もなかりしが、

（トこのうち権四郎、およし、かわり〴〵門口《かどぐち》を覗き、悦ぶ事。お筆は始終せつなき思入れあって）

お筆　お願い申さば叶《かな》わぬわけあって、[三]恥を包み面目《めんぼく》をしのんで尋ね参りました。そのようにお悦びなされては、気がおくれて物が申されませぬ。まあ、聞いて下さりませ。

（ト[四]メリになり）

改め申すも[五]あじきなきその夜《よ》の騒ぎ、[六]手ばしこう逃げ隠れなされたあなた方は[七]順礼の功徳《くどく》、こっちは一人《ひとり》は病人なり。

〽男とては[八]あるに甲斐《かい》なき年寄りゆえ、逃ぐるもかくれるも心に任せず、

一 「胸に銘打つ」と同じ意で、痛切な心持ちになること。
二 「返答もなく」と「なくも泣かれず」をかけている。
三 恥ずかしい気持ちを包みかくし、合わせる顔のないところ、恥をしのんで尋ねてきました。
四 メリヤスの略。義太夫節では語りを伴わないで、台詞や人物の動きの伴奏として短い旋律を繰り返す。
五 なさけない。やるせない。
六 手捷（てばしこ）く。機敏に。すばやく。
七 観音巡りをする、という信仰・善行の結果得られる神仏の恵み。
八 いても役に立たない年寄り、というのは自分の父親鎌田隼人のこと。

取り違えたそのお子は、

（ト言い兼ねる。双方よりさし寄り、気のせくこなし）九

両人　その子はどう致しました。

お筆　サア、そのお子は、

両人　その子は、

お筆　その夜あえなく、

両人　エヽ、

お筆　お亡くなりなされましたわいなア。

〽とは何ゆえに、とはいかにと、あまりの事に泣きもせず、仰天するこそ道理なれ。

〽聞いて悯《びっく》り。

（トお筆、ハッと泣き伏す。両人は、あきれしこなし）

お筆　一〇人の身は仇《あだ》なりと、かねては聞けど、その夜の悲しさ、ようもくく今日《きょう》までながらえし、言いわけながらの物語。

九　⇩用語集

一〇　人の身は、はかなくむなしいものである、の意。

〽聞いて恨み[一]をはれてたべ。

[二]高《たこ》うはいわれぬ事ながら、つれの女中と申すは私の御主人。騒ぎに紛《まぎ》れ、一度《ひとたび》取り違えしとは思いも寄らず、若君はなお大切。わたしがかき抱き、は旅籠屋《はたごや》の、

〽憂き目は遁《のが》れ出たれども、

追いかける武士の大勢。気は[三]樊噲《はんかい》と防いでも、何をいうも老人の、

〽言い甲斐もなく討死《うちじに》し、

若君はうばいとられ、気も狂乱のようになって、大事の若君取り返さん、

〽と駆け廻《まわ》る、[四]月なき夜半《よわ》の葉隠《はがく》れに、尋ねまわる[五]笹垣《さゝがき》の蔭、

一　恨みをはらして下さい。
二　大きな声では言えないことですが。
三　中国、漢時代初期の人。劉邦の臣で劉邦が項羽と鴻門で会した時、劉邦が謀殺されそうになるところを救った。劉邦即位後、舞陽侯に封じられた。「気は樊噲」は常套語。
四　真の闇。
五　笹竹で結った垣根。

サア、こゝにこそ若君ありと、取り上げ見れば、悲しやお首がモウなかった。よく〳〵見れば若君ならぬ、証拠はこの笈摺《おいずる》、騒ぎに紛れ取り違えしか、さては若君のお命つゝがなかりしかと、一度は安堵《あんど》致せしが、人の大事の子を殺し、何を代わりに若君を取り戻そう、悲しい事をしやったと、それを苦に病み主君の女中も、その場ではかなく成り給《たも》う。この笈摺を知るべにて尋ね参りしは、[六]近頃申しにくい事ながら、お果てなされたお子の事は諦《あきら》めて、此方《このほう》の若君を戻して下さるようとのお願い。大事にかけてお世話なされたとの物語を聞くにつけ、面目ないやら悲しいやら、あじきなき身の上を、思いやってたべ、親子御《おやこご》さま。

〽かっぱと伏して泣きければ、祖父《じい》は声こそ立てねども、[七]泪《なみだ》を老《おい》に嚙《か》み交ぜて、咽喉《のど》につまればむせ返り、[八]身も浮くように泣きければ、
〽娘は心も乱るゝばかり、むなしき笈摺手にとって、

よし　コレ、槌松よ。かゝじゃ〳〵、母《かゝ》さまじゃわいの〳〵。昨夜《ゆうべ》の夢にまざ〳〵と、前のとゝさまに抱《いだ》かれて、[九]天王寺参りしやると見たは、[一〇]日こそ多けれ、父御《てゝご》の三年の祥月《しょうつき》なり。

六　たいそう。はなはだ。すこぶる。
七　「老（おい）」に「笈（おい）」をかけている。
八　体が泪の海に浮かぶようだ、という悲しみの誇張表現。
九　大阪にある四天王寺のこと。
一〇　四天王寺にお参りすると見た夢は、日数こそ違っているが、亡夫の三回忌の、亡くなった月だ、という。

〽命日の今日《きょう》の日に便り[一]を聞く、告げ[二]でこそありつらん。

それとは知らぬ凡夫[三]の浅間《あさま》しさ。今日はつれて来るか。明日《あす》は戻りゃるかと、待ってばかりいたものを、何《なん》のこれが二世《にせ》[四]安楽《あんらく》。

〽順礼もあてにはならぬ。観音様もふがいない。

〽恨めしや、なつかしや。

哀れこの事、夢であってくれよかし。

〽顔に当て抱《だ》きしめて、声をばかりに身もだえし、前後不覚に泣き居たる。

権四　コレ娘、吠《ほ》[五]えまい。泣けば槌松が戻るか。世迷事《よまいごと》言いや再び坊主に逢われるか、かねて愚痴《ぐち》なぞじいが呵《しか》るをどう聞いておるのじゃい。

一　安否の知らせ。悪い知らせだった。
二　夢の中で亡夫が知らせてくれたことでもあろうか。いやそうに違いない。
三　普通の人。凡人のさもしさ。凡人ゆえのみじめで、なさけないさま。
四　現世と来世が安楽であること。
五　犬が吠えるように、大きな声を出して泣くこと。

〽いう詞《ことば》にすがりつき、

お筆　オ、それ〳〵、じゞさまのおっしゃる通り、いかほどお嘆きなされたとて、樋松さまがお戻りなさるというでなし、さっぱりと思いあきらめて、此方《このほう》の若君をお戻しなされて下さらば、有難いとも忝《かたじけ》ないとも、悦ぶ私がその心は何処《どこ》へかいこう。樋松さまの未来のためには、[六]仏千体《せんたい》寺千軒《せんげん》、千部万部の[七]経陀羅尼《きょうだらに》、[八]千僧万僧《せんぞまんぞ》の供養よりはるかに勝《まさ》った御供養になります る。

権四　エ、、やかましい、だまりゃアがれ。どの面《つら》さげてがや〳〵と、[九]おとがい叩く、恥をしれやい〳〵。わが子を我《われ》が育てるには、少々の怪我《けが》させても、[一〇]親だけで済めども、人の子には義理もあり、又、情けもある。われが主君の若君のと、ぬかすからは、まんざらの、賤《いや》しい人でもなさそうな。この俺は親代々、[一一]舵柄《かじづか》をとってその日ぐらしの身なれども、[一二]天道様が正直に、大事にかけて置いたそっちの子、今見せてやるわい。イヤ、見せまい。見せたら目玉がでんぐり返ろう。人の子をいたわるはな、此方《こっち》の子をいたわってもらいたさ、[一三]たいていや大方《おおかた》大事にかけたと思うかやい。そんなら又なぜ尋ねてこぬかと、へらず口ぬかそうが、尋ねて行こうにもなんの手

六　仏を千体奉納し、寺を千軒建立すること。
七　「経」は経文、「陀羅尼」は長文の梵語を翻訳せず原文のまま音写、読誦されたもの。
八　千人万人の僧侶による供養以上の供養になる、の意。
九　「おとがい（頤）」は、下あごのこと。よくしゃべる様子をののしって言う語。
一〇　親の責任だけで済むけれども。
一一　舵の頭部に取り付けた柄。船頭稼業ということ。
一二　太陽。お日様。
一三　並大抵に。

懸かりはなし、そっちには笈摺《おいずる》に[一]所書《ところが》きがある。今日《きょう》は連れて来て取りかえすか、明日《あす》は連れて来て下さるか、逢《お》うたら何《なん》と礼をいおうてと明けても暮れても待ってばっかり。コレ、この絵を見おれ、可愛や槌松が[二]下向《げこう》に買おうというたを聞きわけず、無理に買《こ》うて三井寺[三]三界《さんがい》、持って歩いて嬉しがった、鬼の念仏に、[四]外法殿《げほうどの》の大津絵、[五]藤の花かたげたおやま絵は買いおらず、外法殿の絵を買うたは、あのように髪の白髪《しらが》になるまで、長生きしおる[六]瑞相《ずいそう》、また、鬼のように丈夫に育つ[七]吉相《きっそう》じゃ。めでたく戻って見おったら、さぞ悦ぼうと貼《は》って置いて待っていたに、思えば梯子《はしご》は、

〽[八]外法《げほう》あたまの下り坂。

鬼の傍《そば》に這いつくばう、餓鬼となって、[九]お念仏で助かるようになったか。思えば思い廻すほど、身もよもあられぬ、ようも[一〇]大それた目に逢わせたな。それに何じゃ、槌松のことは思いあきらめて、若君を戻してくれ、どの面《つら》さげてぬかすのじゃ。オ、戻してやる。戻してやるぞ。町人でこそあれ、孫が敵《かたき》、いま首にして戻してやるわい。

一 住所。
二 神仏に参詣して帰ることをいう。
三 遠くの地名に添えて、あたり、界隈を意味する。
四 長い頭のことを外法頭といい、そこから福禄寿の異称になった。
五 大津絵の代表的な画題の一。笠を冠った娘が、藤の花を担いでいる絵で、良縁のまじないの意があるという。舞踊の「藤娘」は、この絵を舞踊化したもの。「おやま」は上方で遊女のこと。
六 めでたいしるし。
七 吉事（よいこと）のある前ぶれ。縁起。
八 ことわざの「外法の下り坂」（一度失敗すると取り返しのつかないこと）をふまえる。外法の頭に梯子を掛けて月代（さかやき）をそる大津絵の画題がある。
九 念仏は仏や死者のために唱えるもの。つまり、槌松が死者となったことをいう。
一〇 とんでもない目。

〽と突っ立ちあがる。のう悲しやと、取りつくお筆を押し退《の》け刎《は》ね退《の》け、納戸《なんど》の障子さっとあくれば、こわいかに松右衛門、若君を小脇にかい込み、刀[一一]ぼっ込み力士立《りきしだ》[一二]ち、お筆は驚き、

（ト お筆、とめるをふり切って、つか〳〵と上手障子を開ける。内に松右衛門、刀をさし、若君を抱き、立[一三]ち身にいる。お筆見て）

お筆　マア、こなたは樋口《ひぐち》の、

松右　コリャ〳〵女中、さいぜん下《しも》[一四]の樋《ひ》の口《くち》で、ちらと見た女中よな。若君は身が手に入《い》って、気づかいなし、いうてよければ身[一五]が名乗る。樋の口を取りちがえ樋口《ひぐち》なぞと、かならず麁相《そそう》[一六]いうまいぞ。

〽目[一七]まぜで知らせば打ちうなずき、しずまる女、聞かぬ祖父《じい》。

権四　松右衛門、出かした。さっきからのもやくや[一八]で、寝られもせまい。聞いたであろう。そちがためにも子の敵《かたき》。そのちっぺいめを、ずた〳〵に切りさいなんで、首にして女めに渡してやれやい。

松右　イヤ、そうは致すまい。

一一　刀を帯に差しこみ。
一二　仁王立ち。金剛力士像のように威高く立つ姿。
一三　立ち姿。
一四　せき止めた水の出口の戸。水門。松右衛門の本姓樋口を暗示している。
一五　自分自身で我が本名を名乗る。
一六　あやまち。そこつ。
一七　目で合図を送る。
一八　紛糾すること。ごたつくこと。

権四　致すまい。致すまいとは、なぜ致すまいじゃ。
松右　サ、それは、
権四　それはとは松右衛門水臭いわい〳〵、言わいでも知れた。ア、聞[一]こえた。おのれが胤《たね》[二]をわけぬ、槌松が敵《かたき》じゃによってそれで致さぬな。その性根では、じいが儘《まゝ》にはさせおるまい。モウ、こうなったら破れかぶれじゃ。俺が言うようにせぬからは、親でも子でもない。およし、そこらを駆け廻《まわ》って、若い者大ぜい呼んで来いやい。
よし　アイ〳〵。
〽呼んで来いと気[三]をせいたり。
（ト権四郎、鉢巻をして、キッ[四]となる。およし、立ちかゝるを）
松右　ヤレ、待て女房、人を集めるまでもなし。親仁《おやじ》様、スリャどうあっても槌松が敵《かたき》、この子を存[五]分になさるゝか。
権四　知ったこっちゃい。
松右　ハテ、是非もなし。この上は我が名を語り、仔細を明かして上の事。

一　分かった。合点がいった。
二　実子でない。
三　気持ちがはやる。気があせること。
四　⇩用語集（きっとなる）
五　好き勝手に。思うがままに。

〽若君をお筆に抱《いだ》かせ、[六]上座《じょうざ》に直し、

(ト若君をお筆に抱かせ、上手へやり、門口を開けて、表を窺《うかゞ》い)

権四郎、頭《ず》が高い。

権四　なにぬかすぞい。

松右　イヤサ、頭《かしら》が高い。天地に轟《とどろ》く鳴る雷《いかずち》の如く、御《お》姿は見奉らずとも、さだめて音[七]にも聞きつらん。これにおわすは朝日将軍、木曾義仲公の[八]御公《ごきん》達《だち》駒若君、かく申す某《それがし》は、木曾殿の身内にて樋口の次郎兼光なるわ。

〽言うに親子は[九]あらぎも取られ、呆《あき》れ果てたるばかりなり。

(トよろしく、[一〇]つけまわりて、松右衛門、二重へ上がる)

〽樋口、お筆に打ち向かい、

さて〳〵、女のかい〴〵しく、[一一]御《ご》先途《せんど》を見届ける[一二]神妙さ。山吹御前にも思い寄らぬ御最期。御身《おみ》が父の隼人殿もあえなく討死《うちじに》したりとな。力落と

六　身分の高い人を敬って座らせる座。かみざ。
七　うわさ話にでも聞いたことがあろう。耳にしたことがあろう。
八　上流貴族の子弟。
九　ひどく驚くこと。荒肝は肝玉のことで、肝をつぶす、肝を抜かれたさま。
一〇　二人以上の登場人物が向かいあいながらジリジリと移動して居所を替える演出で、互いの緊張した心情を表現する演技。
一一　行くさき。
一二　けなげさ。殊勝さ。

し思いやる。それにつけてもかくてある樋口が身の上、さぞ不審。若君のためには[一]祖伯父《おおおじ》ながら、[二]多田《ただ》の蔵人行家《くらんどゆきいえ》という[三]無道人《むどうじん》、[四]誅伐《ちゅうばつ》せよとの[五]御意《ぎょい》をうけ、[六]河内《かわち》の国へ出陣のあと、鎌倉勢を引き受けて[七]粟津《あわづ》の一戦、誤りなき御《おん》身をやみ〳〵と御《ご》[八]生害《しょうがい》を遂げ給いし、主君の仇《あだ》、手立《てだて》をもって[九]範頼《のりより》、義経を討ち取らんと、この家へ入《い》り聟《むこ》し、

〽逆艪《さかろ》を言い立て、早《はや》梶原に近づき、

義経が乗船の船頭は松右衛門と[一〇]事極《きわ》まる。追っつけ本意をとげるようになるにつけ、この若君の[一一]御在所はいずく、

〽いかゞならせ給《たも》うか、[一二]心苦しき折も折、

最前よりの物語、障子越しに聞くにつけ、見れば見るほど[一三]面《おも》やつれ給《たま》えども、疑いもなき駒若君。さては、[一四]思いもうけず、願わずして、所こそあれ日こそあれ、その夜一緒に泊まり合わせ、取りかえられて助かり給《たも》う若君の御運強く、又、

一 祖父母の兄弟。両親のおじ。
二 後白河法皇の命を受け平氏を滅せんとするが、清盛に通じ後に義経に滅ぼされる。
三 道理にはずれた人、非道な人。
四 罪ある者を攻め討つこと。
五 主人のお指図。御命令。ここでは木曾義仲の命。
六 旧国名。五畿の内。現在の大阪府東部。
七 現在の大津市粟津。寿永三年（一一八四）都を落ちた木曾義仲がこの地で討ち死にした。
八 亡くなること。討ち死に。
九 源義朝の六男。蒲の冠者とも蒲殿とも称される。義経と協力して義仲を討ち、平家を破ったが、のち兄頼朝に疑われ、伊豆修善寺で殺された。
一〇 決定をみる。決まる。
一一 いらっしゃる所。貴人の住まい。
一二 悩み苦しんでいた時。
一三 顔がやつれて見える。
一四 思いもよらず。

〽殺されし槌松は、樋口が[15]仮《かり》の子と呼ばれ、
御《おん》身代わりに立ったるは、[16]二心《ふたごころ》なき某《それがし》が[17]忠心[18]天の冥慮《みょうりょ》に相叶い、血をわけぬ子が子となって、忠義を立てしその嬉しさ、何にたぐいの、
〽あるべきぞ。

これも誰《た》が蔭、まず〳〵親仁様、皆お前様のお蔭。子ならぬ我《われ》を子となされ、親ならぬ我を親とする槌松が、恩もあり、また義理もあり、これが、他所《よそ》、外《ほか》の者を取り違えての敵《かたき》なら、あなたが御勘忍なさりょうが、女房がよしにと申すとも、子の敵[19]安穏《あんのん》に置きましょうか。討つに討たれぬ主君の若君、祖父《じい》、親の名をあげた槌松、その名を上げた元《もと》はといえば、私を子となされし、親仁様の御高恩、[20]千尋《ちひろ》の海、蘇命路《そめいろ》の山。まだその上に大恩ある主君の若君、孫の敵とてじいさまにうたさりょうか。我が手にかけて[21]主殺《しゅうごろ》しの、悪名《あくみょう》が取らりょうか。御立腹の数々お嘆きの段々、申し上げようはなけれども、親となり子となり、夫婦となるその縁に、つなが

一五　血を分けぬ義理の子。
一六　二股をかけない。そむかない。
一七　忠義の心。
一八　人の目に見えない神仏の心。
一九　敵を許しておかない。敵を討つ。
二〇　「尋」は深さ・長さの単位。きわめて深い海や、須弥山（しゅみせん）のような世界の中心にそびえたつ高山に、親権四郎の恩をたとえている。
二一　主人の血筋である駒若に手をかけることはできない。

るゝ一定まり事と思《おぼ》し召しあきらめて、私の武士道を立てさせて下さりませ。
二花は三吉野《みよしの》侍の忠義を立てされて下され、コレ親仁様。

〽コレ〳〵聞きわけてたべ親仁様と、三忠義にこったる樋口が風情《ふぜい》、四兼《かね》平《ひら》、五巴《ともえ》六が頭《かしら》をふまえ、木曾に仕えし七四天王《してんのう》、その随一の武士《もののふ》なり。権四郎はたと手を打ち、

（ト松右衛門、よろしくあって、権四郎、合点《がてん》のいったるこなし）

権四　いかさまそうじゃなあ。侍を子に持てば、おれも侍。わが子の主人はおれがためにも御主人。ハ、、、サア〳〵、聟殿、お手上げられい。イヤもう八船玉冥利《ふなだまみょうり》、恨みも残らぬ悔やみもせぬ。泣きもしませぬ。泣きもしませぬ。コレ、娘、精出して、早うまた槌松を産んで見せてくれい。

松右　さては御得心が参りましたか。

権四　おいのう。

松右　アイ、御得心が、（ト思い入れ）有難うござりまする。

〽互いに心とけ合《お》うて九千里《せんり》の灘《なだ》の浮かれ舟《ぶね》、港見つけし如くにて、喜

一　前世からの決まった事。約束。
二　「花はみ吉野（桜木とも）、人は武士」というたとえ。桜の花の一番美しいのは吉野山であり、人の中では武士が一番すぐれている、ということ。桜は武士道のいさぎよさに通じて、その忠義心になぞらえられる。
三　忠義一途の。
四　木曾義仲の四天王の一人。今井兼平。
五　巴御前。木曾の豪族中原兼遠の娘。今井兼平の妹。武勇にすぐれた美女で義仲に嫁し、武将として最後まで随従したが夫の死後は和田義盛に再嫁し、その敗戦後尼となって越中に赴いたという。
六　先に立つ。筆頭に立つの意。
七　木曾義仲の家臣のうち武勇にすぐれた十二人を木曾の十二臣と称し、そのうち特に、樋口兼光・今井兼平・楯親王・根井親衡を木曾四天王という。
八　船玉様の御利益。
九　大海に漂流する船。

びあうこそ道理なり。

〽お筆嬉しく若君を、樋口の次郎に手渡しなし、

（トお筆、若君を松右衛門に渡し、下手へ来り）

お筆　樋口殿、かくてあるからは、このお子に気づかいなし。私が妹の千鳥《ちどり》、一〇神崎《かんざき》に勤め奉公《ほうこう》すると聞く。それが行くえも尋ねたし。また大津で討たれし父が敵《かたき》、討って仏へ手向《たむ》けたし、何やら彼《か》やら一一事繁《ことしげ》き身の上なれば、もうお暇《いとま》致しまする。

〽と立ち上がれば、

松右　そう聞いて留《と》むるもいかゞ、ともかくも御勝手次第。

権四　これは一二したりそれは又、一三没義道《もぎどう》な、せめて二日三日足休めを。のうおよし。

よし　とゝさんの言わしゃんす通り、こう心が解け合うからは、一四初手《しょて》はとやこう申したほど、今では一五けっく名残りおしい。せめて今宵《こよい》は御一宿《ごいっしゅく》を。

お筆　ありがとうはござりますれど、お聞きの通りの仕儀なれば、若君さま

一〇　現在の尼崎市にあり、武庫（むこ）平野東部、神崎川・藻川・猪名川の合流地点に位置する。平安時代から貴族が別邸を設けるようになり、遊興の地にふさわしい遊君がいた。江口（現大阪市東淀川区）と並び称される遊興場で、遊女も位どりが高かった。『盛衰記』四段目の中・奥は、「神崎千年屋」と「無間の鐘」の段で、お筆の妹の千鳥が身を沈め、梅ヶ枝と名のっている。梅ヶ枝が三百両の金を調達して源太景季を助ける忠義のくだりは「無間の鐘」として有名であり、この作品のもう一つの山場でもある。

一一　事の多い。色々なことが繁雑にある。

一二　驚いた。あきれた。

一三　非道なこと。情けしらず。

一四　最初は。

一五　結句。かえって。むしろ。

のお身の上、よろしゅうお頼み申しまする。

よし　何《なん》の、頼むの頼まるゝのという仲かいなア。本意を遂げたらまた重ねて。

お筆　左様なればお二人さま。

権四　旅のお女中。

お筆　おさらばでござりまする。

〽さらば〳〵と門《かど》送り、見送る袂《たもと》見返る袖《そで》、お筆は別れ出でて行く。

（ト お筆、よろしくあって、向こうへ入る。権四郎、あと見送り）

権四　さて〳〵、武家に育ったお女中は又格別。コレ、およしよ、今からあれを見習え〳〵。

（ト件《くだん》の笈摺《おいずる》に目をつけ）

こゝに七面倒《しちめんどう》な笈摺がある。とっとと捨ててしまえ。

松右　ハテ、それはあんまり没義道《もぎどう》な、せめて仏壇へ直し[一]香華《こうばな》[二]でも手向けておやりなされませ。

権四　侍の親になって、未練なと、人が笑いはせまいか。

一　置き替える。置き直す。
二　お香や花。仏への供え物。

松右　なんの誰が笑いましょう。

権四　オヽ、三有様《ありよう》は、そうしたかったのじゃ〳〵。

よし　アイ〳〵。

権四　千年も万年も生かそうと思ったに、たった六つ四で南無阿弥陀仏、槌松五精霊頓生菩提《しょうりょうとんしょうぼだい》、娘、納戸《なんど》の六持仏《じぶつ》へ灯《ひ》をともせ。聟殿《むこ》ござれ、娘も来い。

〽見れば見かわす顔と顔、共に泪《なみだ》の七くれの鐘、こう八〳〵とこそ聞こえけれ。

（ト時の鐘になり、権四郎先に、松右衛門、若君を連れ、およしついて奥へ入る）

〽はや約束のたそがれ時、又六をさきにたて、富蔵、九郎作三人づれ、門口から九用捨《ようしゃ》なく、

（ト向こうより三人、いずれも一〇柿の筒袖半天《つゝそではんてん》、一一腰蓑《こしみの》の船頭の一二拵《こしら》えにて、めい〳〵一三手《て》楫《かじ》を持ち出て来り）

三　本当は。

四　先にも記したように（一二二頁注八参照）、原作の浄瑠璃では三歳のはずだが、芝居では六歳としている。前の亭主は三年前に死んでいるから、槌松は実父の顔を知らないことになるのが原作のもう一つの悲劇のカセになっている。

五　死者の霊魂がすみやかに悟りを開くこと。追善回向の功徳によって死者が成仏することを祈る言葉として用いる。

六　守り本尊として朝夕に礼拝する仏。

七　泪に「くれる」と「くれ（暮）」の鐘をかけている。

八　鏗々。鐘の鳴り響くさまを表す語。

九　遠慮もなく。

一〇　柿色の袖が筒状になっている半纏（はんてん）。

一一　腰にまとう蓑。

一二　扮装。

一三　水をかいて船を進めるのに用いる道具。艪や櫂などの同類。

三人　松右衛門どの〳〵、内にか外にかお宿にか、約束違《たが》えず、
又六　又六、
富蔵　富蔵、
九郎　九郎作、
三人　三人揃って逆艪の稽古に参った〳〵。
〽と呼ばわったり。
(ト奥より松右衛門出て)
松右　皆の衆、御大儀々々々。まア、入って莨《たばこ》でも。
三人　イヤ〳〵、いわば大事の急ぎの御用、一精《ひとせい》出して、後《あと》での煙草。
まア、しっぽりと、やりましょう〳〵。
松右　そんなら船場《ふなば》へ、
三人　松右衛門どの、
松右　サア、ごんせ〳〵。
〽ともづな。

一　自分の家。すみか。
二　一頑張りして。
三　しめやかに。静かに落ち着いて。
四　船の出入りする場所。船つき場。
五　「来い」の卑語。
六　艫(とも)の方にあって船をつなぎとめる綱。

（ト浪の音になり、松右衛門先に、三人ついて奥へ入る。この模様よろしく）

幕

福嶋《ふくしま》船頭《せんどう》松右衛門《まつえもん》内裏手《うちうらて》船中《せんちゅう》の場

（本舞台、正面に[七]丸物《まるもの》の舟、前側三段の[八]波板《なみいた》）

（浪音にて幕開く）

〽[九]名にしおう、うしお漲《みなぎ》る福嶋の、沖に漂《たゞよ》う[一〇]渡海舟《とかいぶね》、浪に逆艪《さかろ》の[一一]舟子《ふなこ》ども。

（ト浅黄幕《あさぎまく》を切って落とす。舟の中、真ん中に松右衛門、上手に又六、下手に九郎作、富蔵、艪を持ち、立ち身にて）

七　立体的に作られた大道具（⇩用語集）で、半面だけのものを「半丸」という。
八　水のある場所を示すための大道具で、板に波の絵を描いて舞台に置く。
九　「名に負う」（名高い）を強めた語。
一〇　海を渡る船。
一一　船を操作する人。水夫。

三人　松右衛門どの〳〵、舟で妻子を養いながら、終《つい》に逆艪という事を、
松右　オヽ、知らぬはず〳〵。何事もおれ次第、教えてやろう。富蔵はこう立てて、又六はこうやって、九郎作はこうおして、これを逆艪というわいやい。

〽惣《そう》じて陸《くが》の戦《たゝか》いは、敵も味方も馬上の働き、駆けんと思えば駆け、
引かんと思えば引く事も、自由げに見ゆれども、
舟というやつはまた格別。知っての通り汐《しお》につれ、
〽風に誘《さそ》われ、[一]艪拍子《ろびょうし》立てて押す時は、
[二]おもかじ、
三人　[三]とりかじ、
〽風波《ふうは》を考え、

一　艪をこぐ拍子。
二　面舵。船のへさきを右に向ける時の舵のとり方。
三　取舵。船のへさきを左に向ける時の舵のとり方。

松右　サア、[四]ともの艪を押したく〱。

三人　おっと合点《がってん》、シシ、ヤッシッシ〱、ヤシイ〱。

〽[五]三段《さんだん》ばかり漕《こ》ぎいだす。

（ト三人、櫂《かい》をとって、舟をこぐ事あって）

〽すきを窺《うかゞ》い富蔵、九郎作、櫂おっとって、松右衛門が[六]諸膝《もろひざ》ないで打ち倒さんと、左右よりはっしと打つ。心得たりと身をかわし、陸《くが》へひらりと。

（ト立廻りのうち、松右衛門の額《ひたい》へ疵《きず》つける事、三人を海へ投げ込み、[七]見得。すぐに[八]浪幕《なみまく》をふり冠せる。[九]道具次第、切って落とす）

福嶋逆艪《ふくしまさかろ》の松《まつ》の場

四　艫。船の後方。
五　距離の単位で、六尺を一間、六間を一段（たん）とする。三段は十八間で、約三二・七メートル。
六　両足の膝を横ざまに払って切り倒そうとする。
七　⇩用語集
八　波の絵を描いた道具幕（⇩用語集）。
九　次の場の道具飾りができ次第。

（本舞台、真ん中に[一]誂《あつら》えの松の大樹、後ろ海の[二]遠見《とおみ》、上下芦原《かみしもあしはら》、ずっと上手に、松右衛門内の裏口を見せ、浪の音にて、道具納まる）

（トこゝに松右衛門を船頭大ぜいにて、取り巻きながら、上手より出る）

松右　コリャア、[三]うぬらは、何《なん》とするのだ。

又六　何とするとはしれた事。汝《なんじ》こそは木曾義仲の御内《みうち》にて、樋口の次郎兼光という事を、

富蔵　梶原さまがよく御存知。逆艪の稽古《けいこ》に事よせて、

九郎　[四]搦《から》め捕《と》れと君の厳命。サア、尋常に腕、

大勢　廻せ。

〽腕を廻せと罵《のゝし》ったり。樋口、からからと打ち笑い、

松右　ヤア、小ざかしき雑魚《ざこ》めら、聞きたくば名乗って聞かさん、よっく聞け。

〽朝日将軍義仲の御内《みうち》において、四天王《してんのう》の随一と呼ばれたる、

一　⇩用語集
二　⇩用語集
三　お前たち。きさまら。相手をののしっていう語。
四　拘束する。しばりあげる。つかまえる。

樋口次郎兼光なるわ。（ト思入れ）うぬら如きがからめんとは、[五]真物《まもの》ついたる[六]一番碇《いかり》、蟻《あり》の引くに異《こと》ならず。ならば手柄に搦めて見ろ。

〽大手を拡《ひろ》げ待ちかけたり。

大勢　ソレ。

（ト皆々、打ってかゝる。これより誂えの[七]鳴物になり、いろ〳〵面白き[八]仕抜《しぬき》あって、トゞ、皆々敵《かな》わず逃げて入る。松右衛門、あと追うて花道へ行き、キッと見得）

〽散り〳〵ぱっと逃げ去ったり。油断ならじとためらう折から、[九]ひっしと響く[一〇]鉦太鼓《かねたいこ》。

（ト[一一]遠寄せを打ち込む。船頭二人、打ってかゝる。一寸《ちよつと》立ち廻って、二人を投げ退《の》け、大樹の松へ目をつける）

五　ほんもの。ここでは麻糸で編んだ綱をいう。
六　この上なく大きい碇。特大の碇。
七　⇩用語集
八　舞踊用語。ここでは立廻りのことだが、大勢の登場人物のうち、数人、あるいは一人が舞台中央に出てことに目立つ振り・演技・立廻りを行うこと。
九　急を知らせる切迫した様子。
一〇　陣鉦（じんがね）と太鼓で戦争場面を表す。鳴物の一種。
一一　戦場の法螺貝や陣鉦を表す鳴物で大太鼓や銅鑼を用いる。

〽これ幸いの[一]物見《ものみ》の松。

（ト[二]大小入《い》り合方になり、舞台へ来り）

〽四方を屹《きっ》と見渡せば、

松右　北は[三]海老江《えびえ》[四]長柄《ながら》の地、

〽東は[五]川崎天満《てんま》村、

南は[六]津村[七]三《み》つが浜《はま》。

〽西は源氏の[八]陣所《じんしょ》々々、皆《みな》[九]人ならぬ所もなく、

さては樋口を取り巻くよな、ナニこざかしい。

〽いうより早くヒラリと飛び下り、

一　登って遠方を見渡し、状況や動静を知ることができる高い松の木。

二　時代狂言の立廻りに使用される合方で、大鼓（おおつづみ）と小鼓が入るので「大小入り」という。

三　現大阪市福島区にある地名。淀川南岸に位置している。

四　現大阪市北区にある地名。淀川の下流、中津川と大川の分岐点に位置し、古くから難波と北摂地方を結ぶ交通の要所。

五　大阪市北区の東部、天満あたりを川崎といった。

六　大阪市中央区瓦町・淡路町・備後町あたりをいった。

七　大阪市中央区島之内に三津寺という地名があった。その地域は古く三津と称されていた。

八　源氏の軍勢がたくさんの陣を構えている所。

九　たくさんの軍卒が陣を張っている。

女房ども〳〵。およし〳〵。

（ト呼ぶ。上手よりおよし、松右衛門の刀を持ち走り出て刀をわたし）

よし　モシ、こちの人、とゝさんは納戸《なんど》の壁をやぶって、どっちへやら行かしゃんしたわいな。

松右　ム、、さては[一〇]訴人《そにん》に[一一]うせおったよな。樋口ほどの武士が舟玉《ふなだま》の[一二]誓言《せいごん》に心奪われ、飼い犬に手をかまれしか……。

〽こぶしを握り無念の涙、折から[一三]向こうに声あって、

（ト向こうにて）

重忠　ヤア〳〵、樋口の次郎兼光へ、畠山庄司重忠、今あらためて[一四]見参々々。

松右　何《なん》と。

〽武威輝かす畠山庄司重忠。

一〇　訴え出た人。訴え出ること。
一一　行きやがったな。「行く」の意を卑しめていう。
一二　誓いの言葉。
一三　花道の奥、揚幕の内。
一四　対面すること。会うこと。

（ト鳴物になり、向こうより、軍兵《ぐんぴょう》二人、桐《きり》の紋つけたる高張《たかはり》[一]を持ち、この後より重忠、鎧《よろい》つけ、太刀、陣羽織[二]の拵《こしら》え、軍兵大勢、誂えの縄を荷ない、四天王、鎧つけ、ずっと後より権四郎、槌松を背負い、出て来り。舞台へ来り、重忠は、上手に住[三]まう。およし、権四郎を見て）

〽およしは、見るより、

よし　ヤ、、コリャ、とゝさん、恨めしい。

権四　訴人《そにん》の恨みか、言うな〳〵。おれが畠山様へ訴人したは、槌松めが事じゃ。

よし　サア、その槌松が事をいうて、松右衛門殿が腹立てていやしゃんす。

権四　何の腹立つ事があろう。あれは樋口が子ではございませぬ。死んだ前の入《い》り聟《むこ》のナ、松右衛門が子でな、ござりまする。ほんの親子でござらぬからは、訴人致したその替わりに、孫めが命お助けなされて下されと願《ねご》うたれば、段々聞[四]こし召し分けられて、天下晴れて孫めが命は、このじいが助けた。それに何じゃ、樋口が腹立ったとは、ヤイおのれが子でもない、

一　高張提灯の略。長い竿の先に提灯をつけて、高くかかげるようにしたもの。
二　軍装の一。鎧（よろい）の上などに着る袖のない羽織。
三　舞台の上手側に座を構える。
四　お聞き入れ下さり、御理解をいただいた。

主君でもない、大事の〳〵おれが孫を、一緒に殺して侍の道が立つか。恨めしいとぬかす、おのれがけっく恨めしいわえ。

〽[五]気をせき上げて曇り声。

〽オヽ、よう訴人なされた。ありがたしとも過分とも、言わぬ詞《ことば》は言う百倍、嬉し泪《なみだ》に暮れけるが、樋口動ずる景色もなく、重忠の傍《そば》に歩みより、

(ト松右衛門、よろしくあって重忠の傍へ行き)

松右　あっぱれ[六]御辺《ごへん》が梶原なら、刀の[七]目釘《めくぎ》のつゞかんほど[八]切り死《じ》になさんな易《やす》けれど、[九]情けに刃向かう刃《やいば》はなし、腹十文字に掻《か》き切って、首を御辺に参らせん。

〽言わせも果てず、

重忠　ヤア、死首《しにくび》とって手柄にする重忠ならず。とても敵《かな》わぬと覚悟あらば、イザ[一〇]尋常に縄かゝられよ。

五　興奮して。
六　あなた、貴殿、の意の二人称。同輩や、やや目上の人に対して用いる。
七　刀剣の身(しん)が柄(つか)から抜けないようにさす釘のことだが、ここでは刀が折れるまで争う、という意。
八　切り合って切られて死ぬのは簡単なことだが。
九　畠山重忠の情けあるはからいに対して刃をもって立ち向かう気がなくなった。
一〇　すなおに。おとなしく。

松右　ヤア、運尽きて腹切るは武士の習い。縄かゝれとはこの樋口に生恥《いきはじ》かかせん[一]けっこうよな。

重忠　イヤ、愚かや樋口、木曾殿の御内《みうち》にて四天王の随一と呼ばれ、亡君の仇《あだ》を報ぜんとは頼もしゝ〳〵。全く恥を与うるに非ず。忠臣武勇を惜しみ給《たも》う、大将義経の心を察し、重忠が縄かくる。

〽つゝと寄って樋口が腕《かいな》、捩《ね》じ上ぐればにっこと笑い、

松右　[二]関八州《かんはっしゅう》に隠れなき、[三]勇力《ゆうりき》の重忠、力ずくにはおとらぬ樋口、とられしこの腕《うで》もぎとらんは易けれど、智勇兼備の力には及ばぬ〳〵。とも角《かく》も[四]はかられよ。

〽[五]弓手《ゆんで》の腕《かいな》を押し廻せば、

重忠　[六]大手《おおて》の大将範頼《のりより》公、[七]搦《から》め手《て》の大将義経公、両大将の御[八]仁政、文武二つの力をもっていましむるこの縄目、樋口、捕《と》った。

一　たくらみ。もくろみ。
二　関東の八カ国。相模・武蔵・安房・上総・下総・常陸・上野・下野の八カ国をいう。畠山重忠は相模国畠山荘（現在の埼玉県大里郡川本町畠山一帯）の人。
三　強い力。すぐれた力。
四　考えられよ。考慮しなさい。分別しなさい。
五　弓を持つ方の手。左手。
六　敵の正面に対する軍勢をひきいる大将。
七　敵の背面を攻める軍勢をひきいる大将。
八　情け深い政治。

〽かゝるも掛けるも勇者と勇者、仁義にからむ九高手小手《たかてこて》。

こりゃ女、樋口殿の血こそわけね槌松とやらんは、大切な子ではないか。それ暇乞《いとまごい》いを。

〽とありければ、およしは泣く〳〵子を抱き上げ、

よし　モシ、こちの人、仮初《かりそめ》にも親子と言いしこの世の別れ、よう顔見せて、

〽さし寄すれば、

松右　コレ、槌松よ、父《とゝ》といわずにいとま乞いを。

駒若　樋口、さらば。

〽幼な子の誰が教えねど一〇呼子鳥《よぶこどり》、一一つがい放るゝ憂き思い。

重忠　一二余所《よそ》の千歳《ちとせ》は知らねども、

九　人を後ろ手に肘（ひじ）を曲げて、頸（くび）から縄をかけて縛り上げること。
一〇　人を呼ぶような鳴き声をする鳥。カッコウなど。
一一　一緒にいた者が離ればなれになる。
一二　他人の祝い事（めでたく幸福なこと）は知らぬが。

松右　この身につらき有為無常《ういむじょう》。[一]
権四　老《おい》はとゞまり、
よし　若きは逝《ゆ》く、
重忠　世は逆《さか》さまの、
皆々　逆艪の松。

〽朽ちぬその名を福嶋に、枝葉《えだは》[二]を今に残しけり。

（ト皆々、よろしく並び、段切《だんぎ》[三]れにて）

幕

一　様々な因縁により、たえず生まれては、また滅ぶ、まことに世は無常なものである。
二　世の中は常に変わって無情なものであるが、松の枝葉は伸び、そして繁る。人の世は変わってしまっても、逆艪の松の由来は、とこしえ今に伝えられている。
三　一段の終わり。三重（⇨用語集）という三味線の演奏が、この場をしめくくる。

芸談

新版歌祭文

お光　五世中村歌右衛門

まず、隣柿の木……の在郷唄で幕があきますと、百姓二人と子守女が縁に腰掛け、老母の病気見舞いに来た話などをしているものもありますが、私はそんなことを省いて、すぐに、〽入りにける……あとに娘は気もいそ〳〵……の浄るりで、ツンツ、テン、の上下《うえした》のメリヤスにかゝり、お光が暖簾口《のれんぐち》から、大根と人参を入れた笊《ざる》を右に両手で抱えて出ます。そして、「サアサアサア、急にせわしないことになってきたわいな」と言いながら、下手《しもて》組板《まないた》を置いてある所へ来て、笊を置き、手を拭《ふ》きながら真ん中まで戻ってきて座り、「したがマア、久松さんも今日大阪から帰って見え、父《とと》さんの言わしゃんすには、今宵久松さんと、アノ女《め》夫《おと》（と言いながら両方の人さし指を揃えて、恥ずかしい思入れがあり）にしてやるとのこと、マアこのような嬉しいことはないわいな。したがマアこのように、日頃の願い（一寸《ちょっと》息をつき）叶うたも」〽天神様や観音様（で正面向きにて合掌して拝み）、第一は（で又上手《かみて》の方へ向き直り、フト上手を見て）親のおかげ……（で両手をついて辞儀をする）

「こんなことなら今朝《けさ》あたり、髪も結うて置こうもの」

〽鉄漿《かね》のつけよう挨拶も……で、手拭いを右手で帯から取って、それで一寸鉄漿をつける心持ちで口元を軽く押さえ、〽どういうてよかろうやら……（で文句通りの思入れで、うつむき、軽く膝《ひざ》を打ち、すぐに又上下のメリにかゝり）、「この間《ま》に一寸、髪を撫《な》でつけて置こうわいな」と言いながら、仏壇の下の戸棚から鏡と紙たとうを持ち出して、元の居所に来て鏡台を先に立て、鏡を左手に持ち、手拭いで拭いてから鏡立てに載《の》せ、それから紙たとうを開き、「マア父《とと》さんも父さんじゃわいな、マこういう事なら早う言うて下さんすりゃよいものを、今の間《ま》になって、あゝせい、こうせいと、せわしない事になったわいな……云々」の捨て台詞を言いながら、薄《すすき》の簪《かんざし》や櫛《くし》を取って、たとうの上に置き、すぐに櫛を持って鬢《びん》から両方撫で付け、更に髱《たぼ》、前髪をも撫で付け、今度は鬢つけ油を毛筋につけて、髷《まげ》を撫で付け、懐中から紙を取り出して櫛や簪を拭き、櫛から先に簪を髪にさし、鬢のあたりに両手を持って行って鏡を覗《のぞ》き、マ、これでよい、という思入れをして、もう一度鏡を見、これで眉《まゆ》を落としたらどんなになるだろう、という思入れあって一寸うなずき、前に手を拭いた紙を延ばして、膝の上で折り（この時メリを消す）、それで誰も見ていないかと左右を見廻し、うしろの方を見ながら紙を持った手を段々と上げてゆき、眉毛の所に紙をあてて鏡を覗き込み、それで恥ずかしい心で紙を落とし、両袖でハッと顔を隠すのが、竹本の、

〽おぼつか鱠《なます》こしらえも、祝う大根《おおね》の友白髪……になり、こゝは初々しく演じメリを派手に弾かせることです。そしてこの浄るりの間に髪道具を片付けて、元の押入れにしまいこみ（この時手を拭いた紙をふところに入れる）、すぐに下手に行って、俎板、庖丁《ほうちょう》及び小笊をうしろから取り、前向きに座って別の笊を引き寄せ右の膝元に置き、大根をとって葉の付け根を落とすのがカヽリで、〽末菜刀《すえながたな》と気も勇み、手元も軽うチヨキ〱チョキ……で大根をきり、チョキ〱〱、の終わりで手を辷《すべ》らせ、左の小指の先を切り「アイタヽ」と言いながら右手で小指を押さえ、〽切っても切れぬ恋衣や……で、前ふところにしもうた紙を取り

出して、片方を口にくわえながら、右手で小指をゆわえ、
〽元の白地をなまなかに、お染は思い久松が後を慕うて野崎村、堤伝いによう〱と梅を目当てに軒のつま……でお染の出になり、お光はこの間に、大根人参を切り、鱠《なます》の仕度をしていますと、花道にてお染と下女とのやりとりがあり、〽あとにお染は立ち寄る門口……でお染が本舞台へ来て、「申し、チトお頼み申しまする」〽と言うもこわぐ〱暖簾越し、

光「マア百姓のうちに改まった、用があるなら入りなさんせ」（と、きざみながら言う）

染「あの卒爾《そつじ》ながら、久作様は内方でござんすかえ」

光「ハーイ、久作は内でござんすわいな」

染「左様なら大阪から、久松という人が今日戻って見えたはず、ちょっと逢わして下さんせ」（この台詞のうちに、久松という言葉を聞いた時に「オヤッ」という思入れで庖丁の手を止める）

〽という言葉つき形《なり》かたち、常々聞いた油屋の、さて――は……この間に庖丁を置き、手拭いで手を拭きながら、「マア久松は内でござんすが、どなたでござんすぞいの……云々」の捨て台詞を言いながら、草履《ぞうり》をはいて下へおり、木戸口へ行き戸をあけ、〽チチーン、お染と……で、お染を見とれるような気持ちで見ていると、お染が挨拶をするので、お光も辞儀をし、又向こうが辞儀する、こちらも仕返し、それで考え正面を見て、もう一度お染を見、ハッと心付いて右手で右膝を打ち、〽悋気《りんき》の初物、胸はもや〱……この間に手早く木戸口を締め、ツカ〱と上にあがり、座って庖丁を持ち、〽もや〱……の切れで中腰になり、暖簾口を見て、〽かき交ぜ鱠……のチョボに合わせ暖簾口を見たまゝカラ切りをして、〽俎板チチテツン、トン、シャン……に合わせ、道具類を脇に押しやり、〽シャン……に合わせて襷《たすき》の結び目をとり、〽押しや

り、戸口に立ち寄り……で襷をとり、左袂《たもと》に入れながら下におりてゆき、
〽見れば見る程……で木戸をあけ、「マ、美しい（ツンと受けさせ）、アタ可愛らしいその顔で、久松さんに逢わせてくれ、フーム、そんなお方はこちゃ知らぬ、よそを尋ねて見やしゃんせ、ビビビビ――」〽阿呆らしいと……で顎《あご》を二三度突き出して、お染を見ながら後退《あとずさ》りして縁にぶつかり、クルッと右廻りして縁にトンと腰をおろし、右足を上にして足を組み、テ、チンチン、の絃《いと》に合わせて両手をポンと合わせ、それをしゃくふように伸ばして右膝の所に持ってゆき、〽腹立ち声……で、首を下《しも》から上手の方へ振り、形をきめて体を揺すります。

〽心つかねば……染「ホンにマア（ツン）、なんぞ土産と思うたれど急な事、コレ〱女子衆、さもしけれどもこれなりと」〽と夢にもそれと白玉か、露を袱紗《ふくさ》に包みのまゝ差し出せば……と、お染思入れあって、懐中から袱紗包みの香箱を取り出し、おそる〱入ってくるのを、腹立ちまぎれに見て、ツカ〱とお染のそばに行き、香箱をひったくり、袱紗を開いて香箱の蓋《ふた》をとり、中を見て、

「こりゃ何じゃえ（ツン）大所《おおどころ》の御寮人様、様、様々と言われても、心が到《いた》らぬ措《お》かしゃんせ、在所の女子と侮ってか、欲しくばお前に、エ、モやるわいな」（とキッパリ言い）〽と、やら腹立ちに門口へ、抛《ほう》ればほどけてばらばらと、草に露銀《つゆがね》芥《け》子《し》人形……この間にお染に香箱を突き出して、「こりゃ何でござんす、このようなさもしい物……云々――ササ早ういんで下さんせ」と捨て台詞を言いながら、右手でお染の体をコヅクようにして木戸の外に突き出し、

〽微塵《みじん》に香箱われ出した……で香箱を振り上げお染を打ちかけると、お染が袂で身を避けるので、お光は香箱をポンと抛り出します。と、もう一度お染がそばへ寄ってくるので、〽中へほかほか……で、お染を又

大きくつき出し、木戸口をピシャンとしめるのが、〽親子づれ……になり、久作、久松の出になります。

それから久作の台詞「コレお光よ、もう鱠は出来たであろうな、今も奥で祝言のこと、婆《ばば》に言うて聞かしたら、それは〱きつい喜び、早う隠居がしたいわえ、丈夫なようでも取る年で、先刻のやっさもっさから頭痛がして、いこう肩がつかえてきた、橙《だいだい》の数は争われぬものじゃわい——云々」の台詞あって、「お光よ三里を据えてくれ……」と言う。この間にお光は久松にお染を見させまいとする。

「あい〱（一寸思入れをし）、そんなら風のこぬように」

〽チン、チンテン、何やら表へあたり眼《まなこ》……で、モ一度木戸口をソッと明けながら見ると、お染が又そばへ寄ってくるので、それをポンと突き出し、〽門の戸ぴっしゃりさし艾《もぐさ》、燃ゆる思いは娘気の、細き線香に立つ煙……この間に門口をぴっしゃり締め、薪《まき》用の枯れ枝の束ねたのを突っかい棒にして、もう一度お染を見て、顎を軽く一二度突き出し、そのまゝ上にあがり、上の下手うしろの艾箱と線香とを黒塗りの円盆《まるぼん》にのせ、線香に火をつけて右手に持ち、縁に下りて久作の下手に座るのが、〽細き線香に立つ煙……一ぱいにあてはまります。（この時久作縁に腰かけ、久松はうしろから肩を揉《も》み始める）。なお、この木戸の突っかい棒に、頬冠りした箒《ほうき》を立てる仕方もありますが、私はいたしません。

それから、「とゝさん据えますぞえ」（砧入《きぬたい》りの上下のメリになる）。と久作「さア〱親子中に遠慮はない、艾も痃癖《けんぺき》も一時《いっとき》に大摑《おおづか》みにやってくれ」と言い、久松とのやりとりがあって、「序《ついで》に七九もやってたも」（この時分までに艾に火をつける）。それから、「オッと、こたえるぞ〱」の久作の熱がりの台詞があり、お光は片方の足へすえる。と久作が、あつ〱〱——と騒ぐので、お光「ホヽヽ、エヽもう父《とと》さんの仰山な、皮切りはしまいでござんす」と言う時、お染が久松を招《よ》んだりするが、久松が気づかぬので、お染は懐紙を丸めて、「しまいでござんす」の切れにてお光の前あたりに抛る。とお光がそれを見て、「ホンに風があたると思や、誰やら表をあけたそうな、どれちょっと締めてこようわいな」と一寸立ちかけると、久作が、「昼なかに、うっとうしい、しめるに及ばぬ、のう久松」と言い、お染と久松とのやりとりいろ〳〵があり、お染が覗くので、お光は線香を出したりして悋気の素振りがあり、のち久作、久松とのやりとりがあって、「オ、ほんにそうでござんすとも、久松さんには振袖の美しい持病があって」（この時にお染が又覗き込んで久松を招ぐ、お光はそれを見て）「招いたり呼び出したり、エ、もう憎てらしい。あの病づらが入らぬように、閾《しきい》の上へ、大きゅうしてすえておきたいわいな」（久松にあてつけるように言う）。すると久松がお光に突っかゝるので、お光「ホ、、、、こりゃマア変わった事がお気にさわった」久松「エ、さわらいでか」お光「そのわけ聞くぞえ」久松「オ、言わいでかいの」〽と吾《われ》を忘れていさかいの、そとに聞く身の気の毒さ、振りの肌着に玉の汗……このチョボの間に、「サア久松さん、お前何がそのように気に障ったのでござんすえ、サ早うそのわけ聞かせて下さんせ……云々」の捨て台詞のやりとりがあり、途端に線香を持ったまゝ、〽玉の汗……で久松の方へ、中腰で伸びあがって行き、久作の頭へ火をつける。と久作は「アツ〳〵〳〵」〽久作も持てあつかい……「こりゃやい、こりゃ頭じゃがな〳〵、頭に三里があるかいやい……云々」の台詞から「二人ながらたしなめ〳〵」と言う。（この久作の台詞にかゝる頃から、お光は灸の道具を片付け、二重の下手よりに座っています）

お光「イエ〳〵構うて下さんすな、今のような愛想づかしも、みーんな、あの病面めが（チンと受けさせ）、言わしくさるのじゃわいなア」（と泣き落とし）

久作「あゝこれ〳〵、二人共おれがもらった。なんにも言うな、よ、よ、仲直りが二人ながらすぐに取り結びの盃、髪も結うたり、鉄漿もつけたり、湯も使うて花嫁御をコレッ」〽つくっておけと打ち笑い、無理に納戸《なんど》へつれて行く……この時お光は手拭いをあてゝ泣いていると、久作が上手から左手をとるので、「構うて下さんすな」と言いながら払い、上手の方へ行って上向きに座るのを、今度は下手から右手を取られるので又すぐ払い、立って下手の元の所へ座ると、また左手をとられるから、それを強く振り払い、お染の方を気づかいつゝ、中腰で前へ体を一寸出し、同時にその左手を久作に抱えられ、〽ツンテン、ツルガンの絃《いと》に合わせ、無理に引かれるように暖簾口に入ります。

するど、〽その間《ま》おそしと駆け入るお染……で、文句通りお染が駆け込み、久松とのいろ〳〵があり、久作の意見する件《くだり》もあって、それから、「コレお光よ、お光……」と呼びながら、久作は一旦奥に入ってお光の手を引いて出る。そしてお光は久作と入れ替わって、「サ、嫁の座へ直った〳〵」で、上手にやゝ下向きに座り、袖を合わせて俯向《うつむ》いています。(この時土器《かわらけ》を載せた三宝をお光の前に置く)

「それはそうと、一家一門着たまゝの祝言に、改まった綿帽子、うっとうしい取ってやろう」

〽脱がすはずみに笄《こうがい》も、抜けて惜しげも投げ島田、根よりふっつり切髪《きりがみ》を、見るに驚く久松お染、久作あきれてこりゃどうじゃ……の浄るりで、この間久作が綿帽子をとり、お光の切髪を見て、皆々驚き、久作が「こりゃどうじゃ……」とチョボに冠《かぶ》せて言うのを、お光は久作の背中へ右手を一寸かけ、左袂を持って久作の口を軽く押さえ、

「ア申し父《とと》さんもお二人さんも、何にも言うて下さんすな、何にも言うて、(これまで早口に言って、チンと受けさせ)下さんすな……」(と泣き落とし)「最前から何事も、残らず聞いておりました。思い切ったと言わしゃんすは、義理にせまった表向き、底の心はお二人ながら、死ぬる覚悟でござんしょうがな」久松、

お染「エッ」

「サ、死ぬる覚悟でいやしゃんす母《かか》さんのあの大病（こゝで一寸上手を見る）、どうぞ命がとりとめたさ、わしゃ、モ、とーんと思い切った（と言って右手を一寸右の鬢の辺へ持ってゆき）、サ切って祝うた髪かたち」〽チーン、見て下さんせと片肌を（私は両肌を脱がず、片肌でいたしますから、こう語らせます）脱いだ下着は白無垢《しろむく》の、首にかけたる五条袈裟《ごじょうげさ》、思いきったる目の内に、浮かむ涙は水晶の、玉より清き貞心に……この間に、見て下さいという心で、久作、久松、お染に一寸思入れをし、右の肌をぬぎ（後見に袈裟と数珠を袂の下からソッと出させる、なお袈裟は白無垢と着付けの間へ着込んでもよい）、袈裟をかけ（この時本当は袈裟へ、右の片袖の方は手を通しては成らぬのですが、芝居ですから、やはり見た目のよい方が良いと思い、私は右の方を袈裟へ手を通して演じます）、数珠を両手に持ち、〽思いきったるテン、テン……でやゝ上向きになってハッと泣きかけ、右手を数珠からちょいとずらせ、すぐその手を元のように数珠にかけ、それで形をきめ、〽チン、チン目の内にチン、チン、チリチ、チン〳〵〳〵玉より清き貞心に……（この間肚《はら》のうちで泣いて、表へはその憂いをあまり出さぬように演じます。なおこの所にて数珠へ手をかけ、形をきめる前に切髪を手に取り上げ、久作と見合って思入れする仕草を致した時もあります。又この切髪は、前の綿帽子をとった時に共に落とすのです）

〽今更何と言葉さえ、涙のみこみ呑みこんで、こらゆる辛さ久松お染、久作も手を合わせ……「エ、何にも言わぬこの通りじゃ、女夫《めおと》にしたいばっかりに、そこらあたりに心もつかず、蕾《つぼみ》の花を散らしてのけたは」〽みんなおれが鈍なから、許してくれも口の内、聞こえはゞかり忍び泣き……で、この間久作がお光に向かって手を合わせるのを、お光が勿体ないと言う心で、両手で拝まれた手をほどく仕草があり、〽忍び泣

き……の切れへ冠《かぶ》せるように、

「マ冥加ないことチンおっしゃりますチン、チン、チリチン、チン（これからノリになり）所詮望みは叶うまいと、思いの外祝言の、盃するようになって（これまで乗り）、嬉しかったも（こゝで一寸中腰になり）たった半時」（沈み勝ちにいう）〽無理に私《わたし》が添おうとすれば、死なしゃんすを知りながら、どう盃が……で、この間文句通りの思入れで自分の姿を見て、又、久松、お染をもながめ、その目を前の盃に移し、数珠を左手に持ち替え、右手にて盃を取り上げて久作の方へ思入れをし、〽チン、チンなりましょうかいなア……で盃を元の位置におき、かいなチン、チン、あ、あチン……の絃《いと》に合わせ、右手の方から表向きのまゝ一つ、今度は裏向きになって左手を一つと下を軽く叩き、〽あ、あ、あ、あ、あポテチン……に合わせて久作のそばへ行き、両手を左膝にのせ、その手を外し、又両手を膝へ置き直し、ポテチンにてきっぱりきまるのが、〽なりましょうかいな……のチョボ一ぱいにあてはまります。

と、すぐに、〽見聞く辛さに忍びかね、お染は覚悟の以前の剃刀《かみそり》……で、お染が自害しようとするを久作が押し止《とど》める。すると久松が鎌差《かまさ》しにあった鎌を取って、自害しかける。この時お光は立って下手へ行き、久松を下《しも》から止める。

久作「これほど言うても聞き入れず、是非死にたくば、おれから先へ死んで見しょうか」

久松、お染「サアそれは」

お光「父《とと》さんが死なしゃんすりゃ、私《わたし》も生きてはいませぬぞえ」久松「サ、それは」お光「思い止《と》まって下さるか」二人「サ、それは」久作「但しは死のうか」皆々「サア〱〱」

〽四人の涙八ツの袖……云々の大落としの内に、お染は久作と一寸揉み合い、お光も久松と揉み合い、トゞ久松の持った鎌をとり、ト、ト、トッと縁の所に行き、観客にうしろを見せて座り、お染は上から、久松は下から、その両手を久作が取って皆々顔を見合わせ、大落とし一ぱいに、お光は久作の膝の上に泣き伏し、お染久松も共に泣き伏します。

「どうやらこうやら合点がいたそうな、あゝ母御様が案じてござろう、大事な娘御、確かな者に」と、この大落としの内に、門口に来ていた油屋の後家が、「イヤ、そのお気遣いには及びませぬ、娘は母が受け取りました」

お光はこれを聞いて思入れがあり、暖簾口へ入ります。それから皆々いろ〳〵あり、後家が「お染は舟へ」と言い、〽言葉に否も言いかねる、鴛鴦《おし》の片羽の片々に別れ〳〵て……で道具が廻り、堤の場となります。

道具が廻りますと、後家、お染、久作、久松という順に、上手より土手に上がってゆき、後家とお染は下手、久作と久松とは上手に住居《すまい》ます。（この間水の音）

するとお光が左手で障子の窓をあけ、右手に数珠を持ち、左手を一寸障子へかけ、久松を見て、（この時水音を消す）「兄《あに》さん、おまめで、（今度はお染を見て）お染さま、もう（一寸息をつき）おさらば」〽と言葉さえ早やあらたまる……でお光は数珠を左手へ持ちかえ、右手を窓際へかけ、お染を見、更に久松へ目を移し、障子にかけた手を一寸外し、すぐに又数珠へかけ、〽お光尼……で、右手に数珠を持ちかえ、左手で障子をしめながら後ろ向きになり、〽チン、チ、チ、チン……で障子をしめて中で泣き、〽哀れをよそに水《み》馴《な》れ棹《ざお》、舟にも積まれぬお主《しゅう》の御恩、親の恵みの冥加ない……この文句までにお光は裾を端折り、上手から

土手へ上がって来て、真ん中に住居ます。（その間に、後家とお染は舟に乗る）

と久松のノリになり、「とりわけてお光どの、こうなりゆくも前の世の定まり事と諦めて」〽お年寄られた親たちの、介抱頼むと言いさして、泣く音《ね》伏籠《ふせご》の面《おもて》ぶせ……（この間久松いろいろ仕草があり）、〽舟の中にも声あげて……で、お染がこれからノリになり、「よしないわし故お光さんの（これまで乗り）、縁を切らしたお憎しみ」〽勘忍して下さんせ……で両手を合わしてお光をおがむ。

お光はお染の方に向いて、「わっけもないお染さま、浮世離れた」〽尼じゃもの……で右足を前に出し、数珠は左手に持ち、右手を鬢のあたりへ上げ、〽そんな心を勿体ない……でお染の方に又向き直り、右手を文句通りの心で左右に動かし、「短気を起こして下さんすな」と柔《やさ》しく言います。

と久作が、「オ、こりゃ娘が言う通り、死んで花実は咲かぬ梅、一本花にならぬよう、めでたい盛りを見せてくれ……云々」から、皆々「さらば、おさらば……」になり、〽さらば〳〵も遠ざかる船と……この間に久松は土手の下へ行き駕籠《かご》に乗り、お光は、久松、お染、後家に会釈をします。

これから絃《いと》はつれ弾きになり、〽チャン、チャン、チャチャ、チャン〳〵〳〵チンリン、チンリン……の絃で、〽堤は隔たれど、縁の引き綱一筋に、思い合うたる恋仲も、義理の柵《しがらみ》、情けのかせ杭《ぐい》、駕籠は比翼を引き分くる……この間にお光は、お染と久松の方を見送り、〽思い合うたる恋仲も……の時に下から久作と入れ替わってツカ〳〵と上へ進み、久松の方を見て右袖で泣くのが、〽恋仲も……の一ぱいになり、〽義理の柵《しがらみ》、情けの……で名残りを惜しみ、久松の方を延び上がって見送り、〽か、せ、ぐ、い……のチョボに合わせて、久松の方を見ながら段々とうしろへ下がってきて、久作にトンと突き当たり、同時に入れ替わって久作と顔を見合わせ、たまりかねて、下手寄りの梅の立木へ両手をかけ、うしろ向きになって切髪姿を見せ、立ち身のまゝ泣きます。これは哀れを添える仕草で、誠に舞台効果のあるやり方と思います。

それから皆々入ってしまうと（この間床は素《す》になり、ゆっくりコーンと本釣を打たせ、なお鶯《うぐいす》をなかせ）、お光はその梅の木の所で、又久松の後を見送り、久作は両方の行ったあとを見ながら段々と前に進み、思わず右足を踏みはずし撞《どう》となる。お光はそれに気付いてツカ〳〵と進み、「ア、もし」と言って下から久作の右手を両手にてさゝえ、形をきめるのがチョンと木の頭、

〽チャン、チャン、チャチャ、チャン、チャチャ、チャン、チャン、チャン……をゆっくり弾かせ、久作を助け起こして同時に入れ替わり、顔を見合わせ、〽チンリンチンリン……の合方を段々早目に弾かせて、一寸肚で泣いて涙を払い、久作の左手をとって上手へゆっくり歩いて行き、きざんで幕となるのであります。

まず大体が以上のような段取りですが、何分にも私は体が不自由ですから、あまり動かずに演じました。それで若い人たちは義太夫の肚をこしらえて先輩によく聞き、文楽の人形つかいの動きなど見て参考にする事です。上手な人形つかいは、そんなに動かずに心持ちで見せますから、心得として見て、その長所をとることです。

なお福助《ふじお》（現芝翫）〔編著者注・六世歌右衛門〕が明治座でこれを勤めました折、某氏よりなますの件にて、大根の皮をむいて、とのお話があったとか聞きましたが、あれは田舎の事とて、それに役が在所娘の事ですから、そのまゝきざむように申し教えました。

（五世中村歌右衛門口述・安部豊編『魁玉夜話　歌舞伎の型』、文谷書房、昭和二十五年）

お光　三世中村梅玉

コレラで神戸へ

話がまたもとへ戻りますが、昨年（昭和二十二年）の五月、大阪歌舞伎座で珍しく「野崎村」のお光を演《や》りましたので、今日は少しそのお話を申し上げてみましょう。

この「野崎村」のお光も、やはり神戸の大黒座でのそれが私の初演でしたが、前にも申しましたとおり、神戸の楠公さんの前の大黒座へは、いつも大阪の芝居の手すきに出掛けたもので、この時も確か日清戦争の済んだころでしたが、大阪の町中でコレラが流行《はや》って、芝居が全部お休みになったものでしたから、この休みを利用して、お隣の神戸へ出稼ぎに行ったというわけで、一座は大阪から〔初世〕鴈治郎さん、先代〔二世〕の雀右衛門さん、父の先代梅玉などが上置きで、それに例の大黒座の座付でした黒谷市蔵（後の嘉七さん）さんがいつもどおり一枚加わっていました。

この時、少し時候はずれながら「野崎村」が出ました。役割は市蔵さんの久作に、私のお光、成太郎さん（後の〔初世〕魁車さん）の久松、芝雀さん（後の〔三世〕雀右衛門さん）がお染という大体若手の勉強幕のようなものでしたが、この時、私のお光も、成太郎さんの久松も、芝雀さんのお染も、三人とも鴈治郎さんに手を取って教えていたゞきました。

それで、私のお光は、やはり若いころ鴈治郎さんに教えて貰ったこの時のお光が身についておりますので、先年焼けた東京の歌舞伎座で六代目〔菊五郎〕さんのお染で私がお光を出した時も、また今度のお光も、すべてこの鴈治郎さんから教えていたゞいた型で演っております。

なお余談になりますが、この大黒座の興行で鴈治郎さんの有常、父の福助の小芳、成太郎さんの豆四郎、それに私のしのぶで「競《はでくらべ》伊勢物語《いせものがたり》」が出ましたが、鴈治郎さんの有常はこれが初演でした。そのほか二の替りに鴈治郎さんの源五兵衛、先代〔二世〕雀右衛門さんの三五兵衛で「五大力」なども出てましたが、神戸もいよ〳〵コレラの流行が大変なことになってまいりましたので、この芝居も中途から遂に中止になりました。それに、お気の毒に、先代雀右衛門さんもコレラに侵され、この興行（明治二十八年七月）を最後に神戸で逝《な》くなられました。

お光の最初の出

最初「あとに娘は気もいそ〳〵」で正面の暖簾口《のれんぐち》から出ます。そしてすぐ「日頃の願い叶うたも」で舞台中ほどに座り「天神様や観音様」で両手を合わせて拝み「第一は親のおかげ」で上手《かみて》屋台に母親のいる思い入れでお辞儀をしてから「えゝ、こんなことなら今朝《けさ》あたり、髪も結うておこうもの……」のセリフになり「鉄漿《かね》のつけよう挨拶も、どういうてよかろやら……」で恥ずかしそうに袖で顔を隠し「おぼつか鱠《なます》こしらえも」で下手《しもて》へ行って俎板《まないた》を出します。

普通の拵《こしら》えですと、屋台は一つなので下手の隅に俎板も鏡台もおいてあるのですが、何分《なにぶん》大阪の歌舞伎座は舞台が広いので下手の袖に台所のような屋台がも一つ組んでおまして、それに俎板がおいてあり、私のお光もそこまで歩いて行って俎板を使い、それが「手もとも軽うちょき〳〵」に嵌《は》まるのですが「切っても切れぬ恋衣や」で花道からお染の出になるところで、またもとの真ん中の屋台に帰り、鏡台を出し、俎板をその鏡台の傍へ置きます。これは大根で料理ごしらえをする間も髪形が気にかゝるといった心積もりなのでございます。

チョボの間と動作の間

もちろん、この最初の出のお光は思いがけぬ久松との祝言に、気も心もソワ〳〵と喜んでいるといった性根でございます。髪は「つぶし」の島田。着付けはいつもなら田舎むすめらしく浅黄《あさぎ》の石持《こくもち》なのですが、今度は友禅の飛び模様風のものを使ってみました。

なお最初の「あとに娘は……」の出ですが、今度のチョボの叶《か》美《み》太夫さんの語り方では「あとに娘はアア、気もオ、オ、オ、いそ〳〵」となってますねん。ところが私がこれまで覚えているのは「あとに娘はアア、気もオーいそ〳〵」といった節まわしだす。即ち「気も」のあとの「オ」の産み字が叶美さんのほうが「オオ」と少し刻んではる。これはホン僅かの「オー」と「オ、オ、オ、」の違いだけだすが、これだけの違いでも、お光は暖簾口から出られません。叶美さんは文楽から来た人やから、叶美さんの語り口のほうが恐らく本行《ほんぎょう》なのだっしゃろが、私の頭にある「オー」と違っていては、たとえホンちょっとの違いにしても、動作の間《ま》が違うので、チョボと私のお光とのイキが合いまへん。これではどうしてもお光が出られまへん。チョボの間《ま》と動作の間《ま》の違いだす。もし無理に出ようとすれば、間《ま》が倒《こ》けて足がもつれて、お光が蹴つまずいてしまいます。

全く間《ま》というものは恐ろしいもので、胡麻化《ごまか》しが利きまへん。私はあんまりチョボの太夫さんには注文を出さぬほうだすが、このときばかりは私の頭にあるとおり「あとに娘はア、ア、気もオーいそいそ」と語ってもらうように叶美さんに注文しました。

「戸口イイイ」の型

「お染は思い久松が」で花道から、お染と女中との出になりますが、花道でこの二人のやりとりの間、鏡に向かって、嬉しそうに今切ったばかりの大根の小さい短冊を両手の指に挟んで、それを眉毛《まゆげ》の上へおいて、眉を隠して恥ずかしそうな思い入れなど致します。

お染が門口へ来て、「お頼み申しましょう」というので、大根を切りながら「用があるならはいらしゃんせ」となに気なくいい、続いてお染の「左様なら、大阪から久松という人が……」というので、フと聞き耳を立てて手を休め、久松なら帰っているはずだがと、奥のほうへ一寸《ちょっと》気をやり「いう言葉つきなり形、つね〴〵聞いた油屋の……」で、それと気がつき「さては」で一つ膝を叩いて揚幕のほうを指差し「お染と」で門口にいるお染の姿を鏡に写し「悋気《りんき》の初物《はつもの》」で、その写った顔を簪《かんざし》で、悋気がましく突く真似をいたします。そして「胸はもや〳〵掻き交ぜ鱠」でまた知らぬ振りの澄まし顔で大根を刻み「まな板（チツツン）押しやり」で俎板を脇のほうへ寄せ「戸口に立ち寄り」で立って門口へ歩いて格子戸の縄のれんをあげながら「見れば見るほど美しい、あた可愛いらしいその顔で、久松ツぁんに逢わしてくれ、そんなお方はこちゃ知らぬ」のセリフになるわけでございますが、この「戸口に立ち寄り」を「戸口イ、イ、イに立ち寄り」と三味線に合わせて、そのイ、イ、イで両袖を交互に左右へ振り、そのまゝ両手とも懐手をして門口へ行きます。

総体に昔の芝居の演《や》りぶりは三味線に乗った振りが多かったものでございますが、今日では写実写実と申しまして、こうした三味線に合わせる振りよりも、気分を大切に扱う演り方が流行《はや》っております。これが昔と今の芝居の一つの大きい違いでございましょう。

さて「よそを尋ねて見やしゃんせ、阿呆らしいと」で、わざとお染の鼻の先で両袖をポン〳〵と叩いて戸口から屋台へ帰り「腹立ち声」で腰を落として、両手を前に組んで極《き》まります。

続いて久作と久松との出になって灸をすえる段取りになる「そんなら風の来ぬように」でお光は立って戸口へ行き「門《かど》の戸ぴっしゃり」でピッシャリと戸口を閉め、その拍子に指をつめたつもりで、外にいるお染に意地悪く白歯を見せてイーをいたします。さらに戻って灸をすえ始めると今度は「ととさんの仰山な、皮切りは仕舞いでござんす」のところで戸口でのお染が紙を丸めて久松にあてるので「風が当たると思や、誰じゃ表を開けたそうな、しめて参じょ」と立つ袖を久作に押さえられて止まり、それで詮なく「折が悪い〳〵」で久松とお染とが、目で合図しているのを邪魔するように、線香ともぐさを持った両手を広げて、袖の影で二人の合図を隠します。そして、とど「湯もつこうて花嫁御、作っておけと打ち笑い」で、戸口のお染が気になって表を見ようとするのを久作に手を引かれて、いつもの通り奥へ入ります。

以上が大体、私のお光の前半での型でございますが、前に申しましたとおり、これはすべて神戸の大黒座で鴈治郎さんに稽古をつけていただいたとおりで、今日もそのまゝ演らせていただいておるわけです。

たゞ右のうち、一つだけ合点のいかないのは、右に申しました「戸口イ、イ、イに立ち寄り」で三味線に合わせて懐手をする型。これはどうも野崎村の百姓の娘のする形やおまへん。少し玄人《くろうと》の女めいた粋《いき》な振りで、初心《うぶ》な田舎の娘が懐手をして歩くとは考えられぬからでございます。しかし、といって変えるにしても、ちょっとえゝ型が見つかりませんでしたので、今度の歌舞伎座でも千秋楽の前日まで、このとおり演ってましたのやが、千秋楽の日だけ、少し試みに型を変えまして、三味線に乗らず、袖も振らず、たゞちょっと前ヅマへ手をやって、その両手をそのまゝ後ろへまわし帯を押さえてるといった気味合いで戸口へ行きました。どうやら、このほうが田舎娘らしく温和《おとな》しくもあり、お客さまの評判もよさそうなので、今後はこれで行ってみようかと考えております。

武家の娘になる

さて「お光々々と呼び立つる」から二度目の出になりますが、同じお光でも、最初のお光と、この二度目の出のお光とは役の性根がスッカリ変わってます。最初のお光はほんまに平凡《ただ》の田舎娘らしいおぼこだすが、二度目のお光は、むしろ武家《さむらい》の娘のようになってます。義理堅く、辛棒づよく、それで年齢も最初よりはかなり老けた気持ちの性根になっています。こんなに後と先と人間の違うのは、この浄瑠璃のアナやと思いますが、とにかく、私も大体そうした気持ちに従うて勤めております。しかし「底の心はお二人ながら、死ぬる覚悟でござんしょがな、サ死ぬる覚悟でいやさんす母様の大病……」といったところなど、あんまり賢うなり過ぎますので、私はこゝはなるべく気張らずに出来るだけ武家の娘張らぬよう、老けて来ないように心掛けております。

老母《ばゞ》は、これまで大抵の場合は省略して出さなかったものですが、本行から行きましても、お光の哀れさを出す仕込みから申しましても、これはどうしても出すのが本当やと存じましたので、今度は奥山（浅尾奥山）さんに出ていたゞきました。

幕切れのお光

さて「娘は船へと親々の言葉に否もいいかねる……」から、も一杯道具が変わりまして、裏の土堤場《どてば》に廻ります。お光は上手《かみて》の竹格子の窓から顔だけ出したまゝ「兄さま、お健《ま》めで、お染様、もうおさらばと言葉まで早や改まるお光尼《あま》」になりますが、その「兄さまお健めで」といって、フと気がつき「お染様」と自分の気持ちを自分で外《そ》らすようにいい「早や改まるお光尼」で身体《からだ》は下手《しもて》向きに極まりますが、心だけは始終上手にいる久松に気をとられているような性根でいたしてます。

「哀れをよそに水馴《みな》れ棹《ざお》……」から久松の仕どころになり、続いて「船の中にも声あげて、よしないわしゆえ、お光さんの、縁を切らしたおにくしみ、堪忍して下さんせ」とお染の持ち場が済むと「ああ訳ッけもないお染さま」でお光は屋台の中から初めて正面へ出てまいりまして「浮世離れた尼じゃもの」となる段取りですが、その「浮世離れた」で手に持っている数珠を船の中のお染に見えるように差し出し「尼じゃもの」で切髪姿の自分が川の水面に写って、ハッと堪《たま》らなくなった気持ちになり、裏向きに泣きあげて極まります。

今度の歌舞伎座では船の船頭が松若さんで本花道、駕《か》かきが門弟の政之助と中三郎さんで、仮花道を通ることに致しましたが、錦吾さんの油屋後家の「おさらば」から「さらば〳〵も遠ざかる」とチョボが取って道行になります。この本花道の船と仮花道の駕が進んで行ってます間、即ち「さらば〳〵も遠ざかる、船と堤は隔たれど、縁を引き綱一筋に」までは私のお光が下手《しもて》、〔二世〕延若さんの久作が上手《かみて》にいて、お互いに私は船を、延若さんは駕を見送っているのですが、お光は伸びあがりながらお染と会釈していても、実は気持ちは常に上手の駕に乗った久松のほうに引きずられているわけでございます。

それが「思い合うたる恋中も……」から久作と入れ変わりまして、私が上手へ、延若さんが下手へまいります。そして両花道の船と駕とが見えなくなると、思わず悲しさが胸一杯に込みあげて来て、思わず泣き伏すのを久作にいたわられるので、それに縋《すが》りついて後ろ向きに泣くので幕になります。

この幕切れは一人取り残されたお光が十分哀れ気に見えねばなりません。それには「早や改まるお光尼」あたりから以後、始終お光は笑顔のうちにも、肚《はら》の中で常に泣いていないといけまへん。それまでに十分愁いの気持ちをもって涙を仕込んでおかんと、幕切れの久作にすがりついて泣く肝心のところで泣けまへん。

（山口廣一編著『梅玉芸談』、誠光社、昭和二十四年）

今度の野崎村　十一世片岡仁左衛門

「野崎村」は悲劇として取り扱われていません。しかし、お光の心理だけ考えても悲劇としての素質を充分備えているのです。何故《なぜ》この作が一般の道行物と同じに扱われているのか、とよく考えることがあります。

順序として、今月の明治座の「野崎村」の話からして行きましょう。

今度の「野崎村」は大変はしょってあります。浄瑠璃の前半をほとんど抜いているのです。ですから、久松がお店の金を盗んだという疑いをかけられて、久作が支弁する、その疑いが晴れて、後家が菓子折の中に、久作の弁償した五十両の金を届けて来ることになるのですが、そういうくだりが説明されてこそ、後家が菓子折を持って訪ねてくる仔細が分かるわけですが、それの説明されない今度の芝居には菓子折は不必要になるばかりでなく、何のために持って来たか分からなくなって、却《かえ》って筋をこんがらせてしまいますから、菓子折を持って来る所ははぶきました。

そういう風に、今度は大変省いた所があります。たとえば、門口の梅の木を折ってやる久作の仕草もなくなっております。

こちらでは余り見かけませんが、古風な大阪式の演出によると、この芝居の幕開きは、借金取りが詰めかけて来る所で始まるのです。

東京式の、普通の幕あきは、百姓が見舞いに来ているところから始まっているようです。そして、今度は、お夏清十郎の読み売りが門口に来ている——一くさりすんだ気持ちですぐ引っ込む、チョボが「後《あと》にお光は気もいそいそ」と語り始めて、本筋に入る行き方です。

幕切れにしても、私の今までの行き方ですと船と駕籠《かご》にゆられてお染久松の行ってしまうのを見送って、土手へ尻餅《しりもち》をつく、お光が柔《やさ》しく手を取る所で木のかしら、連れられて柴折戸《しおりど》の中へ入る所で幕になる行き方でした。

それが今度は、二人を見送ってお光と顔を見合わせるのが木のかしら、お光が泣きくずれる、久作は愁嘆の思い入れで手を合わせる所で幕にしております。そんな風に「野崎村」には、きまった型というようなものも、名優の名技といったものも残っていませんので、比較的自由さがあるわけで、それぞその人の工夫で演《や》っているように思います。

もっとも、習慣上、東京と大阪では大分違った演技なり、仕来たりなりが残っていることも事実です。たとえば、大阪風に行くと、「泣くね伏籠《ふせご》のおもて伏せ」の床《ちょぼ》で、久松が駕籠に乗るのですが、東京ではそこを使いません。もっとも今度の舞台ではあまりに土手が急斜面なのでそうすることは出来ないわけですが、そうでないとしても、東京風のやり方ではあそこで駕籠は使わないようです。

人形では、お婆《ばあ》さんを出します。大阪風の演出も無論、お婆さんを出します。私《わたし》もお婆さんを出してやったことがありますが、ここはお婆さんを出した方がいゝし、実際、芝居するに大変やりよいのですが、東京風にはそういう習慣がないので、今度もお婆さんを出さずに芝居しています。

演技が左様であるように着付けや頭《あたま》なぞも相当に違いがあります。

まず久作の着付けから言いますと、これは石持《こくもち》にきまったものと言ってもよいのです。今度は縞《しま》の着物に米小紋《よねこもん》の羽織を着ています。

お光の後《あと》の着付けも、東西とも紋付《もんつき》にきまっているので、今度も鴇色《ときいろ》の紋付にしました。

大阪では久松も石持を着る人があります。石持か、縞物か、伊予染めの三つにきまったものですから、今度は伊予染めにしていますが、人形では、茶の紋付を着ているようです。芝居と違って、人形の方にはそういう仕来たりがあるのかも知れません。

お染も、後家も、今度のは大体大阪風の着付けで、後家は小紋を使っております。

久作の鬘《かつら》のスッポリは東西とも同じですが、久松の頭は、東京風で行くと前髪、大阪風で行くと色ジケイということになります。

今度の久松の頭は、東京式です。

お染の鬘も、東京では結綿《ゆいわた》にきまったものですが、大阪には、そのために特別に出来たお染髷《そめまげ》とか、お七《しち》髷とかいうものがありますので、我童〔四世＝十二世仁左衛門〕はその大阪風のお染髷を使うことになりました。後家の頭を、東京では丸髷で勤める人もありますが、これも大阪風のキチ髷——俗に後家髷というので勤めています。

さて、私《わたし》の久作の演技ですが、これだけのものですから、誰がやってもさして変わった演技のあるべきはずはありません。

特に変わっている点は、地《ぢ》の文章は仕方ありませんが、久作の言葉は全部、チョボに語らせずに自分の台詞として言っている事です。

たとえば「こゝの道理をきゝわけて」と言うチョボがあり、それに合わせて久作の仕草があり、床《ちょぼ》に合わせて身振りして行くのが当たり前とされていて、誰しもやっているわけですが、私《わたし》はチョボを自分の台詞にして「こゝの道理をきゝわけて」と言っております。「在所は勿論、大阪中に指さされ……」と言う床《ちょぼ》などは義太夫好きのよく口ずさむ所で、床《ちょぼ》としても声をはり上げてきかせる所ですが、そういう個所さえやめて、久作の平凡な言葉にしてしゃべっているのです。お染や久松やお光の言葉は別として、久作の言葉にあたる部分のチョボは、全部廃してしまったわけなのです。その結果がどうであるかは分かりませんが、自分の気持ちとして、普通の会話《はなし》としてしゃべれるものを強《し》いて節付《ふしづ》けする必要はあるまいという意見と、今一つは、この脚本の性質——久作の立場から言って、チョボに合わせて踊るというような派手な行き方を避けたく、地味にその人物を出したいという考えから来ているので、その点、大変違った久作をお目にかけていることになるかも知れません。

（『演芸画報』昭和七年七月）

油屋お染　四世中村芝雀＝三世中村雀右衛門

「油屋お染、久松十《と》ウよ」と嬢《とう》やん方の羽子《はね》をおつきなされます新年号の芸談《おはなし》に、旧冬歌舞伎座で演じましたのに因《ちな》みまして「油屋お染」の苦心談を申し上げましょう。そもそも私《わたくし》が初役《はつやく》でお染を勤めましたのは、〔二世〕雀右衛門《おやじ》といっしょに春木座（今の本郷座）へ乗り込みました節のことで、なんでも十九歳位の事と記憶いたします。その折の野崎の役割は、雀右衛門《おやじ》の久作、故〔四世岩井〕松之助さんのお光、久松がこれも故人になりました右田作《うださく》、それに油屋の後家は〔三世中村〕富十郎さんでございました。二度目にお染を勤めましたのは大阪の中《なか》の劇場《しばい》で、〔初世〕右団次（現今《たゞいま》の斎入）さんのお光。三代目延三郎さんの久松。先代の〔三世〕荒五郎さんの久作で、油屋の後家は故〔二世〕玉七さんでございました。それは雀右衛門《おやじ》が没しました翌年のことで丁度私の二十二歳の折でございました。一体私は父の光で十七歳位の頃に名題《なだい》に昇進しておりましたが、父の没後

真実《ほんとう》に好《え》え役の付き始めましたのはその時からでござりました。考えて見ますると、私の口からは申しにくうございますが、俗にいう出世役で、誠に思い出の多い役でござります。で、旧冬《このあいだ》のが丁度三度目で、二度目の時から数えますと十八年ぶりで勤めましたのでござります。初めてお染を勤めます時、いろ〳〵目上の教えを乞いましたが、何分《なにぶん》娘の心持ちを出しまするには、心底から阿娜気《あどけ》なくいたさなければなりません。そして万事内輪に〳〵として物一つ言うにしても、オド〳〵として、たとえばアノ「物もう、お頼み申します」の詞《ことば》でも、こわ〳〵ながらも思い切って「物もう」とだけはいうたものゝ、急に恥ずかしいような怖ろしいような心地

がして、アトの「お頼み申します」は気を兼ねながらオズ〳〵と半分は口のうちで申すというようにせんことにおいては、その情がうつりますまいかと思われますのでござります。というて、余りうちわに〳〵とばかり引《へ》っ込んで演《し》ておりまするると、自然老け込んで肝心の

仇気《あどけ》無《な》い娘

の気分が薄うなりまして、とんと娘らしゅうならんようになってしまいまする。そこの加減が誠に至難《むずか》しゅうござります。余事《よじ》ではござりまするが、おなじ野崎のうちでも、お染の方は唯今《ただいま》も申しまするように、私《わたし》といたしましては記念の役でもござりまするから、気も進みまするが、どういうものかお光は実に大嫌いでござりまする。私《わたくし》の忌役《いみやく》はこのお光と鏡山のお初との二役で、もう〳〵慄然《ぞっ》とするほど可厭《いや》でござりまする。一体お光は、いわばまあ失恋の結果尼になるので、前半《まえ》と後半《あと》とは、コロッと態度《ようす》も変わり、裏と表を明瞭《はっきり》にとさせてお目にかけねば役の性根というものが判明《わか》らんようになってしまいまする。というてそれが極端に奔《はし》って、たゞ写実風にばかりしては、性格はハッキリするかも知れませんけれど、芝居として考えて見ますと面白うまいりません点《ところ》が出来ようと申すものでござります。何《なに》にせい、お光という役は可厭《いや》な役で、私《わたくし》だけは大嫌いでござります。私が、最近にお光を演《いた》しましたのは昨年の春本郷座で勤めましたので、アノ時もくれ〴〵御辞退をいたしましたのでござりましたが、八百蔵《たちばなや》〔七世＝七世市川中車〕さんが名代《なだい》の久作をお勤めになるのゆえ、お前のお光はたゞ出ておりさえすれば好《え》え、何もお前のお光を見せるために野崎を出すのではないさかいに……と無理から納得させられてしまいまして、可厭々々《いやいや》ながら——と申しては恐れ入りますが——も一生懸命に勤めましたのでござりまする。さて、

本題のお染

でございますが、見せ場と申しますれば、まずあの「あまり逢いたさなつかしさ、勿体ないことながら観音様をかこつけて、あいにきたやら南やら、知らぬ在所もいとはせぬ、二人いっしょに添おうなら、飯《まゝ》も炊こうし、織りつむぎ、どんな貧しい暮らしでも」云々《しかぐ》のサワリのところでございましょう。で、初度《はじめて》の時、右申しまするとおり、古老の方や先輩の人々に就きましていろ〱しらべて見ましたが、大商店《おおどころ》の御寮人として、初々しい阿娜気《あどけ》ないところを見せるのが専《せん》ゆえ、なるべくチョカ〱動かず、しっとりとおとなしやかにいたさねばならぬと申すことで、ナンボ何《なに》もせずにチンとしておりますのが好《よ》いというて、

借《か》ッて来た猫

を見るようではおもしろうおかしゅうもござりますすまいと存じます。過ぎたるは及ばざるがごとしとやらで、その辺は考えものでござります。それゆえ未熟ながら相応に工夫もいたし、親共や先輩方の助言も受けまして、サワリのところで、「待ち人」をこしらえました。「あまり逢いたさ」で懐中紙《ふところがみ》を取り出し、細く引き裂いて二筋《ふたすじ》そろえ、こういう塩梅《あんばい》に結び、ずっと引くと結び目が中央《まんなか》で会いますのが「逢いに北《きた》やら」の文句になろうと、いったような風にいたしましたのでございます。ところで、その後《ご》帰阪いたしまして最前申しました二度目の時も、ヤハリ右の「待ち人」を用いましたところが、ある新聞紙に、お染は良家《りょうか》の娘ではないか、それが色町の女《もの》かなんぞのように「待ち人」などをこしらえるのは不都合や、という御評《ごひょう》が出ました。スルトまた別の新聞紙には、お染は深窓に養われたとこそいえかわらや橋《ばし》といえば島の内で、いわば色町界《かい》隈《わい》の商家の娘でもあり、自然見よう見まねで「待ち人」ぐらいなことは、知ってもいそうなはずや、殊には久松と好《よ》い仲になっておるほどで十分色気もあるのやから、さもありそうな事じゃ、よくそこまで研究したと却《かえ》ってお賞《ほ》めにあずかるというような次第で、議論が二派《ふたは》に別れたのでござりましたが、結局私《わたくし》の工夫

が好《よ》いという方《ほう》に御賛成が多うございましたので、面目《めんぼく》を施しました。イヤ、これは飛んだ手前味噌で恐れ入ります。入ります。ソコデ旧冬《きゅうとう》三度目で歌舞伎座で勤めることになりましたにつきましては、この際、何とかして、手前味噌《てまえみそ》で恐れ

新しい工夫

をいたして見たいと存じまして、自分でもさま〴〵に考え、また伊丹屋《いたみや》の小父《おじ》さん〔四世嵐橘三郎か〕にも相談しましたが、出発を急ぎましたため、十分に教えを乞うことも出来ず、途次《みちすがら》汽車の中で考えるという有様でございました。一体、こうした役は人形《てすり》から型を得《と》るのが習いで私《わたくし》も幾分かそれを取り入れるようにはいたしておりますが、人形《てすり》で野崎のお染を見ましたのは、先年〔初世〕桐竹紋十郎さんのをタッタ一度見せてもらいましたゞけで、よく覚えてもおりませず、また、人形《てすり》々々と申しましても、なるほど好《よ》い型は沢山にございますけれど、すべてしぐさが極端で、たとえば酒屋〔『艶容女舞衣《はですがたおんなまいぎぬ》』の通称〕のお園などでも、サワリで立って踊るという行き方でございますから、全然人形《それ》に従うというわけには参りませんのでございます。畢竟《ひっきょ》ずるに、

サワリは心の文章

を義太夫に語らせて、その役自身の心持ちを説明する義《わけ》なのでございまするゆえ、あまり「場合」と飛び離れた科《しぐさ》は出来ません。こう考え込みまするると、手も足も出んようになってしまいます。と、ふと思い出したのは、伊丹屋の小父さんの話に、昔、金屋橋《かなやばし》の太夫〔三世藤川友吉のことか〕と称《い》われた旦《ひと》は、何かの狂言の時、サワリに市松人形を用《つこ》うたことがあると申すことで、それから思いつきまして、アノお光に与《や》って投げ返される香箱を二度つかうことに工夫をつけました。と申しますのは、久松にしましても、サワリの間《あいだ》が誠に所在が無《の》うて手持ち不沙汰《ぶさた》でもあり、またお染にしても今の「待ち人」は別でございますが、普通は袂《たもと》

でのゝ字をかくとか、はゝの字をかくとかする位のもので為様《しよう》がござりません。で、

私《わたし》の勘考《かんこう》は

アノ「あまり逢いたさなつかしさ」で緋《ひ》の帛紗《ふくさ》で包んである例の香箱を取り出しまして包みを解き、中の香箱を久松に渡します。中には小玉銀《こだまぎん》と芥子人形《けしにんぎょう》が入っておりますので、久松は、サワリの間その芥子人形を弄《いろ》うておることが出来、まるでジッとしておるよりは、少しでも動きがつきましょうし、またお染の心では右の「あまり逢いたさなつかしさ」にこうして土産物までこしらえてわざ〳〵逢いに来るというつもりで見せるという段取りで、そしてその帛紗を捌《さば》いて、こう、〳〵、並んで両掌《りょうて》で巻くようにするのが丁度合掌のように見えます、それが「観音様をかこつけて」で「逢いに北《きた》やら南《みなみ》やら知らぬ在所もいとはせぬ」が、立って四下《あたり》をうかゞいながら久松の後ろを通って上手へ入れ替わり、下《しも》にいて又帛紗捌きをし両方の端を両手の人差し指にからんで巻きながら寄せるとこう

指が並びます

のが「二人いっしょに添おうなら」で「飯《まゝ》も炊こうし」の文中のうちに帛紗をひろげて「織りつむぎ」の機《は》織《た》を利かせ、梭《おさ》を投げるように両方から畳み「どんな貧しい暮らしでも、わしゃ嬉しいと思うのに」で丁度小さく畳んだ帛紗を懐中《ふところ》へ入れる運びにいたしました。いつもは「織りつむぎ」で左の袂を取って縫う真似をいたしますが、「織る」というのに縫うのは可笑《おか》しいと存じましたから、右の通り機《はた》を織るような意《こゝろ》でいたしております。とにかく、まだいわば未成品で、とッと纏《まとま》っておりませんが、その辺は十分に皆様からおっしゃっていただきまして、幾度でも改良をいたし、出来ますることなら私《わたくし》の型として後生《こうせい》に遺《のこ》したいと存じます。オット、それは嘘《うそ》でございますから、そんな事をお記述《かき》になっては不可《いけま》せん。はゝゝゝゝゝ。

（『演芸画報』大正四年一月）

摂州合邦辻

初役の玉手御前　　五世中村芝翫＝五世中村歌右衛門

玉手御前はその以前から幾度も演《や》れ〳〵と勧められたのですが、田村君〔成義・市村座の興業師〕が嫌いだものですから、つい〳〵延引《えんいん》したのです。自分は以前越路太夫《こしじだゆう》（摂津大掾《せっつだいじょう》）のを聞いて面白いとは思っていました。ところが今度〔十一世〕仁左衛門と顔合わせというところから座の注文で色々と考えの末、合邦を出す事になったのです。なにしろ初役《はつやく》といい、今申した通り義太夫で一度しか聞いたことがないのだから、この役を得意《おはこ》としてやった先代〔二世〕秀調の書抜きを借りて見ましたところ、さすがに秀調は各方面からあらゆる粋《すい》を聞き集めて研究したものと見え、足の出し方、鐘の打ち方まで一々書き留めてあって、玉手御前はこれが一番完全しているように思いました。それに道具もやはり秀調《やまとや》の道具帳から、割り出したわけですが、しかしなお調べるだけは調べて見たいと思って、大阪の〔中村〕伝五郎は合邦が得意ですから、この人にも聞き合わせ、又八百蔵〔七世＝市川中車〕さんも若い時から知っているというから、それにも聞き合わせ、三人の型を折衷した上へ自分の考えを加えて演じることにしたので、思ったよりは難しくないのです。しかしこの玉手御前の演《し》どころは、俊徳丸にかゝるサワリのところで、お腹《なか》で愁いていて、表面《うわべ》で十分に色気を見せるというのが性根で、それについては前にいった三人の型を綜合《そうごう》すると、白《せりふ》のめりはりまであるから大いに徳を得たのです。

それから後《あと》の本心に立ち返ってからが又難しいので、つまり末へ行く程段々難しくなって行くように思われます。ですから、白廻《せりふ》しについても箇所々々に型があって、「道理も法も聞く耳持たぬ」と強く言って、直ぐ続きの「もうこの上は俊徳様」は色気でいうといったように、こんなところが幾つもあるのです。

この役で色気を見せるという事について、万事衣裳を調べた上、自分の工夫として下着は白羽二重《しろはぶたえ》に緋緞《ひどん》子《す》の江戸とき模様の胴抜きを用いていますが、人によっては白無地《しろむじ》にする人もありますし、又模様を付ける人もあります。けれど私《わたくし》は色気を見せるために赤を多くした胴抜きにしました。

拵《こしら》えは人によって違いますが、私は着付けは黒縮緬《くろちりめん》に金糸繍《きんしぬい》の五所紋《いつところもん》、雪持出《ゆきもちだ》し籔柑子《やぶこうじ》の裾《すそ》模様、赤ぶきという好みにしました。帯は白茶古金襴《しらちゃこきんらん》の織物を文庫結《ぶんこむす》びにしています。それから昔は勝山《かつやま》の髷《まげ》へ片花《かたはな》の笄《こうがい》を挿して出て、花道中程でそれを抜いて口に啣《くわ》えて思い入れをしたなぞもあったと、古い型をある人から知らしてもらいましたが、笄を挿すと袖頭巾《そでずきん》に障るので止《よ》しました。古い型には本当の頭巾を被《かむ》るのもあるのですが、中古《ちゅうこ》この役の好みとして片袖をちぎって被る事になりましたから、やはりその型にして勝山の乱れた髷でやっています。

話は前後しましたが、出は忍びの心ですから、始終四辺《あたり》へ気兼ねをする思入れで、白《せりふ》をいうにも袖を口へあてゝ言うようにするが方々《ほう〳〵》の型ですからそうしています。

又内へ入る時は浅黄縮《あさぎちゞみ》の鼻緒の草履《ぞうり》を片々《かた〳〵》だけ表へ残して足袋《たび》跣《はだし》のまゝ二重へ上がるのですが、これも知らぬ間《ま》に一足《いっそく》脱ぎ、一足は穿《は》いて上がって座り、それを自然と見物に見えるように見えないように落とすのが型になっているので、内へ入ってから喜びの思入れの遣いどころなぞも極《き》まっています。泣くところ、恥ずかしがるところなぞ、それ〴〵型になっているのでやっています。

つまりこの合邦は素《す》浄瑠璃としては有名なものになっていますが、舞台へはあまり乗らないものです。有楽座の呂昇《ろしょう》〔当時人気のあった娘義太夫〕のも参考のためにと早速聞きに参りました。

（『歌舞伎』一一七号、明治四十三年四月）

玉手御前　三世中村梅玉

花道から「引っ立て」まで

最初の花道の出は、あとから人に追いかけられているような気持ちで出てまいりますが、この花道では、淋しい人気《ひとけ》のない夜の道の身のまわりの不気味さ、気がかりさを表現《あらわ》そうと考えております。

そのうち、わが家の表の灯籠の灯を見つけ、ハッとして行きかけて、一足うしろへ止まるのが「なれし心の」のあとのチンに当たるわけでございます。それから舞台へかゝりまして、戸口で「そうおっしゃるは、かゝさんか、ちゃっと開けて下さんせ、辻でござんす、戻りました」があり、合邦と母親のやり取りの間、表におりますが「ととさまのお腹立ち、お憎しみは御尤も」あたりで頭巾《ずきん》を取って手に持っています。「母はよろこび門《かど》の口、としやおそしと開く間も」で母親が戸を開けますと、喜んで飛ぶように内へはいり「おなつかしや、おゝ、なつかしや」で、一度中腰のまゝ二重《にじゅう》の上の母親と顔を上下に見合わせてから「すがる娘の顔かたち……」で二重へ上がり、腰紐《こしひも》を解いて裾《すそ》をおろし「抱きしめ〳〵嬉し泣き」で母親の膝《ひざ》にすがって一応おさまります。

続いて、母親の「嘘《うそ》であろ〳〵、嘘か〳〵と箸《はし》もって、く〻めるような母の慈悲」を聞いてから「おもはゆげなる玉手御前」で、膝の上に重ねていた両手を、片手だけ動かして掌《てのひら》で片手の甲の上を擦《こす》るような科《しぐさ》をいたしますが、これは如何《いか》にも恥ずかしゅうて言い出し難いというような気味合いのつもりです。それから「俊徳さまのおん事は寝たまも忘れず恋いこがれ」のあとの合の手で、これも恥ずかしい思い入れで畳の上を両手で二三回モジ〳〵擦るようにいたしまして「なおいやまさる恋の淵」で座ったま〻、身体《からだ》を下手《しもて》から奥へグルリと一つ廻して上手《かみて》向きになります。

それで、父親の立腹があってから「親の慈悲でたずねてくれとは、どの頬《ほ》げたで吐《ぬ》かした」で、合邦が指で玉手の口許を突きますと、ツンと、いけずらしゅう顔を下手へ向けていますが、母親が尼になれと薦めるので「わしゃ尼になること嫌じゃ〳〵……これからは色町風」で両袖の先を持って、前へ突き出し「ずいぶん派手に身を持って」で左手を懐《ふところ》へ入れて遊女めいた振りをして、「あっちからも惚れてもらう気」を台詞で申します。そして、その「気」だけを特に離して強く、奥の俊徳丸に聞こえよがしにいい切ります。

私の解釈としましては、玉手が俊徳丸の奥にいることを知るのは、その少し前「どこへの義理も立つ道理と、奥へ指さしさま〴〵と」で母親が合邦に両手を合わせて拝むような科《しぐさ》をいたしますのを、チラリと見てから、それと気づくことにしてますので、もう既にこ〻では俊徳丸のいることは十分知っていることになっているからでございます。

最後に「見かえりもせず行く父親《てておや》」で合邦が奥へ入ると、母親に手首を取られ「母は意地ばる娘の手」の

「手」を少し強く語ってもろうて、それに合わせて一度きつく取られている手首を振りはらい「引っ立てゝ無理やりに」で引き摺《ず》られるように、いつものとおり納戸口《なんどぐち》へ入るわけですが、このあたり私としては、なるべく簡略にやっているつもりでおります。

「かちはだし」と「薄紅梅」

玉手の二度目の出は「気をせく折しも駆け出る玉手」でございますが、「のう懐かしや俊徳さま、お前に逢おうばっかりに、いくせの苦労もの案じ……」を立ったまゝでいうて俊徳丸に寄り添います。次いで「いっそ沈まば、どこまでも」で立って両手を後ろにやって帯を持ったように極《き》まり、「あとを慕うて」で二足《ふたあし》三足《みあし》前へ出て「かアちイはアだアア」で正面を向いた形のまゝまた後ろに二足三足さがり、「アアアアアア」の節尻で座っている俊徳丸に突き当たるので、よろけるように俊徳丸の後ろを廻って、上手《かみて》にいる浅香姫の鼻の先で両袖をポンポンと二つ打って「しイイイ」で俊徳丸の後ろへ戻り両手をふところに入れて極まります。

「この業病《ごうびょう》を母上のわざとおっしゃるそのしさいは」と俊徳丸が尋ねるので「さればいなア」を床《ちょぼ》に取らせ「これこの鮑《あわび》ですゝめた酒は秘法の毒酒」でふくさにつゝんだ鮑をふところから出して見せ、「君の形見とこの盃、肌身はなさず抱きしめて」で、そのふくさを開き「いつか鮑の片思い」で、ジッと鮑に眼を落として思い入れをいたしておきます。そして「つれないわいなと御膝《おんひざ》に、身を投げ伏してくどき泣き」一杯に、左手を畳に突いたまゝお尻《いど》からにじるように二腰三腰、俊徳丸に近よって行って、その膝に寄り添い、下手にいる浅香姫に憎てらしそうにイーをして見せ、右手の袖で顔をかくすようにして極まります。

これで、浅香姫がカッとなり「腹立ちまぎれ取って突きのけ」で寄り添っている二人の間へ割ってはいって「えゝ聞けば聞くほどあんまりじゃ……」になりますが、お芝居ではこゝで入平が表から入って来まして、玉手に意見をします。これが済むと例の「玉手はすっくと立ち上がり」になり、「ヤア恋路の闇に迷うたわが身、道も法も聞く耳もたぬ」を台詞で申しまして「もうこの上は俊徳さま、いずくへなりと連れのいて」で立ち上がり、「恋の一念通さでおこうか、邪魔しやったら」で帯にさした懐剣の紐《ひも》をほどき「許さぬぞ」で懐剣を上へ振り上げて極まります。

私はこの「邪魔しやったら」を特別に奥の暖簾口《のれんぐち》へ向かって聞こえよがしにいってます。それから「許さぬぞ」は丸本ですと「蹴《け》殺すぞ」ですので、これは昨年（昭和二十二年七月）の東劇で〔初世〕吉右衛門さんと一緒の時、初日に一度丸本どおり「蹴殺すぞ」と申しましたら、客席《むこう》がドーッと笑いました。こらいかん思うたので翌日から、チョボに取らせたら、チョボなら笑いませんでした。面白いものやと思います。

続いて「放れじやらじと追いまわし……」で入平が絡みますので「踏みのけ蹴のけ」で頭の笄《こうがい》を抜くと髪がサバけ、その笄を口に喰わえたまゝ、入平と天地に極まるのが「怒《いか》る眼元は薄紅梅」一杯にはまります。で、すぐ入平を戸口のほうへ押して行って外へ放り出して戸口の掛金をかけ、そのまゝ「逆《さか》立つ髪は青柳《あおやぎ》の、姿も乱るゝ嫉妬の乱行」で二重へ上がって来て俊徳丸と浅香姫の二人とツケ廻しになり、二人の間へ割って入り、左手で俊徳丸の手を持ち、右手に懐剣を振りあげるように極まるので「こらえかねて駆け出る合邦」になる段取りでございます。

なお前にもお話し申しましたとおり、伝五郎さんに教えてもらった型で行きますと「薄紅梅」でくわえた笄で表の掛金をするのですが、私は「薄紅梅」で極まったあと、すぐ手に持ちかえて、それを入平にめがけて投げつけて捨てゝしまうことにしてます。

話が前後いたしますが、総体に申しまして、この玉手という役は案外に身体《からだ》が楽《らく》で、それでいて儲かるように出来てます、ホン有難い役でございます。と申しますのも、この芝居は他役《はた》が芝居をしてくれはりますからで、最初の合邦と母親との芝居の間が相当長くて、そのあいだ、玉手は何もせいでもよろしい。もちろん気は入れてますが、それでも随分と気疲れは違います。ただ俊徳丸のいる奥の居間に気を入れてさえいたらえゝわけで、合邦と母親とが十二分に舞台を締めていてくれはります。

この理屈で行きますと、やっぱり〔六代目〕菊五郎さんの合邦より〔初世〕吉右衛門さんの合邦のほうが私にとっては演《や》り易《よ》うおます。合邦が十分芝居してくれはりますさかい。……ソラお二人とも一杯に芝居してはりますけど、その芝居の仕方がまるきりお二人では違ってますさかいな……たゞ私には吉右衛門さんの演り方のほうが、一層楽で有難いと思うてます。

続いて、俊徳丸と浅香姫の件《くだり》になっても、たゞ俊徳丸だけを捉《つかま》えていればよい。俊徳丸だけを相手に気張ってさえいたらよろしいのだす。この玉手に限らず気張るだけの芝居は総体に楽だんな、この反対に気張ったり、気を抜いたりする気持ちに変化のある役が一番辛度《しんど》うて骨が折れます。

その上、なお合邦に突かれて手負いになってからは、さらにハア〳〵息が出来るだけでも楽です。息を入れているその息が芝居になっているわけなのでっさかい……それでいて、前は合邦と母親を相手に、後は俊徳丸と浅香姫を相手に、一段のうち二度もサワリが出来るようになっています。

しかし、それも相手次第で、相手の合邦が良《よ》うないと、玉手も派手立ってまいりません。合邦が気張ってくれはるだけ、玉手は楽をしていて、見物からは良う見えます。そやから、逆に合邦が息を抜いておられますと、玉手が苦しい芝居をせねばならぬことになるわけで、例えば先代（十一代目）の仁左衛門さんの合邦がそうだした。関東震災後、〔初世〕鴈治郎さんと仁左衛門さんとが道頓堀の中座で顔合わせしやはった時の中幕に、私の玉手と仁左衛門さんの合邦で上演《だし》ましたとき、なんや知らん仁左衛門《まつしまや》さん、初日から投げてかかってはります。こちらから気張ってかゝっても、先方が一向にそれを受けてくれはりまへん。呼吸《いき》抜いてはります。この時はホンマに弱らされました。

最初の玉手が表へたどりつく。「ひわれに漏るる細き声、母《かか》さん、辻でござんす。こゝ開けて、というは確かに娘の声……」のところ、普通なら合邦は居所《いどころ》にいたまゝ「われア、まだ死なぬか殺されアせぬか……」といえばよろしいのですが、この時、仁左衛門さんツカ〳〵と表戸のところまで歩いて来やはって、この台詞をいわれる。それが初日から毎日々々演《や》るたんびに表戸へ少しずつ寄って来られて、しまいには「われア、まだ死なぬか殺されアせぬか……」といいつゝとうとう表戸をガラリと開けはります。これには驚きました。父親の合邦が表戸を開けて外へ出て来るのですから、玉手の私としては、どないしても「父《とと》さんか……」とでもいうて縋《すが》りつかねばならぬことになりますが、そんなことしたら「合邦」一幕ムチャクチャになってしまいます。それで、仕方ないものでッさかい、仁左衛門さんが表へ出て来られると、私は無理に下手の籔《やぶ》だたみの前に寄って知らぬ顔で背中向けになって、気のつかぬ顔でいましたが、こうでもせぬ以外、どうしても合邦と玉手と顔を見合わせねばなりまへん。この時ばかりはほんまに演《し》にくうて弱りました。

それから奥になって「おいやい〳〵」のところ、こゝは玉手が「父《とと》さん、ご得心まいりましたか」と押すと合邦が「おいやい」と受ける。今度は玉手が「えゝ」とまただめを押すと、また合邦が「おいやい」と受ける。また「えゝ」と押すと、また「おいやい」と受ける。そしてその「えゝ」と「おいやい」とが次第に強く押して行って大落としになるのですが、こゝも仁左衛門さん、一向に受けてくれはりません。こちらばかり気張って押して行っても、相手の合邦が受けてくれはれしまへんのやから芝居になりまへん。これにも実に弱りました。合邦と二人前をこちらばかり気張って、舞台に穴のあかぬようにして行かねばならぬからでした。

あとでお聞きしたら、東京でたしか先代〔六世〕の梅幸さんの玉手で同じく先代仁左衛門さんの合邦の時も、ちょうどこんな調子やったそうで……梅幸さんの玉手も弱りはって「おいやい」のところへ来ると、仁左衛門さんの手首をグッと握って、自分のそばへ引き寄せて動けぬようにして芝居をされたとのことで、大笑いをしたことがございました。

とにかく、いくら楽な玉手でも相手の合邦がこんな調子では、却《かえ》ってこちらのほうが辛度《しんど》うて苦しゅうございますが、そこへ行くと、今度の吉右衛門さんの合邦は十分に芝居をして下さいますので、私の玉手も十分気持ちよく楽に芝居が出来て、しかも客席《おもて》から見ると玉手が一層よく見えます。これも吉右衛門さんの合邦の立派なお蔭やと喜んでおります。

（山口廣一編著『梅玉芸談』、誠光社、昭和二十四年）

玉手御前　六世尾上梅幸

『合邦』の玉手御前を私《わたし》が勤めますのは――御承知かとも存じますが――偶然にも帝劇《こゝ》と歌舞伎座《こびきちょう》とで同時に上場致しました大正八年の六月以来のことですから、十二年振りというわけでございます。従って細かいことなども記憶に残っておりませんし、取り立てゝお話申し上げる程の材料をも持ち合わしておりませんからほんの少しばかり述べさして戴《いたゞ》きます。

髷《あたま》は「下《さ》げ下地《したじ》」に紫の服紗《ふくさ》を頭巾《ずきん》にして冠《かむ》りましたが「忍《しの》び返《がえ》し」という鬘《かつら》を用いる俳優《ひと》もあり、頭巾も、悪人の中を切り抜けて来た、つまり無事に来たのではないことを暗示する上に効果があろうというので片袖をちぎってこれを冠《かぶ》る型もあります。

この前の私《わたし》の慥《こし》らえを申し上げますと、黒の紋付《もんつき》の着付け、雪持ち藪柑子《やぶこうじ》の裾《すそ》模様で紫紺地《しこんじ》の帯でした。それから襦袢《じゆばん》ですが、私《わたし》は色彩の変化を考えて二度に肌をぬぐことに致しました。つまり「道も法も聞く耳持たぬ」で右の片肌をぬぎまして浅黄《あさぎ》と鶸《ひわ》との襦袢になり色気を見せておいて、合邦に刀を突きさゝれた後《のち》に左の片肌をぬいで白《しろ》になります。これで凄味《すごみ》を見せた上、更に百万遍の件《くだり》に右をぬぎまして両肌共に白となって純な宗教的な感じを出そうという心だったのでございます。

なお今度の上演につきましては、色々に工夫をこらして見たいと存じております。

（『帝劇』第八十四号、昭和四年十一月）

玉手御前　六世中村歌右衛門

『摂州合邦辻』の玉手御前、これは女形を志す者は誰でもつとめたくなるお役のひとつであり、事実、非常に得な役で、つとめていて楽しみのあるお役です。いろいろな演じ方がありまして、我が田に水を引くのではありませんけれど、父五代目歌右衛門のやりました型は非常に段取りがよく、私も昭和十三年一月の青年歌舞伎で初役《はつやく》でつとめて以来、ほとんど父の通りに演じております。

玉手は後添えとはいい条、やはり大大名《だいだいみょう》の奥方で、義理のある子二人、次郎丸と俊徳丸という悪い子と善い子の間に立って、両方を無事に助けておさめようとするのが大根《おおね》です。

この芝居を国立劇場で通して〝住吉〟から毒酒の件《くだ》りを見せ、以下〝御殿〟〝万代池〟と上演なさったこともありますが、〝庵室〟ひと場で狂言の全容が判りますし、通しも結構ながら他の場はなくもがなで、〝庵室〟だけ見ていただいたほうが興趣が深いように思います。またそれ故に、この場だけが残って、たびたび上演されるのではないでしょうか。

玉手は、前半はどこまでも俊徳に恋をしていると思わせるだけの、品格を保ちながらも色気がなければいけません。それが後半になりますと手負いになって物語をするので、体力的にとかく尻すぼみになりがちです。この点に気をつけることです。本行《ほんぎょう》ですと、サワリを前半一度ですませるものを、歌舞伎ではそれを後半とふたつに分けてしまいますが、これも役者の工夫でしょう。

前半は底を割ってもいけず、父合邦に対する構え、母に対してのからみのなかで、本心を気づかれないような肚《はら》がないといけません。といって、底を割らないようにして、ご見物をそっくりだますのもひとつのやり方ではあるものの、それではは芝居にコクがなくなります。そのかねあいが非常にむずかしく、と同時につとめていてまことに楽しみなお役なのです。たとえば、上を向いている時は笑顔でいても、ちょっとうつむいた時に、人には言えない内面的な苦労に耐え忍んでいる肚を見せなければなりません。サワリにしても、前半のは色気が必要で、かつ内心では父母の慈悲心をありがたいと思っていることを、底を割らずにどこかにさりげなく表す――そこにむずかしさもございます。

後半になりますと、俊徳丸、奴入平、浅香姫のそれぞれにもからみますが、ある時は恋人、ある時は主人、ある時は恋敵にもっていき、合邦に刺されて手負いになってから初めて本心をあかし、本当の母親の気持ちで、全く満足して死んで行くのです。

俊徳丸への恋にもいろいろな解釈があり、こればかりはその人その人の主観によりましょう。本心から俊徳丸が好きだという説もあり、またそう思われる節もありますが、やはり俊徳丸を助けるということが一番の基本でしょう。ある時期が来たらば自分が命を投げ出しても助けようと思っているわけですが、それも強さが過剰になって表に出てはいけません。どこまでも芯《しん》の強さです。出から始まってどこまでも念頭に置くのが俊徳丸のことで、私は後添えの立場を考えて、義理のある子ということに重点を置いてつとめています。

後半手負いになってからの物語になりますと、恋慕の情は全くかげをひそめ、夫に貞節で、身を挺して義理の子を助けます。といっても普通の眉《まみえ》なしの烈女とは違い、単なる女武道になっては作意にもとります。肚が複雑な上に最後も玉手が幕切れをとるのですから、つとめていて楽しみがあり、私の好きなお役のひとつです。

成駒屋《うち》の型では、幕切れ近くに「吹き払う迷いの空の雲晴れて蓮のうてなに月をみるかな」という辞世を詠みますが、これも役者の工夫であり、うまく考えたものだと感心いたします。最後の「月を、み、る、か、な」は、息を引きとる時のように次第に声を細めて申しますので、最後のなは真ん中あたり以後の席のお客様には聞こえないかもしれません。父の芸談に、ここは「引く息ばかりで」と出ていますが、実際には逆に吐く息一方で言わなければいけません。それが引く息のように聞こえるのですが、それがなかなかできません。吐く息で言わないと引く息に聞こえない、これはひとつの口伝です。かてて加えて、「月を見るかな」のなから、「心ゆるめば」とかぶせる竹本との受継ぎの、その間とイキが非常にむずかしゅうございます。そのほか鮑《あわび》貝と懐剣の扱いもむずかしく、鮑貝は手負いの手の届く所に置いてなければならないのですが、ちょっと裾《すそ》を踏まれても、ともするとこの位置が狂ってしまいます。

　ご承知のように、衣裳は手前どもでは黒紋付《くろもんつき》の裾模様で、どこまでも奥方のこしらえです。そして、うちのほうでは片袖をちぎってこれを頭巾《ずきん》代わりにして、人目を忍んで出てまいります。裾模様は雪持ちの藪柑《やぶこう》子《じ》で、中着は人によって好みが違い、紫紺をお召しになる方もありますが、私どもはいずれも赤地梅菱《うめびし》の惣《そう》匹田《ひった》鹿子《かのこ》の絞り地でして、これはいわゆる胴抜きの心であり、右袖がちぎれてこの匹田鹿子が見えているのは、色気のある振りの時に非常に引き立ちます。

　頭は下《さ》げ下地《したじ》または丸髷《まるまげ》とされていますけれども、丸髷にしても、奥方の勝山風《かつやまふう》の品格のある丸髷であって、本文に「これからは色町風、随分はでに身を持って……」とあるからといって、町家風の丸髷ではいけないと思います。となると床山さんが骨折りで、先代の上島《うわじま》さんは大した腕前でした。私が初役でこの役をつとめた時にはまだご存命で、どこから見ても大名の奥方の丸髷になっていました。これはできあがった頭の形のよさもさることながら、役柄をよくのみ込んでいらして、その役の頭を結う人だったのでしょう。先代亡きあと、息子さん（実）がずっと私の担当でしたが、幾度言っても玉手の感じが出ません。私がやかましく注文をつけて、何度結い直しても結いあげられなかったのが、昭和五十七年の九月に歌舞伎座でつとめました時、上島さんは病気だったのに、自宅に玉手の鬘《かつら》をとりよせて結いあげたそうです。それを私は舞台稽古の日にかけましてびっくりしました。全く非の打ちどころのない、私の思い通りの、つまり先代が結った通りの頭だったのです。私は、上島さんに、なんていい頭なのでしょう、初めて結構な頭ができました、何も言うことはありません、と申しあげて、その時ふと、この方は亡くなるのではないだろうか、とそんな予感がしました。それから間もなく上島さんは亡くなりましたが、何か私は寿命を直感したものです。あとで聞きますと、上島さんはお弟子さんに、今度は初めて怒られなかったよ、と言っていたそうです。精魂こめて結いあげた、その魂が仕事に出るのでしょう。かけた瞬間私は、口に言えないものを感じとりました。

〔中略〕

　大正十三年五月の本郷座が父の最後の玉手であり、頭巾をぱらっと落として丸髷を見せて、門口できまった形は、子供心にいいなあと思い、いまだに私の頭にやきついています。そして幕切れ近くなればなるほど、芝居の流れというか雰囲気がはねあがって行ったのは、よほど腕がなければ見ている人にああいうことを感じさせません。余談になりますが、母が丸髷を結いますと、実に玉手御前によく似ていました。私は母の丸髷姿は三度ほどしか覚えがありませんが、母が髪結さんから帰ってきたのを玄関に出迎えて、お父さんの玉手御前そっくりなのに驚きました。母は大柄で背が高く品がありましたので、お父さんとお母さんはどこか似ているのだなあと思ったものです。

なお玉手は、前半は白足袋《しろたび》ですが、二度目の出から素足になり、また鬘もかけ替えます。素足になるのは俊徳たちとのからみで色気や凄味《すごみ》を出すためですし、頭のほうは「ささえる入平突きのけ蹴のけ怒る目元は薄紅梅」で平打《ひらう》ちを抜いて口にくわえ、以下髷を捌《さば》き、落ち入る時は惣捌きになりますので、後半のは油っ気なしに結いあげてあるのです。この「薄紅梅」の件り、今申しました父の最後の玉手の時に入平は播磨屋のおじさん（初代吉右衛門）でしたが、門口でトントントンときまる形といい、気持ちといい、素晴らしいものでした。邪魔にならず、それでいてご自分も十分に芝居をなさる、これも腕のある人ならではでしょう。こうしたものが目に残っているのは幸せです。

（河村藤雄著『六代目中村歌右衛門』下巻、小学館、昭和六十一年）

ひらかな盛衰記

船頭松右衛門実は樋口次郎兼光　初世中村吉右衛門

顔の化粧《つくり》。白粉《おしろい》へ砥粉《とのこ》を入れた仕上げ、顋《あご》に青黛《せいたい》の髭《ひげ》、（二度目の登場《で》には芝翫筋《すじ》を加える）。鬘《かつら》。なまじめ、二度目は水入り。着付け。繻子《しゅす》地《じ》の鰹縞《かつおじま》、二度目は紺と萌黄《もえぎ》の荒い竪縞《たてじま》、ビショウ縫い、大阪手甲《てっこう》、脚絆《きゃはん》、腹掛《はらが》け。下がり。最初が紬地瓦茶《つむぎじかわらちゃ》の帯、二度目が古代紫の帯を前に結ぶ。絞り木綿の襦袢《じゅばん》。絞り木綿の下がり。持物。胴金《どうがね》の入った一本差し。裃《かみしも》を結い付けた櫂《かい》。豆絞りの手拭い。莨《たばこ》入れ。草履《ぞうり》。

何の役でも至難《むずか》しゅうございますが、わけて樋口という役は、あんまり大きくって我々には仕科《しこな》せません、それにこの役は少々一中節《いっちゅうぶし》と同じように、ひとりよがりのところが多く、人《にん》にあるかは知りませんが、大物だけに私《わたくし》は好かない狂言で、久しいあと今の蓬萊座《ほうらいざ》の浅草座時代にかでです、初役《はつやく》で樋口を勤めましたぎり、その後《のち》は絶えて演じた事はございませんのを、今度は田村〔成義〕さんから是非にというお指図で演《や》る事になりましたが、二度目なのでございます。

今度は団十郎《なりたやけ》気なしで、なるべく大時代に演じる事にいたしましたが、この役での見せ場、即ち演所《しどころ》と申しましたなら、最初の登場《で》の梶原の陣所《じんしょ》から帰って参りまして、その模様を女房のお芳《よし》とその父親に話しますところでこれは誰が演じましても時代と世話を交ぜた仕《し》方話《かたばなし》で名人上手が演《や》らば廉々《かどかど》の極《き》まった中に和味《やわらかみ》が出ますが、私《わたし》なぞのような未熟な者にはなか〳〵その味合いが出て参りません、それからテ、、コイのが二度目の物語でございます、権四郎が取り替え子の槌松を、寸断《ずたぐ》にして返すと言って、上手《かみて》の障子屋体へ手をかけますと、屋体障子を引いて取りその中に、松右衛門は駒若丸を抱えて立ち身で居るのでございますのは、義太夫《ちょぼ》の「こはいかに松右衛門、若君を小脇にかいこみ、大刀《かたな》ぶっこみ力士《りきし》立《だ》ち」という文句から出ているのでございますが、人形と違って本統《ほんとう》の子役を抱くのですから、形の崩れるのを恐れて出道具《でどうぐ》の帆綱樽《ほつなだる》の上に駒若丸を乗せ、自身は二度目の着付けにあらためて中合引《ちゅうあいびき》に腰をかけております。

これをお筆が見まして、「ヤアこなた様は……あの樋口《ひぐち》」と言うのに冠《かぶ》せまして「コレ〳〵……コレー女中」と制し、「ムウ聞こえた……最前の帰りがけ、下《しも》の樋《ひ》の口《くち》でチラと見た女中よな」云々の台詞のうち、目配せでそれと知らせてお筆に呑《の》み込ませ権四郎が取り替え子の駒若を切り刻まないと言うので怒り、娘お芳に「若い者を大勢呼んで来い」と言いつけるのを、「ヤレ待て女房……人を集むるまでもない」と時代に言いまして「親爺《おやじ》様どうあっても槌松が敵《かたき》、この子を存分になさるゝか」と世話に砕けて言い、「くどい〳〵」と権四郎が言うので、また「ハア是非もない」と時代に言い、お筆に駒若丸を守護させまして、二重屋体から下りて下手《しもて》に行き、「権四郎……頭《ず》が高い……イヤサかしらが高い」と強く時代に言いまして、「これに渉《わた》らせ給うこそ朝日将軍」で、ツカ〳〵と門口に行き、格子を明けて戸外《おもて》に聞く人やあると眺め、格子を明けたまゝで上手《かみて》を向かって座り、「義仲公の御公達《ごきんだち》駒若君、かく申す我は樋口の次郎」で立ち上がって格子を締め、「兼光なるわ」と横見得を切ります。

この二《ふた》箇所が演所《しどころ》で、今度は後《のち》段の立廻りも平素《いつも》とは変えまして、すこぶる大時代な殺陣《たて》を御覧に入れております。最前《まえ》に言う通りなか〳〵不容易《むずかしい》役《やく》で、当興行には思う半分も演じる事が出来ませんが、後日を期《ご》しまして未成品で樋口もお目にかけたく、その折は松右衛門の拵《こしら》えもガラリと変えましてコクモチの着付けで、てもなく毛谷村《けやむら》の六助〔『彦山権現　誓助剣《ひこさんごんげんちかいのすけだち》』の役名〕という姿《なり》の、樋口を一遍演じて見たいと思っております。

（倒扇子〈登場俳優の用意〉、『演芸画報』明治四十五年七月）

樋口兼光　二世尾上松緑

樋口は私が希望して出すことになったのです。型は殆ど播磨屋型で、又ちゃん（〔二世＝現〕又五郎）から教わりました。樋口の型というのはいろ〳〵ありますが、吉右衛門さんのも折衷型らしいんですね。とに角、こういうものですから、余りあれこれと取り入れたり自分流儀の工夫を混じえたりしないで、播磨屋式で行く方針にしています。この型にも疑問があるといった説もいろいろ聞きました。例えば、〽聞き分けてたべ」のあとの〽忠義にこったる樋口の風情……木曾に仕えし四天王、云々」の辺りでえばったような科《こな》しのあるのは腹違いではないかというような説もそうなんですが、しかし、この芝居ではそんな事は言うべきではないと思うんです。とに角、私としては、この芝居を希望した主眼は、セリフの要素にあるので、つまり、こうした時代な役での硬軟両様にセリフを遣う難しさを研究したい、殊に私はセリフが不得意な方ですから、みっちりと時代物のセリフを勉強したいというのが第一なんです。

むずかしいのは、名告《なの》りの見得のあとからですね。あの「天地に轟く」から「樋口次郎兼光なるわ」で見得になるまでの間《ま》の芝居も難しいのですが、私としては、あれからあとの勁《つよ》さと和《やわ》らか味を仕分ける変化を、ハッキリ見せると同時に、余り際立たせすぎて『引窓』みたいになってもいけず、自然ににじみ出るようにこの遣い分けが出来るようにというのが一番難しいと思います。あの名告りの辺りの大きさだとか貫禄だとかは、大体、貫禄なんて自分で付けるものではないのですから、努力でどうする事が出来る訳ではなし、ですから、この後の件《くだ》りにこそ今の私の勉強甲斐《がい》があるのだと思って努めているのです。それに、この役は何といってもこゝが、特に〽聞き分けてたべ」の辺りが一番中心の役なのですからね。

又ちゃんは、樋口を随分ピッチリと隅から隅までよく知っていますよ。子役時代の遠見の樋口から、近年のおよしやその他の役と、ずっと波野の小父《おじ》さん〔初世吉右衛門〕のこの芝居に出てよく見ていますし、その上、樋口も特に小父さんから教わったんだそうです。そして、小父さんが、こゝは〔七世〕幸四郎《あにき》もしない所だが、お前がする時には是非やってくれと言われたやり方があって、それは、「……粟津の一戦誤りなき御身をむざ〳〵と御生害を遂げ給いし我が君の御最後の鬱憤」を一息《ひといき》にいうのだそうで、これは九代目流らしいんですね。ですから、私も、前からずっと続いて調子を使っているので非常に苦しく、なかく〳〵続かないながらも、そのように言うようにと努力をしてはいるんです。

腹はもうハッキリとした役です。波野の小父さんの芸談にある、権四郎にえばるにも、「是非がない」という気持ち、これが大切だと思います。えばるのは、そうしなければならないから止《や》むを得ずというのでなければ情がうつらない、これがこの役の仕所だと思うんです。

こゝの硬軟の仕分けは、実際にやって見ると実に難しく、変化が立って、しかも自然にというのは初めてでは無理で、まァ、再演三演と手がけて行って余裕が出て来れば出来るようになりましょう。

仕事の方はきまり〳〵の二三ヶ所以外にはさしていう程の事もありません。

「天地に轟く」から見得までは、間どりの難しさで、これがうまく流れて行き、パッと砕ける、この間取りは、役がよっ程腹に入っていなければうまく行かないので、イキは絶対に抜けません。でも、いゝ気持ちだし、そうでなければ出来ない役でもあり、やっていて面白いには面白いのです。

立廻りは大時代のタテで、かかる者さえ確《しっ》かりやってくれゝば効果は楽にあがるもので、つまり、シンの方よりかゝる者の方が骨の折れるタテで、こっちはその方のリイドをして行けばいゝまでのものでしょう。もっとも、こういうゆったりとしたものですから、コセ〳〵してはいけず、そして、きまり〳〵をハッキリと見せるものですね。

今度は市村座の昔に返って、浅黄幕がチョンと落ちると既に舟の形で直ぐ見得になるのでなく、カラミが返り出しをして舟の形になり、私が真ン中に乗って見得になります。これは返れる人が増えたから復旧したのですが、初めから上っているのでなく、上って行くのは背中に上るだけに不安定で厄介なんですよ。初日などうまく上れず、膝《ひざ》で上って突いた形で見得をする始末でした。しかし、返り出しがあって、上って行くべきものですね。

タテで松の枝に度々櫂《かい》をひっかけたのは私が悪いんです。あれは私がもっと前に出るべきなので、あれを大道具の居所やかゝる人たちのせいにしては気の毒です。

立廻りがすんでからは、ホロリとさせる芝居があります。

今度は止《よ》しましたが、その点、権四郎が舟歌をうたう件りはあった方がいいと思います。つまり、『太十』なんかの幕切れ近くと違って、樋口にしろ、畠山にしろ、えばりッきりでなく、愁いが必要なわけで、ですから、樋口も幕切れに泣き上げたりする科《こな》しがあるのですが、こんな点、時代物として、この芝居のコッテリとした特徴だと言えましょう。

（加賀山直三編〈芸談　ひらかな盛衰記「逆櫓」〉、『演劇界』昭和三十三年十一月号）

好々爺、権四郎の悲嘆　　十三世片岡仁左衛門

ところでこの芝居で、松右衛門におとらず仕甲斐《しがい》のある役が、舅《しゅうと》の権四郎です。

義太夫狂言には老け役で良い役が多い。そこが荒事や江戸前の狂言と大きく違うところですが、この権四郎も実によく書けた役です。

若いときからずっと海で暮らしをたてていた男で、純朴な一方、一本筋の通った硬骨の親爺《おやじ》です。

私は昭和五十五年（一九八〇）の京都の顔見世で〔十七世〕勘三郎さんの松右衛門に初めて権四郎をつとめましたが、いろいろ工夫するおもしろさがあって毎日楽しんで演じました。

三宅周太郎さんが「逆櫓で最も我々の目をひく者は主人公の樋口ではなく、一に船頭権四郎である」と書いておられますが、実際にやってみるとなるほどと思います。

その権四郎ですが、松右衛門が上手へはいるところまでは純朴で気のいい好々爺《こうこうや》です。先の婿は死んだものの、すぐに後がみつかり、隠居を楽しんでいる老船頭です。その心境は松右衛門の出世を心から喜び、娘のおよしに「舟玉《ふなだま》様へお灯明を灯し、お神酒でもあげんかい」と言い、「こちらの船玉様にも」と自分を指して軽口を叩くところによくあらわれています。およしが如才なく買いおきの徳利を出すと、うれしそうに顔をほころばせる親爺です。

権四郎の役では前半にこうした権四郎の姿、つまり娘夫婦と孫とにとりまかれて、貧しいながら楽しく暮らしている老船頭の姿をみせておくことが大切になります。

ところがそこへ見知らぬ女中が松右衛門を訪ねてきます。お筆です。お筆を見て、およしが焼餅《やきもち》をやくひとこまがあって、やがてお筆は大津の宿で子をとり違えた相手だとわかります。

権四郎はてっきり槌松が一緒に戻ってきたものと早合点し、お筆をなかへ請じ入れます。その槌松は若君とまちがえられて首を討たれていますから、お筆は気が重い。権四郎とおよしとが代わる代わるお筆にお礼を言うのに答える言葉もありません。

そこがちょうど竹本の〽我が子は如何《いか》に、孫は如何に」のところです。

ここで権四郎が玩具箱《おもちゃばこ》から人形をとり出して、門口のとこへ出て「コレ槌松よ」と揚幕のほうへ呼びかける、拍子に人形の首がぽろりと落ちて、ハテという思い入れをするやり方があります。ひとつの工夫でしょうが、私はここで予兆をみせる必要はないと思い、していません。

やがて槌松はどこにと問いつめられ、お筆は、「その夜にあえなくなりたもう」と言い放って泣き伏します。

〽聞いてびっくり」と権四郎は後ろへ倒れますが、すぐ起きあがって〽とは何ゆえに、こはいかに」とお筆にキッとして問い返します。およしは声をあげて泣いています。お筆は重い口をひらきながら、事件の一部始終を語りはじめますが、私は〽祖父《じい》は声こそ立てねども、涙を老いに噛《か》み交ぜて」の本文通り、悲しさをじっとこらえてその話を聞くというやり方です。

そして、お筆の話が一段落したところで、悲しみをまぎらわせるために手酌で酒を飲みはじめることにしています。これは私の工夫ですが、いかがなものでしょう。

およしが身も世もなく泣き崩れるのを見て「ヤイ吠えるまい、泣けば槌松が戻るかい」とたしなめますが、その言葉にのってお筆が、あきらめて若君をこちらへ戻してくれというのを聞いて、今度は「黙れ」「黙れ」と台詞にかぶせて怒りはじめ「黙りやがれ、やや、やかましいわい」と腕まくりして意気ごみます。ここはむかし通りの荒々しい船頭に戻った気持ちで、手強《てごわ》く演じるのです。このあたりの権四郎の心理はよく描けています。

権四郎としては孫が死んだ悲しさを必死に耐えているのです。悔やんでも戻らぬ悲劇として無理に自分に納得させようとしている。ところがその悲劇の原因となった当事者から「出来たことは仕方がない」と言われてカーッとなる、まことに理の当然で怒るのがもっともです。

怒った権四郎は、そちらの子も首にして戻してやると鉢巻をし、右の片肌を脱ぎ、尻をはしょって立ちあがります。お筆がとめようとするのを突きのけ、上手障子をあけると、松右衛門が若君を抱いて合引にかけています。

松右衛門の衣裳は石持《こくもち》から縞柄《しまがら》に変わっています。播磨屋型は紺と萌黄《もえぎ》の荒い竪縞だと思いますが、私は縞伏せといって定式幕のような彩りの粗い縞ものにしています。若君を帆樽《ほだる》といって帆綱を入れる桶《おけ》の上に立たせるやり方もありますが、私は左手で抱きかかえている形にしています。本文に「小脇にかいこみ」とあり、守護している心です。

お筆が松右衛門の顔を見て「ヤアこな様はあの樋口の」と言いかける。松右衛門はそれを制して目までで合図します。

文楽ではこのやりとりのあいだに権四郎が刃物を砥石《といし》で研ぐというおもしろい型をみせるのですが、歌舞伎ではしません。

（片岡仁左衛門『芝居譚《しばいばなし》』、河出書房新社、平成四年）

〔編著者注〕芸談の引用に際しては、漢字表記、仮名遣い、ルビの付け方などを一部改めた。なお、文中の〔 〕内は本書編著者の補記であり、三世中村梅玉の「お光」は本書編著者が仮に付けた見出しである。

解説

新版歌祭文

〔通称・別題〕「野崎村」

〔初演年月日・初演座〕人形浄瑠璃は、安永九年（一七八〇）九月二十八日より、大坂竹本座。歌舞伎は、天明五年（一七八五）、大坂粂太郎（中）座。

〔作者〕近松半二。

〔初演の主な配役〕お染（初世市山太次郎）、久作（初世中村次郎三）、お光（四世岩井半四郎）、久松（二世中村粂太郎）。

〔題材・実説〕人形浄瑠璃・歌舞伎の一系列として「お染久松物」があり、本作はその系譜の代表作といえる。

宝永七年（一七一〇）正月六日、大坂の質店油屋の娘染と丁稚久松の情死事件を題材にしたもの。商家の娘と使用人の身分違いの恋は、悲劇の結末をむかえるのが常だったし、心中にまで至る者も少なくなかった。同趣の題材に「お夏清十郎」があるが、本作の「野崎村」で、久作がお染と久松に意見する件りに、祭文語りから買ったお夏清十郎の読本を例に引いて諫めるのは、当時の観客にとっては非常に理解し易かったと思われる。

〔先行または影響作品〕最も早い劇化は、事件が起こってすぐに、大坂萩野八重桐座の歌舞伎『心中鬼門《しんじゆうきもん》角《かど》』だが、これも歌祭文を通じて巷間に流布し、やがて紀海音の浄瑠璃『おそめ久松袂《たもと》の白《しら》しぼり』の同年四月以前（推定）、大坂豊竹座における上演によって定型が確立した。人形浄瑠璃では『染模様《そめもよう》妹背門松《いもせのかどまつ》』を経て本作に至り、歌舞伎では『お染久松心中』『お染久松色読販《うきなのよみうり》（お染の七役）』『是評判浮名読売《これはひょうばんうきなのよみうり》』等がよく上演され、清元の『道行浮塒鴎《うきねのともどり》（お染）』も名高い。

〔鑑賞〕　とにかく人気のある作品で、近松門左衛門の諸作を別にすれば上演頻度のベスト十には入るのではないか。昭和五十四年正月の国立劇場では大正元年十二月帝国劇場以来の「座摩社」が出た（因みに帝劇の公演は歌舞伎役者と帝劇女優の共演で、純粋な意味での歌舞伎ではなかったが、その折の配役は久作＝四代目尾上松助、久松＝初代沢村宗之助、番頭善六（小助の役名がこのように替わっている）＝尾上菊四郎、お光＝鈴木徳子・河村菊江、お染＝森律子・佐藤千枝子）。

昭和四十二年以来正月の国立劇場は尾上松緑一座によって開けられていたが、昭和五十四年は日中友好条約締結十周年を記念しての中国公演がこの月にあり梅幸・松緑一座は中国に国賓として招かれていた。やむをえず中村屋さん（十七世中村勘三郎）に出演して頂いた公演で中村屋は久作と『廓文章』の伊左衛門を勤め、玉三郎がお光と夕霧、勘九郎はお染で、小助は富十郎（本書の口絵写真はその時の舞台）。「座摩社」の復活は補綴を勤められた山口廣一氏の発案だったと覚えているが、氏は国立の案だと言っている。なぜ歌舞伎では立端場《たてはば》（芝居の本題に入る前につけられた導入部分で、カットされることが多いが、実は大切な要素が含まれていることも多い）が出ないのか。あるいは出せないのか。そして出すならその意味は、といったところを当月の筋書に山口氏が書かれているので、引用させてもらう。

たとえば、この「座摩社前」の段にしてからが、実に雑多な登場人物が実に雑多に登場し雑多に退場する。文楽の義太夫での場合だと対象が人形だけに、それら複雑きわまる登場ないし退場も、すべて太夫と三味線との〝語る〟という機能で適確かつ容易に処理できるのだが、歌舞伎での俳優の場合だと、そう簡単にことは運ばない。この「座摩社前」の段が、いまだかつて歌舞伎として一度も採り上げられていないのも、結局そうした至難さが、経験のうえで知悉されていたからなのだろう。〔中略〕

この「座摩社前」の初演とは逆に、「野崎村」の段はむかしから文楽でも歌舞伎でも上演頻度のとりわけて高い狂言でもあり、それにこんどの上演では、主演者である中村勘三郎の意向で、かつての六代目菊五郎の演出をなるべく尊重したいとのことゆえ、私も万事その意向に従うことにしているのだが、ただ従来の歌舞伎での「野崎村」がほとんど例外なくカットしているこの場の端場〔導入部〕だけは、是非とも義太夫狂言の本質糾明の意味で、復活上演するつもりでいる。

すなわちこの端場は、大阪から丁稚の久松を連れ戻して来た手代の小助に、久作が久松の騙り取られた金を叩き返すだけの短いくだりながら、現行歌舞伎の慣習どおりこの場をカットしてしまっては、娘お光の環境設定に説明が足りぬばかりでなく、上の巻の「座摩社前」の段を復活上演したかぎり、この端場を無視すると前の「座摩社前」と後の「野崎村」との劇的連繋がまったく断絶してしまって、意味をなさなくなるからである。

さらにもう一つ、かつての六代目菊五郎の所演でも原作どおり登場させた久作女房の老婆は、もちろん今回も原作に可及的忠実に登場させたいと考えている。この老婆も現行の「野崎村」ではカットするのが通例になっているのだが、このカットにいたっては今日の商業歌舞伎の言語道断と叱ってよい。この一幕に展開される娘お光の犠牲の悲劇も、すべてこの死に瀕した老婆の哀れを反射盤にして展開されてゆくのである。そんな作者近松半二の作意が歴然と読み取れるからだ。

長くなったが山口氏の記述の内にこの本の意味謂《いわ》れが言い尽くされている。この時の上演では、小助には義太夫狂言に造詣が深く、上方臭の強い富十郎を得て上々の成果をあげたのだが、山口氏の意図にも関わらず、この端場は、それ以降取り挙げられないのが残念である。ここで作者近松半二について簡単にみておこう。

近松（門左衛門）の前に近松なし、近松の後に半二あり、と浄瑠璃作者の世界では言ってよいと思う。門左衛門の没した翌年（享保十年（一七二五））に生まれ、天明三年（一七八三）に五十八歳で亡くなった。父の儒学者穂積以貫が竹本座の文芸顧問を勤めたこともあり、門左衛門との親交も深かった。そんな縁で二世竹田出雲の門に入り、竹本座の作者となり近松の姓を名乗った。宝暦期（一七五一～六四）には出雲・三好松洛・吉田冠子らの先輩と共に合作者に名を連ね、出雲亡き（宝暦六年（一七五六））あとは半二色を強めていく。この時期の作品には『日高川入相花王《ひだかがわいりあいざくら》』『由良湊千軒長者《ゆらみなとせんげんちょうじゃ》』などがあり、宝暦十二年の『奥州安達原』以後明和七年（一七七〇）まで半二は立作者の位置にあって『本朝廿四孝』『小夜中山鐘由来《さよのなかやまつりがねゆらい》』『関取千両幟』『傾城阿波の鳴門』『近江源氏先陣館』等の名作を次々に生み出すも、人形浄瑠璃の衰退期にさしかかり、興行は不安定であった。明和八年の傑作『妹背山婦女庭訓』の後は世話物が多く『心中紙屋治兵衛（天の網島の書き替え）』『新版歌祭文』などの秀作がある。そして天明三年、最後の傑作『伊賀越道中双六』を書き、その上演を見ることなく没したといわれる。

半二は時代物作者であった。その作品は重厚で変化に富み、かつ華やかで笑いも涙もあり、という千変万化の作者であった。しかし時として半二は、というか半二の作は構成と複雑な作劇技巧から、難解さが特色とも言われるが、それは浄瑠璃の末期的傾向を示すものともされる。一面、空間処理のシンメトリカル性とか、視覚面の重視、詞の多用などは歌舞伎の影響とも見られるし、歌舞伎に影響を与えたともいえ、そんなところから文楽のみならず、歌舞伎での上演頻度も極めて高い。古浄瑠璃を経て中世的無常観を根底に完成した義太夫浄瑠璃から、人間の価値や合理的精神、強い個の自覚といった近世の目覚めを作品に投影させたところに半二の新しさと半二ならではの人間像を見ることが出来るだろう。

『新版歌祭文』でもそれは言える。ことに娘お光の描き方には半二の人を見る眼差しが生きている。娘心は恋に揺れ、一刻の間に天国と地獄を見る。山口氏が言うように、隣座敷に死の病で明日をも知れぬ老母が居ることが「野崎村」に投影する影は重要である。お光の喜びも悲しみも母と共にある。因みに久作とお光は義理の関係でしかない。お光は一人、全ての悲劇を背負う決心をする。誰と相談したのでもない、一人身を引く決意をした。その方法は髪を下ろして尼になるということ。金髪・茶髪の現代娘には理解できないことかもしれないが、それでも髪を切るという行為は、女子プロレスの敗者の罰則として今に生きているようだ。女が髪を切るということには、深い民俗の悲しみが通底しているのである。女の力は髪に宿るのだから。

平成十二年正月の大阪松竹座で「野崎村」が出たが、お光を演じた片岡秀太郎が丸坊主になった。頭巾を被っていて、一瞬青々とした頭を見せる。筆者が観た日がその姿での二日目だったらしい。最初はいつもの通りの切髪だったらしく、丸坊主になることを知っていたのは久作の我当だけで、お染も久松も知らなかったという。芝居ではなく本当に驚いたそうだ。文楽でも無い演出だろう。浄瑠璃本文からいって切髪のものだろうが、意外性というか驚きというか、抜群の演出効果であったことは事実で、劇場関係者にその是非を問われ、賛成して秀太郎氏への賛意の伝言を託した。「熊谷陣屋」で熊谷が十六年を一期に頭を丸めるのも今は普通丸坊主になる九代目団十郎の型で演じるのだが、四代目芝翫の切髪の型も残っている（芝翫型）。お光が自分で丸坊主になることが出来るのだろうかとか、そんなに時間がない、とかの詮索は野暮というものので、お光の心を秀太郎は坊主という形で表現したかったのであり、その意図は充分過ぎるくらい充分その日の観客に伝わっていた。それはそれで間違いではない。

お光と久作の幕切れの演出は現在誰が演じても六代目菊五郎型である。昭和五年二月の歌舞伎座で、六代目は初役でこの役を勤めたのだが、その工夫について『演芸画報』（昭和五年三月）に、

　駕と船の行方をいつ迄もじっと見送り、その後影も見えなくなると、今まで堪《こら》え堪えた悲しさが止《と》め切れず、張りつめた気もゆるんで崩れるように、父久作へ取縋って泣落しという型をやったんですが、これについてはいろいろ是非の御批判もありましたけれど、

兄の六世梅幸の賛同などもあり、「私が気紛れのように思っている方もあるようだが、それどころかどう致して大変な苦労をしたんです」とも語っているように、六代目にしてからが定評のこの役のこの型を変えることには周囲の厳しい目があったようだ。それというのも、この役を近代において大成したのが五代目歌右衛門だったからである。歌右衛門の芸談も引用しておこう。

そのうち舟と駕とが行ってしまうと、久作お光は伸上って見送る……。合方が切れて鶯が啼き、夕暮れの鐘が淋しく鳴って、見送っている久作は堤から足を辷《すべ》らせて尻持《しりもち》をつくので、お光はすかさず久作の片手を抱いて引起こし、「ア、もし……」チョーンと柝が入り、お光は久作と顔見合わせ、その顔を静かに背けてメリヤスに合わせ、泣きながら久作の手を引いて上手に行く……というのです。(『演芸画報』昭和九年十一月)

と、述べている。こうして菊五郎と歌右衛門の幕切れを並べてみると、その違いは歴然であるが、それだからといってあながち菊五郎の演じ方を近代的とばかり言うのは当たらないと思う。お光の心情を深く掘り下げてみれば、六代目の型の方がより作者の意図に沿っているように思えるのだが、如何だろうか。

お光のことを重点的に記述したが、この芝居はことに立端場の「座摩社前」が付くことによって、より理解しやすくなるばかりか、それぞれの悲劇の輪郭も大きく深くなり見所も広がる。義太夫の節付けも見事で聞き所も多い、丸本歌舞伎世話物を代表する一作と言って間違いないだろう。

〔底本〕「座摩社前」と「野崎村」の端場は山口本で、「野崎村」のいつもの場は六代目菊五郎演出による現行の歌舞伎台本であり、いずれも昭和五十四年正月の山口廣一監修・国立劇場上演台本によった。よく「歌舞伎の台本は決まっているんですか」と問われることがある。「大きい枠は決まっているものだが、忠臣蔵でも勧進帳でもやる人によって幾分かずつ違うんです」と答えると、意外な顔をされる。歌舞伎はもう何十年もの間同じ本で、繰り返し同じことをやっていると思われているらしいのだ。歌舞伎は今に生きている、ということは常に定本のないものだということでもある。

〔参考文献〕『国立劇場上演資料集160』(国立劇場調査養成部芸能調査室、一九七九年)、鶴見誠校注『日本古典文学大系52　浄瑠璃集下』(岩波書店、一九五九年)、近石泰秋校註『新註国文学叢書　浄瑠璃名作集下』(講談社、一九五一年)

摂州合邦辻

〔通称・別題〕「合邦」

〔初演年月日・初演座〕人形浄瑠璃は、安永二年(一七七三)二月五日から大坂北堀江市ノ側芝居(豊竹此吉座)。歌舞伎は、天保六年(一八三五)六月京都北側大芝居(名代・亀谷粂之丞・早雲長太夫)。

〔作者〕菅専助、若竹笛躬《ふえみ》。

〔初演の主な配役〕玉手御前(四世山下金作)、合邦(二世浅尾工左衛門)、俊徳丸(二世山下よしを＝三世一徳)、浅香姫(中村富三郎)、おとく(中村芝喜之助)、入平(初世実川延三郎＝二世額十郎)。

〔題材・実説〕『今昔物語』巻の四、「拘拏羅《くなら》太子眼を抉り法力によりて眼をうる話」と題されたインドの説話に基づく話から謡曲「弱法師《よろぼうし》」と、説教節「愛護若《あいごのわか》」が生まれ、本作はこの二つを合わせて原拠としている。

義太夫の先行作といえる古浄瑠璃の「しんとく丸」の内容は、高安左衛門の嫡子俊徳丸が父の死後継母の呪詛により悪疾を得て盲目になり、流浪して弱法師と呼ばれたが、敬慕し看病に勤《いそ》しむ蔭山中納言信之の娘露の前の情けと善光寺如来の功力《くりき》によって本復し忠臣柳井中光等と共に、天王寺における善光寺如来の出開帳の折、異母弟二郎丸を始めとする悪人共を捕らえる、という筋であり、「合邦」の基本はここに拠っているが、第三段目ともいえる本作の下の巻は謡曲の「弱法師」に準拠している。しかし「合邦」の基幹たる古浄瑠璃にも説教にも継母が俊徳丸に恋慕する想はない。「合邦」のテーマともいえる構想は、「愛護若」からきた。『今昔物語』巻の四、拘拏羅太子の話というのは、天竺の阿育覆王の太子の拘拏羅が継母の恋を斥けたために讒言《ざんげん》され、父王から追放されたのみならず、両眼を抉りとることを余儀なくされ盲目となって流浪し、それと知れず父王の前で琴を弾いたのでここで父王と再会し、かつ大阿羅漢の法力で再び眼を得た、という話である。この説話が分かれて一方が弱法師系になり他方が愛護若系になった。この二系譜が「合邦」に流れ込んで合体し集大成されたのが本作だと言える。(黒木勘蔵の『日本名著全集　浄瑠璃作品集下』の解説による。)

〔先行または影響作品〕「弱法師」「愛護若」の影響のもとにあるが、仏教説教として流布したこの物語の長い歴史の積重ねが日本人の心に通底している。直接には「弱法師」(元禄七年〔一六九四〕、義太夫正本)の改作になる、並木宗輔・並木丈輔合作の『莠伶人吾妻雛形《ふたばれいじんあずまのひながた》』(享保十八年〔一七三三〕七月、竹本座)を受けて成立している。

〔鑑賞〕国立劇場では昭和四十三年六月の七世尾上梅幸、八世坂東三津五郎等による利倉幸一補綴本での通し上演以来、梅幸の玉手御前で三度、歌右衛門で一度出ている。梅幸さんは亡くなる前年平成六年十月素晴らしい玉手を勤めて、有終の美を飾られた。今回の本は昭和六十二年十月の歌右衛門所演時の本である。昭和四十三年の通しでは珍しくというか、大歌舞伎ではほとんど記録のない全段の通し上演であったが、

「合邦庵室」の場は現行歌舞伎台本によった。歌右衛門はこの芝居の通しには懐疑的だった。筆者にも直接「玉手は前をやると損だ」と言ったことがあるが、ことに俊徳丸に毒酒を盛る住吉神社境内の場が出ると、「庵室」がやり難いということがあると思う。『ひらかな盛衰記』で「大津の宿」が出ると後の「権四郎内」に駒若丸の行方を訪ねてきたお筆が、大津の夜の事件を喋るのが辛かったり、「熊谷陣屋」の熊谷が女房相模と藤の方を前にして前の場の「組打ち」の件りをやった後で物語がやり難いというようなもので、端場の説明をくどいほど繰り返す作劇の欠陥が避けられないことが多い。歌右衛門の言うのもその辺りのことなのである。そんなこともありここでは「合邦庵室」の場だけを収録した。昭和六十二年十月の国立劇場公演は歌右衛門の玉手御前、十三代目片岡仁左衛門の合邦、中村芝翫の俊徳丸、中村松江の浅香姫、合邦女房おとくは上村吉弥という配役だった（本書の口絵写真参照）。この公演の直前に歌右衛門さんが手の指を骨折され、公演の半分を休演したのだが、指だけのことなので稽古には立ち会った。代役は玉手が芝翫で俊徳丸は又替わりで福助（現梅玉）。その稽古場でのエピソード。俊徳は毒酒により半面が爛《ただ》れている。紅絹の手布を持っているのだが、稽古場のことゆえハンケチで代用していたが歌右衛門さんはそれを綺麗にたたんでいなければならないと注意した。代用のハンケチというようなこともあって、「いいじゃないの」というようなことを福助さんが言った。それを聞いて歌右衛門さんが怒った。キリキリと形相が変わり、「そんなことから歌舞伎の伝統が崩れていく」「もう何にも言わない」と言いざま立ち上がり帰りかけた。横に座っている筆者もどうしてよいか判らない。シーンと静まりかえった異様な稽古場で、歌右衛門さんの怒りだけが沸騰している。仁左衛門さんが歌右衛門さんを留めて、福助さんに謝らせ、ようやく自席に戻った。本物の玉手を目の当たりにするようだった。この芝居に対する特別な思いが歌右衛門さんにはあるのだ、と思い知らされたものだった。

近代の玉手御前には三人の女形の意地と誇りと芸が籠められている。その三人とは五世中村歌右衛門、六世尾上梅幸、三世中村梅玉である。この三優に六代目菊五郎初役の市村座（昭和三年一月）を交えての三宅周太郎の評論が秀逸である（『日本演劇考察』）。要約して玉手を通してこの芝居の見所を探ってみたいと思う。

①　まず玉手の花道の出の頭巾のことだが、梅玉と梅幸は黒の頭巾（大正八年六月帝国劇場で梅幸は紫の頭巾を被って三宅に非難された。この月は珍しく、帝劇のほか歌舞伎座では歌右衛門が、京都南座では梅玉が玉手を競演していた。「合邦」が語られる時、この月のことは避けて通ることのできない事件であった）。歌右衛門は右袖をちぎって頭巾にする。これは歌右衛門が、二世坂東秀調の型から取ったものらしい。六代目菊五郎は袖の表だけをとって使っていた。三宅は「表をとった赤い絹の裏と綿とが後へ残っている。その綿は縁の下か何かの蜘蛛の巣のように見える。これは私は好ましくないと思う」と言う。後の六世歌右衛門は五世を踏襲して右袖で、七世梅幸は黒の頭巾である。

②　玉手御前のさわり。芝居では本文のさわりを二つに分けてやる。「面はゆげなる玉手御前」から「つれない返事固い程」までが第一段。それから納戸に入り、玉手の二度目の出で、俊徳を見つけてから、「猶《なお》いやまさる恋の淵」から「身をつくしたる心根」までを二段目としてやる。これは歌舞伎のやりかたで、人間のやる芝居のこと、改悪ではない、と三宅は言っている。本文の通りだと、玉手は俊徳丸のいないところでさわりを言うことになる。歌舞伎では、後段を俊徳丸と浅香姫を前に置いてのセリフとし、生々しさを強調する。

③「大体に菊五郎は玉手御前の「恋」を本当の恋として演じている。これはこの方が真である」と言う。親子の道も人の道も無視する女性でいてこそ、この作のトリックが生きるので、真実の恋として演じるのが本当だろう。玉手は屋体に入ってからは、終始上手の付け屋体に居る俊徳丸から気をそらしてはいけない、というのが口伝である。

④「引っ立て引っ立て」で納戸に入るところだが、嫌がる娘を母が引っ立てて入ろうとする。合邦はいっそ切ろうとする、クライマックスだ。文楽人形の玉手は必死に残ろうとして柱にしがみついたり、壁にへばりついたりする。六代目菊五郎は考えこんで座ったままでいるところを母に引きずられ、合邦と三人でのタップリした芝居がある根強い引っこみ。大抵は立ち身で連れられて行く。梅幸は母と二人で下手奥に入る。梅玉は一人残り、上手を窺っているところを、母が出て連れられて入る。

⑤「玉手はすっくと立ちあがり」を「にっこと打ち笑い」に変えることがあるが、三宅は反対している。今回の本はそうではないが、当時のほとんどの人がそうであったらしく、梅玉のみが本文通りだったという。この直後の玉手のセリフ「恋の一念通さでおこうか。邪魔しやったら蹴殺す」と言うのが本文であるが、この本では「邪魔しやったら、赦さぬぞ」と言うのであるが、「蹴殺す」が本当だろうと思う。

⑥ それから合邦に刀を突っ込まれる。合邦と二人の「おいやい」の件りになるが、梅幸と松助の帝劇組が一番だったと言う。「こういう所は、実に梅幸松助は名優で、外に類がない」とまで、評している。さわりの後で俊徳にしなだれかかるところは雀右衛門（三世）が天下独特の技巧を見せたという。

以上、三宅周太郎の論評を要約し、今回の本と、また当代の演じ方までを入れこんでまとめてみた。玉手の演技のそれも一部についてだけだが、明治から昭和の名優の玉手の演じ方に歌舞伎の演技演出の歴史と工夫が見えて面白い。

五世歌右衛門と六世梅幸は歌舞伎座と帝劇の立女形として同時代を生きた。梅幸は五世菊五郎の長男である。片や歌右衛門は成駒屋の御曹司として九世団十郎や五世菊五郎と共に、明治二十年の天覧歌舞伎の舞台を勤めた、名実共に近代を代表する女形である。歌右衛門にも梅幸という好敵手がいてこその俳優人生であったので、そうした意味では昭和戦後の歌右衛門と梅幸の好対象も歌舞伎のためにも、また二人にとっても幸せなことであったし、何より歌舞伎ファンにとって幸福な時代であったと言えるだろう。一人勝ちはいけない。歌舞伎ではことにいけない。六代目菊五郎と初代吉右衛門がそうであったし、それ以前の九代目団十郎と五世菊五郎も、ライバル関係にあってこその名人上手だった。歌舞伎はそれによって磨きあげられてきたものである。玉手ばかりでなく、合邦・おとく・俊徳・浅香・奴入平、どの役も完成された演出がほどこされて、「合邦庵室」は歌舞伎を代表する一場である。隅から隅まで、味わうことの多く深い芝居である。

継母の道ならぬ恋から、親の手にかかってからの戻り。烈女から貞女へ替わるトリックという、古い物語の伝統はギリシャ悲劇の構想にも似て、現代性なぞというよりも人類の普遍的なテーマとして、その生命力には力強いものがある。近年でも上演頻度の極めて高い芝居だが、これからもそうだろうと思う。そして玉手という役を間において女形が芸を競いあう良きライバル関係を見たいものである。

〔底本〕　これまでも触れてきたように、昭和六十二年十月の国立劇場本を底本にしている。この原本は中村歌右衛門の上演台本で、その元は五代目歌右衛門であり、歌右衛門は初演の明治四十三年三月の折、三世秀調、大阪の中村伝五郎・市川八百蔵（七世中車）等の話を聞き、諸種の型を折衷したという。

〔参考文献〕　『国立劇場上演資料集22・238・266』（国立劇場調査養成部芸能調査室、一九六八・八五・八七年）、祐田善雄校注『日本古典文学大系99 文楽浄瑠璃集』（岩波書店、一九六五年）、近石泰秋校註『新註国文学叢書 浄瑠璃名作集上』（講談社、一九五〇年）、黒木勘蔵解題『日本名著全集 浄瑠璃作品集下』（日本名著全集刊行会、一九二九年）

（平成十三年三月三十一日、不世出の歌舞伎俳優六世中村歌右衛門丈が亡くなられた。『摂州合邦辻』合邦庵室の場は、丈の最後となった玉手御前の舞台に用いられた台本である。お好きだった桜とともに散られた成駒屋さんに、この本を手向けたい。）

ひらかな盛衰記

〔通称・別題〕「逆櫓」。本名題の「ひらかな」は「ひらがな」と称されるのが普通。『源平盛衰記』を平仮名に、平易にした、という意味。

〔初演年月日・初演座〕人形浄瑠璃は、元文四年（一七三九）四月、大坂竹本座。歌舞伎は、同年五月京都南側東角大芝居（名代・布袋屋梅之丞、座本・水木辰之助）。

〔作者〕文耕堂（松田和吉）・三好松洛・浅田可啓・竹田小出雲・千前軒（竹田出雲）等の合作。文耕堂の作は合作も含めて他に『大塔宮《おおとうのみや》曦鎧《あさひのよろい》』『鬼一法眼三略巻』『壇浦兜軍記』『敵討襤褸錦《つづれのにしき》』『新薄雪物語』などで、当時紀海音・竹田出雲・並木宗輔と並んで浄瑠璃作者の四天王と称された。

〔初演の主な配役〕山吹御前（初世中村喜代三郎）、お筆（嵐小伊三）、松右衛門（初世榊山四郎太郎＝二

世小四郎）、およし（嵐辰三郎）、権四郎（初世榊山小四郎）。

〔題材・実説〕　源平合戦の源義経の木曾義仲征伐から一の谷の合戦までを背景に、宇治川の先陣争い、粟津ヶ原の戦い、義仲四天王の随一樋口次郎兼光の忠死、生田の森、逆櫓（底本は「逆艪」）の事、梶原景季と千鳥の恋物語などを軍記物語の史実と虚構を取り混ぜて戯曲に仕組んだものである。本作中の主な人物は源平両軍を彩った史実上の人々である。寿永三年（一一八三）一月、兄頼朝の命を受け木曾義仲を粟津で討った義経。その義経も梶原平三の讒言《ざんげん》により頼朝に追われ、世に朝日将軍と呼ばれた義仲は、源氏の中で最も早く京都の地を踏みながら後白河法皇に厭われ、ついに義経・範頼連合軍に粟津ヶ原の戦に敗れた。山吹御前は義仲の妾で、巴と共に木曾の身内で謳われた美女。遺児駒若丸を伴って逃れるが大津で梶原の手の者にかかってあえなく果てる。樋口次郎兼光は木曾義仲の四天王の随一。義仲の戦死を河内攻めの戦中で聞き、降伏するも断罪に処された。この本では出ないが、もう一方の筋を成すのは梶原平三景時の一族。景時の長子源太景季は宇治川の先陣争いに佐々木高綱に敗れたが、その失敗を弟の平次景高は声高に嘲笑し、梶原家の内紛の亀裂が広がる。後室延寿の計らいもあって源太は勘当され家を出る。相思相愛の腰元千鳥も家を追われる。千鳥は後段神崎の傾城になり源太の復帰を助けるのが、「無間の鐘」という有名な場面になる。この千鳥の姉お筆が木曾の家中にあって父の鎌田隼人と共に山吹御前と駒若丸に付き添い梶原の追手を避けるのだが、悲劇の結果となる。木曾と義経の戦争に巻き込まれた、福島（底本は「福嶋」）の船頭権四郎、娘およしと孫の槌松。この家族に降りかかった思いもよらぬ事件が、ここに収録した三段目である。『源平盛衰記』を史実としてはなぞりながら、脇筋もよく描かれている。角書に「逆櫓の松・矢箙梅《えびらのうめ》」とあるが、樋口と源太景季・千鳥に焦点が当てられているのがそれによって知れる。

〔鑑賞〕「大津宿清水屋」から「竹藪」は三段目の中にあたる。義仲は既に粟津で討たれた。難を逃れた山吹御前と駒若丸、付き添うお筆の部屋の隣に宿を取ったのは亡き松右衛門の菩提を弔うため西国巡礼の旅をする摂津福島の船頭一家であった。深夜、梶原方の番場忠太と捕手の連中が踏み込んでくる。闇の中の大混乱で駒若と槌松が入れ替わる。この騒動と暗闇での人違いが次の場の布石になる。竹藪の場はお筆が山吹御前の遺骸を、切った竹の上に乗せ、引くところから「笹引き」と通称される名場面。本作が『義経千本桜』に影響を与えたといわれる一例がこの場で、「小金吾討死」に、また次の「逆櫓」は「碇知盛」に投影されていると言われる。

筆者にとってもこの「笹引き」は忘れられない。学生時代この場を三越劇場で観たのだが、その折の感動が芝居の世界に足を踏み入れることに繋がったと思う。非常な興奮のまま渋谷まで泣きながら歩いて帰った。こんな芸と同じ時代に生きていられて本当に良かったと思い、なぜかもう死んでも好いと思ったことを今も鮮烈に覚えている。あんな感動をもう一度味わいたいと思い続けて芝居を、舞台を見続けてきたのだと今さらながら思う。人生の一大転機になったのが「笹引き」の一段だった。

お筆は決して派手ではないが女形にとって大切な役の一つで、近年では七世梅幸の名演が目に焼きついている。

三段目奥の主人公は樋口だ。先代の死後入り婿して船頭松右衛門を名乗っているのだが、史実と異なり、生きて主君義仲の敵義経を討たんとしている樋口次郎兼光の世を忍ぶ仮の姿である。義経の乗船する船の船頭職をねらい、逆櫓の技術によって船を沈めようと企てている。梶原の館での面接試験を受けに行って、上首尾な結果に機嫌よく帰って来る。ここの松右衛門が権四郎とおよしを相手に梶原館での次第を話す仕方話は、古い話で申し訳ないが九代目団十郎に尽きるのだそうだ。この松右衛門の型の代表は三世歌右衛門のそれで、中村派の樋口が代表芸であったが、そこに一石を投じたのが九代目で、やはり写実に過ぎる、というのが当時の評判だった。それでもここの長ゼリフなぞは九代目のあとに人がいないと評された。近いところでは初代吉右衛門の樋口が、セリフ廻しのうまさで群を抜いていたのだが、ことにここはセリフを味わうところだ。樋口が子供を連れて奥に入ると、門口にお筆が訪ねてくる。

この場のお筆は潰し島田に黒縮緬の着物、一本差しというキリリとした形で、笠と包みを持って出る。この役はいわゆる気の好い役で、やっていても気分の良いものだそうだが、することは厄介で、勇を鼓して難問に当たる気概と、大名家に仕える武士の娘の品格を持っていなくてはならない。所詮無理なことを言うのである。先夜取り違えた子供は大事な主君の若君だから返してくれ、そっちの子供は死んだというのであるから乱暴な話で、それを聞く親父の心の動きの方が理にかなっている。権四郎は難しい役だ。作者は権四郎に見物の気持ちを籠めて、感情を縦横に引きずりまわす。作者の技巧の妙である。幕明き、権四郎は大津で孫を失ったことで大いに落胆していて、お筆の顔を見て槌松を伴って来たのかと喜ぶが、呼んでも門口には誰もいない。不安になる。そしてお筆の物語を聞いて孫の死を知り、悲しむよりも憤慨する。誰とも知らぬ駒若丸を連れ戻り大事にしてきたのである。「たいていや大方、大事にかけたと思うかやい。そんなら又なぜ尋ねてこぬかと、へらず口ぬかそうが、尋ねて行こうにもなんの手懸かりはなし、そっちには笈摺に所書きがある。今日は連れて来て取り返すか、明日はつれて来て下さるか、逢うたら何と礼をいおうと明けても暮れても待ってばっかり」「ようも大それた目に逢わせたな。それに何じゃ、槌松がことは思いあきらめて、若君を戻してくれ、どの面さげてぬかすのじゃ。オ、戻してやる。戻してやるぞ。町人でこそあれ、孫が敵、いま首にして戻してやるわい」と、怒り心頭に発しての言葉はしごくもっともで、身分の上下があるとはいえ理の通らない武士の言い分に随分泣かされていた町人階級の声援が聞こえてきそうだ。源平の戦も大名家の跡取りのことも埒外にあった庶民には、武士の理屈で被害を受けることばかり。そんな反骨心がこの権四郎の役を成立させているのだといえる。権四郎の出来如何にこの場の成否がかかっている、と言っても過言ではない。立ち上がる権四郎の後ろから声があり、障子が引き開けられると、何となり形の立派な松右衛門が若君を小脇にかかえ堂々と出現する。皆々吃驚ということになる。「権四郎、頭《ず》が高い」「なにぬかすぞい」「イヤサ、頭《かしら》が高い」となって、樋口の物語になる。

付け屋体の障子が一本引きでサッと明いた時、樋口が駒若を左手で抱き、高合引にかかっているのが一般にやる型で、三代目歌右衛門以来。合引を帆綱を束ねたものにすることもあり、九代目団十郎は座ったままだったという。

これから先の型は歌右衛門苦心の産物なのだが、屋体から出て若君をお筆に預け、門口を一寸明け外を窺って、「権四郎、頭が高い」と言うところ、何のために外を見るのか、今日まで疑問が持たれている。三代目歌右衛門の樋口に対して、権四郎は金田屋浅尾工左衛門で、権四郎の神様と呼ばれていたという人だが、意地の悪さでも有名で、舞台の上で権四郎の金田屋にいびられて成駒屋は苦心惨憺したという話が残っている。二人の息と真剣勝負の睨み合いの果てに生まれた型で、外を見るのは「あの珍しい無類の眼玉を、下手のご見物まで行き渡らせようとして……」と、金田屋が言ったとかいう有名な話もあって、今では誰でもがする型なのだが芝居は理屈だけではないという好例である。

物語はそう大きい話ではないのだが内容が複雑なだけ、調子の明快さと緩急自在さが求められる。手拭いや笈摺を使っての派手な仕草や「逆櫓を言い立て早梶原に近づき」の大見得から、ノリになって「義経が乗船の船頭は松右衛門と事極まる」と、ここで「ウハハハハ」と大笑いに笑うのは九代目の型だそうだが、その痛快さは前後に類がなかったそうだ。時代と世話を使い分ける芸の活殺自在さを問われる至難の役だが、役者の手が揃っていなければ充分な成果を期待できないだけに、脇役の奮起が望まれるところ。

次に三人の船頭仲間がやって来る。ここはセリフの全部を三味線に乗って言う特殊な演出で、昔は随分いい役者も出たものらしい。初世吉右衛門の松右衛門に六代目菊五郎が付き合った例もある。逆櫓の稽古は歌舞伎では遠見の子役で行うが、これは歌舞伎独自の演出。文政二年に海老蔵（七世団十郎）が工夫したもので、その後はこのやり方に決まっている。

さて終幕は「逆櫓の松」。樋口の立廻りがある。この立廻りは最後に船の形になるのが決まり。船頭を花道に追い込むと樋口は六法を踏んで松の元に行き、上に登り枝を押し上げての物見。近頃、松の枝をこんもり繁らせ、本当に客席が見えないという体にしたのを見たが、当然のことながら見物からも見えないわけで、ここは芝居の形容でいい、と注意したことがある。こんな写実は御免蒙りたい。時代物によくある物見の型で、大きく凛とした立役の勇ましさを見せるところ。

そして畠山重忠の出になる。駒若を助けるべく権四郎は畠山に訴人して出た。歌舞伎の捌き役の代表畠山重忠の計らいにより子供をあくまで権四郎の孫と認める温情だと知り、「情けに刃向かう刃なし」と、樋口は自ら畠山の縄を受けるのだった。全段ここにしか登場しない畠山だが「太功記十段目」の久吉と同じ拵えで、品と芸格が求められる大切な役。樋口と同格の役者が付き合うのが理想。敵ながら樋口を尊敬し、武士の仁義をもってもてなす心がなくてはならない。

おおよそ筋に沿って鑑賞のポイントを見てきた。『ひらかな盛衰記』は丸本三大傑作『仮名手本忠臣蔵』『義経千本桜』『菅原伝授手習鑑』に継ぐ人気狂言である。ひと足早く出来ただけに『千本桜』を始めその後の作品、たとえば梶原の館から戻った松右衛門が事の次第を話す個所は『双蝶々曲輪日記』の南与兵衛に受け継がれているし、物見は『絵本太功記』の光秀に影響をあたえている。それだけ大きい芝居なのである。近年あまり上演されなくなったが「勘当場」から「神崎揚屋」も見てみたいものだ。（杉贋阿弥『舞台観察手引草』、川尻清潭「名作案内・ひらかな盛衰記」『演劇界』昭和三十二年十二月号を参照した。）

〔底本〕　郡司正勝監修による昭和五十四年十二月国立劇場上演台本。

〔参考文献〕『国立劇場上演資料集170・394』（国立劇場調査養成部芸能調査室、一九七九・九八年）、乙葉弘校注『日本古典文学大系51　浄瑠璃集上』（岩波書店、一九六〇年）

編著者略歴
織田紘二（おりた　こうじ）
一九四五年北海道生まれ
一九六七年国学院大学文学部日本文学科卒
同年国立劇場芸能部制作室に入室。以来
歌舞伎・新派・古典芸能の制作・演出にたずさわる。
一九九一年ジャパン・フェスティバル英国公演「葉武列土倭錦絵」
の脚本・演出を担当。演劇・舞踊の台本・演出も手がける。
一九九八年日本演劇協会賞受賞
現在　国立劇場調査養成部部長
国学院大学文学部講師
日本演劇協会専務理事
日本芸能学会常任理事
著書「歌舞伎モノがたり」（淡交社）
「歌舞伎入門」（淡交社）監修
「松緑芸話」（講談社）・
「三島由紀夫芝居日記」（中央公論社）校訂

新版歌祭文
摂州合邦辻
ひらかな盛衰記
歌舞伎オン・ステージ15

二〇〇一年五月二〇日　印刷
二〇〇一年五月三一日　発行

編著者　©織田紘二
装丁者　平野甲賀
発行者　川村雅之
発行所　株式会社　白水社
東京都千代田区神田小川町三―二四
電話　営業部（〇三）三二九一―七八一一
編集部（〇三）三二九一―七八二一
振替〇〇一九〇―五―三三二二八
郵便番号一〇一―〇〇五二

印刷　三秀舎・東京美術
製本　加瀬製本所

Printed in Japan
ISBN4-560-03285-8

台本用語集　あ〜つ

合(相)方《あいかた》　三味線中心の下座音楽の一種。

揚幕《あげまく》　花道の出入り口にかけたのれん幕。舞台の左右の出入り口にある幕をいうこともある。

浅黄(葱)幕《あさぎまく》　水色一色の幕。昼の屋外を暗示する。舞台転換にも用いられる。

あつらえ　役者の好みで注文した道具や下座音楽。

一番目《いちばんめ》　一番目狂言の略。江戸時代中期以降、前狂言の時代物をいった。世話物中心の二番目の対。

大薩摩《おおざつま》　主として荒事に用いる伴奏音楽の一種。

大詰め《おおづめ》　一番目の最終幕。のち一日の興行の最終幕。

大道具《おおどうぐ》　舞台に固定された道具や装置。小道具の対。

置舞台《おきぶたい》　舞台の上に敷く低い舞台。

思(い)入れ　役者の自由にまかされた心理表現の演技。

書割り《かきわり》　紙や布に描かれた舞台の背景。

瓦燈口《かとうぐち》　時代物の御殿の場の正面に設ける出入り口。類型的な大道具の一種。

上手・下手《かみて しもて》　舞台に向って右を上《かみ》、左を下《しも》という。

柝(木)《き》　拍子木。幕の始め終り、効果音等を表現。

きっとなる　決然・厳然・毅然等を演技で示すこと。あるいは軽い意の〝きまり〟を示す。

柝の頭《きのかしら》　閉幕や道具替りに際して、狂言方がキッカケによって打つ第一の柝の音。

くどき　慕情・愛情等を表現する演出。

黒幕《くろまく》　黒一色の幕。夜の屋外を暗示する。

下座音楽《げざおんがく》　舞台に向って右手の囃子部屋で演奏される効果音楽の総称。幕末に左手の黒御簾《みす》内に移った。

こなし　「思い入れ」が多くは表情表現であるのに対し、その役のその場の感情を、しぐさで表現すること。

三重《さんじゅう》　人物の登退場、場面変りなどを示す三味線楽。

仕出し《しだし》　登場人物中の下っぱの役。

砂切《しゃぎり》　各一幕が終るごとに「止柝《とめぎ》」を聞くとただちに下座で囃子方が演奏する鳴物。

捨てぜりふ　台本に指定のないことばを役者が即興的に思いつきでいうこと。

大臣(尽)柱《だいじんばしら》　舞台中央に江戸中期まで残された柱。

たて　立回り、太刀打ちともいう。武器を用いた様式的な闘争場面。

つなぎ　拍子木の打法。いったん幕を閉め、次の幕をすぐに開ける場合、狂言方が間《ま》をおいて連続的に、軽く二つずつ打ち、観客にすぐ開くという合図を行う。